U0068299

探究跨語際的文本分析
文藝理論與作品解讀

嚴紀華 著

緣起

　　在一個眾聲喧嘩的激情年代，無論是孤獨的閱讀人、焦慮的創作者、或是憎恨的批評學派，面對圖像不假辭色的與文字對壘，包括由而不知、述而不作的立言，或中心瓦解、傳統崩離的辯證，譜清音也好，奏輓歌也罷；書寫文化正進行整頓，重領風騷。針對著文學作品提供的多層次的想像以及文學術語意義與文學現象研究的變遷流轉，《探究跨語際的文本分析——文藝理論與作品解讀》是將中西文藝理論與批評，作品與讀解，應用與教學連結起來，尋求理論與書寫的交流與詮釋，開展與理解。是借鑑，也是探索；是沉浸，也是抽離；是發散，也是連鎖；是美學，也是樂學。《詩經‧小雅‧伐木》上說：「嚶其鳴矣，求其友聲。」且以這「丁丁嚶嚶」的聲音充作一份用心與期待罷！

　　全書收錄八篇，分別為：

一、原型分析：「多情女，生離魂」故事系列試探

　　原型批評（archetypal criticism）是20世紀50、60年代流行於西方的一個批評流派。加拿大文學理論家諾斯洛普‧弗萊（Northrop Frye, 1912-1991）接受了弗雷澤（Sir James George Frazer, 1854-1941）的人類學理論和榮格（Carl Gustay Jung, 1875-1961）的精神分析學說的啟發影響，通過文學角度探討神話原型問題。他認為作品本身有其自足

的世界，自顯其內部規律。這些「經常／反覆在文學經驗裡出現的各種意象、人物類型、敘述公式或觀念」即是「原型」。他把原型理論擴展到文藝領域，構成文學的概念框架，擴展了文學批評的思維空間與論述深度。本文從原型理論的角度切入，分析「多情女，生離魂」故事系列以「體魂分離——生魂活動——體魂合一」為情節原型，可視為情意爆發與身體分合的一種辯證。創作者是以「離魂出奔」這種超現實的「幻設技巧」，展現執意自束縛中尋求解放（包括時空的突破、生死的解脫，體魂的超越）的精神價值，對追求「情愛」做了浪漫的表現和詮釋。其間文字輸送由玄詭性轉為邏輯性，說明離魂是一過渡，企圖在理想與現實之間化解衝突，別契生機，達成一種圓滿與和諧。小說之事微茫有神，人物之行浪漫詭奇，恰如佛洛依德所言「藝術作品在排斥其慾望的現實界與實現其慾望的幻想界之間，爭得了一席之地。」

二、以巴爾特符碼進行的觀察：解碼〈木蘭詩〉

在《S／Z》裡，法國文學批評家羅蘭‧巴爾特（Roland Barthes, 1915-1980）特針對巴爾札克（Honoré de Balzac, 1799-1850）的短篇小說《薩拉金》（Sarrasine），分成561個閱讀單位，以五種符碼（包括行動性符碼Proairetic Code、語義素或能指符碼Connotative Code、象徵符碼Symbolic Code、闡釋性符碼Hermeneutic Code和文化性符碼／指涉性符碼 Cultural Code）進行解構批評。他企圖突破結構主義範式的單一性、系統性，使得流動的、生成的、創造性對話得以在各種可被質疑和分析的縫隙中進行，讓意義自由閃爍，被任意解讀。而「木蘭代父從軍」故事是一個家喻戶曉的傳奇，其後成為通俗小說、戲曲、電影等各類敘事搬演的題材。針對這個圍繞〈木蘭詩〉展開的木蘭事蹟，經由羅蘭‧巴爾特的五種符碼檢視，別於考證版

本真偽，是聚焦其所置身的社會歷史、文化背景以及傳統的文學系統，並從女性作為敘事主體兼及凝視客體的接受、抵抗與消解等文學現象做出觀察與闡析。由此，不同文化系統的讀者攜帶著自己的理解，參與文本再創造，產出意義。正是以巴爾特所標舉「我們正在寫的」快感揭示了閱讀的多義性過程。

三、仆芮蒙敘事邏輯與故事型態：讀解〈合影樓〉與〈一個陌生女子的來信〉

關於作品敘述模式的假設和演繹，法國學者克洛德・仆芮蒙（布雷蒙）（Claude Bremond, 1929-2021）擴充普洛普（Vladimir Propp, 1895-1970）對民間故事進行的功能（function）研究，提出「事綱」（sequence，敘事序列）為敘事的基本單位。他結合了情節發展的基本邏輯關係：「情況形成、行動過程、結果成效」，並通過鑲嵌、並列、連接等組合方式，複雜化情節、形成故事型態。同時，針對敘事作品中的角色做一區分：行動者（agents）和受動者（patients）以及影響者（influencer）。這些型別擔負不同的功能，共同運作，賦予敘事意義。分析的例舉係採用李漁（1611-1679或1680）〈合影樓〉的愛情喜劇為基型，對照以褚威格（Stefan Zweig, 1881-1942）〈一個陌生女子的來信〉的愛情悲劇，分從週期模式、組合型態及人物腳色進行探索。

四、實幻書寫與夢境敘事：論《聊齋志異・狐夢》

〈狐夢〉是一篇由實界出發，借由窊夢之軌進入幻境，以真幻相生延伸出的趣味奇談。首言余友畢怡庵嚮往〈青鳳〉傳中豔遇，繼而在燠暑寢夢中邂逅狐女，歡會娛遊。其中設筵一段，「夢中有夢」、「夢而非夢」，又疑「非非夢」，後來因為狐女受徵花鳥

使，是以分離。臨別委託聊齋記述留憶，題曰「狐夢」，結於「非夢而夢」。通篇立意不離《聊齋》主題「典式」：「幻由人生，人生如夢」。而在情節安排中出現「變式」：不僅大開朋友的玩笑，更操弄著語言遊戲，從角色人物、敘述者、作者（隱含作者）到讀者都被拉扯進入虛構世界，一齊被消遣娛樂了。本文經由湯瑪謝夫斯基（Boris Tomashevsky, 1890-1957）的「動機理論」考察其敘事動機、查特曼（Seymour Chatman, 1928-2015）綜合整理的「敘記層的圖式建構」掌握其敘事聲音，並通過仆芮蒙（Claude Bremond, 1929-2021）「事綱組合型態」、詹明信（Fredric Jameson, 1934- ）「語義方陣」、托鐸洛夫（Tzvetan Todorov, 1939-2017）「譎怪文類」三者闡發其敘事書寫的趣味性與虛構性。如此，結合西方敘事理論與傳統《聊齋》評點做對照探究，試圖揭示文學現象所共同體現著一些基本的客觀規律是可以相互補襯印證的。

五、話語模式與文化創傷：從鐵凝《玫瑰門》中的女性談起

　　談及「女性主義敘事學」是將女性主義或女性主義文學批評與經典敘事學（結構主義）結合的產物。在80年代末和90年代初美國出現的兩本重要的女性主義敘事學著作──開創者蘇珊・蘭瑟（Susan S. Lanser, 1944- ）的《虛構的權威》和沃霍爾（Robyn R.Warhol, 1955- ）的《性別化的干預》中一致闡述了「將女性主義文學批評引入對敘事結構的研究」的基本立場；蘭瑟主張：「實際上，文學是兩種系統的交合之處──既可以從模仿的角度（女性主義的傾向）將文學視為生活的再現，也可以從符號學的角度（敘事學的運用）將文學視為語言的建構。」是以，女性主義敘事學是修正了經典敘事學忽略社會歷史語境（包括性別、種族、階級等因素）的偏差，並對女性主義批評僅聚焦於故事層，忽略表達層的不足做了補充。對作品

的闡釋而言，這一「跨學科」批評實踐的研究方法為敘事研究領域發展提供了新的視角及方法、並證實了敘事學也可以被用於揭示性別差異、性別歧視，成為女性主義批評的有力工具。關於鐵凝《玫瑰門》中的女性觀察，即是借鑑女性主義敘事學的「話語模式」，進行研究梳理。主要是從文學作品的雙重性質進行分析：觀察其所運用「話語模式」的幾個特殊形式的表達——包括人物關係的建構、敘述視角的轉變、複調理論的運用、歷史語境與「第三性」視角的開拓等，進一步探討作家通過「聲討」與「想像」所揭示的情慾圖繪，所形成獨特的荒誕殘酷的書寫風格，從而對應著其間所呈現之置身不幸命運的歷史經驗與社會環境以及所烙印的難以磨滅的文化創傷。

六、空間想像與移動書寫：80、90年代臺北城的地景閱讀

麥克‧柯朗（Mike Crang）曾說：「文學可以關注物質性的社會過程，一如地理學可以採用想像的手段。……兩者都是指意（signification）過程，也就是在社會媒介中賦予地方意義的過程。」是而，無論是作為一種文化的生產形式，甚至成為文化本身；或者在充滿描述、嘗試闡明空間現象的詩歌、小說、故事和傳說裡；「城市」成為了可以靈活運用的最重要的隱喻之一。觀察臺北從看不見意義的「地方」到看得見空無意義的「空間」，臺北城市的書寫多與城市的發展同步。因此，借由亨利‧列斐伏爾（Henri Lefebvre, 1901-1991）「空間是辯證過程」的看法以及愛德華‧索雅（Edward W. Soja, 1940-2015）將歷史性（時間性）、社會性、和空間性聯繫在一起，提出的「第三空間」的理論，檢視80、90年代以來臺北城市書寫的空間想像，可由三個途徑展開：（一）空間的生產與移轉：臺北「西區」與「東區」、（二）空間的複製與衍異：城市基地

「公寓」的變身、（三）空間的實踐與詮釋：「街道」的移動書寫等都市特質。如此，以結合文學與地理學的角度，讓我們沉靜思索城市空間、書寫空間與社會空間之間的影響互涉，了解到：書寫視域中心的城市空間不斷變化移動，但文本與地景不再分立於想像與實際的兩端，而是一種結合並現。文學文本裡的地方感以及地理文本的想像性，使得城市的空間想像與移動寫充滿了實驗性以及解放的力道。

七、「六觀」的現代應用：以施蟄存〈薄暮的舞女〉為例

「六觀」是中國文學理論批評家劉勰（約465-520）在《文心雕龍·知音》中提出的具體的審閱作品環節、考度文辭形式、展現審美價值的六項原則，為後世的文學創作與批評奠定了基礎。分別是：「觀位體」（作品的布局架構、主題與風格）、「觀事義」（衡文選材上的引辭舉事以明理徵義）、「觀置辭」（詞藻的安置與核辨）、「觀宮商」（遣意綴辭上的調聲選韻與節奏抑揚）、「觀奇正」（從空間橫軸，觀察作品的新奇與雅正）、「觀通變」（參較時間縱軸的通古變今、反映於作品中的承襲與創新）。將這六項批評標準來闡釋上海新感覺派名家施蟄存的小說〈薄暮的舞女〉，是進行一種突破，企圖由歸納其選象取材與語境營造、分析作品的整體結構與局部肌理、觀察其創作實踐與理論研究的打通以及其所延展的不同藝術類型的互動，著力於創造性的吸收與轉化，落實「散為萬殊、聚則一貫」的可能，以再現文本自身。

八、「通觀圓覽」：由〈紅線〉談中西文學理論的會通與實踐

當今文學批評的理論與實踐存在著盲點與誤區。或以中國文化為邊緣非主流，有所忽視；或以傳統中國與現代遙遠；而另一個存

在已久的爭論則是中國無批評理論的迷思以及應用由西方引進的批評理論研究中國文學進行跨學科研究是否會產生歪曲誤解的懷疑。事實上，文學批評在中國文學發展史中並未缺席，成於西元五、六世紀之交劉勰的《文心雕龍》已建構了「圓鑒區域，大判條例」的批評理論系統。近世以來，基於突破西方霸權，歐洲中心主義的氛圍籠罩，對不同的文學傳統下的中西文學批評及理論研究的看待陸續出現了轉折。當今面臨全球化時代，如何借鑒西方現代學術文化資源，會通傳統文學批評理論，提供現代性的研究闡釋？著實引發深思。對此，錢鍾書提出「通觀圓覽」的原則，所謂「上下古今，察其異而辨之，則現事必非往事，此日已異昨日，一不能再，擬失其倫，既無可牽引，並無從借鑑；觀其同而通之，則理有常經，事每共勢，古今猶旦暮，楚越或肝膽，變不離其宗，奇而有法。」本文嘗試以〈紅線〉為例，從《文心雕龍》批評理論（六觀說）的顯性應用角度，結合西方文藝理論——如：哈德遜（Hudson）「小說六元素」、佛斯特（Edward Morgan Forster, 1879-1970）《小說面面觀》「七層面」、羅蘭‧巴爾特（Roland Barthes, 1915-1980）五種「符碼」、佛萊（Northrop Frye, 1912-1991）「原型論」、巴赫金（M. Bakhtin, 1895-1975）「複調理論」以及女權主義文學批評等進行「察異觀同」的比較閱讀，「尋找新方法來理解過去，讓舊的東西重新活在眼前，並且與現代生活連接在一起」，以「互通性」無遠弗屆，建構起自由活潑的詮釋平臺。

綜結前六篇的討論借鑑了西方的文藝理論，後二篇則以《文心雕龍》六觀法為基底，聚焦於文本的內部規律和審美功能為探究重點，或繫聯古今，或連貫中西，進行作品選樣的比較分析。當今我們面臨著承古繼今的傳統趨於變動，於「振葉尋根，觀瀾溯源」之

際，一方面尊重文論本身發展的特殊規律，另一方面值得思考的是如何掌握「可轉換、可轉化、可採用」的原則，力求「同之與異，不屑古今；擘肌分理，唯務折衷」（《文心雕龍‧序志》）。而對應移西就中的移植研究，西方文論與中國文學的碰撞，語境的複雜多變，單一內在的演化標準（built-in standards of evolution）已不足所需。傅庚生曾經說過：「夫生今之時，仍墨守古今文學相沿之成規，不旁察中外文化交融之反應，則只可以因襲與守闕，必不能為謀承先與啟後，所謂閉戶不可造車也；然若必豔羨外族文化既成之果，蔑視本國文學已種之因，則只宜於介紹與摹仿，亦不足語於融會與創作，所謂抽刀不能斷水也。」（《中國文學批評通論》，商務印書館1946年）這意味著通過傳統文論與當代文論的回應和聯繫，從普遍性、可遷移性的體悟，多向度、多元化的思辨，進行文理的探索、解構與編織，將有助於延展文學理論與批評的視界，引領我們涵泳於「奇文共欣賞，疑義相與析」的閱讀樂趣與批評啟發。

目次

原型分析：
「多情女，生離魂」故事系列試探

一、原型批評

　　原型批評（archetypal criticism）是20世紀50、60年代流行於西方的一個批評流派。加拿大文學理論家諾斯洛普・弗萊（Northrop Frye, 1912-1991）接受了弗雷澤（Sir James George Frazer, 1854-1941）的人類學理論和榮格的（Carl Gustay Jung, 1875-1961）精神分析學說的啟發影響，通過文學角度探討神話原型問題，1957年出版《批評的剖析》（Anatomy of Criticism）做為一個重要的標誌，建立了以「神話原型」為核心的文學批評理論。美國文學評論家哈洛德・布魯姆（Harold Bloom, 1930-2019）在序中曾這樣說：「所有教授文學解讀的人都受惠於他的訓導和榜樣，在現代文學界是不可或缺的。」

　　其中，「原型」學派的論點可追溯至20世紀初劍橋學派人類學的主張。在1890年出版的代表作品《金枝》中，英國人類學、民俗學家詹姆斯・喬治・弗雷澤爵士比較了多種民族的宗教儀式，指出：「西亞和北非草木神話裡的大神，每年都隨著季節變遷而死亡及重生。這些神的名字及祭儀不盡相同，但神話內容大都是一樣的。」[1]這個從共時性上發現不同地域的祭典、儀式、神話相似性的說法與

---

[1]　鄭樹森：《從現代到當代》，臺北：三民書局，1994年，頁138-142。

後來文學評論界所謂的神話原型結構並無二致。

　　不同於弗雷澤從人類社會學的角度切入，瑞士心理學家卡爾·榮格的集體無意識理論解釋了從歷時性上連接當下與原始心理的共通因素，發掘了「種族的記憶」的心理學涵義。他以為：所謂「集體無意識是指人格結構最底層的無意識，包括祖先在內的世世代代活動方式和經驗庫存在人腦中的遺傳痕跡。」「集體無意識的內容是原型。原型和本能差不多，都是人格中的根本動力，原型在心理上追求它的固有目標……原型是由於人類祖先歷代沉積而遺傳下來的，不需要借助經驗的幫助，只要在類似的情境下，人的行為就會和祖先一樣。」[2]榮格同時認為：在不同歷史時空出現的各種創作都蘊含「原型」，藝術家創作過程即是原型的無意識的發動以及逐步發展成作品。而文藝作品之所以能夠超越時空，吸引不同讀者的原因也正是「原型」對集體無意識的呼喚。因此，「原型」對於故事結構的闡述往往有極大的統攝作用。[3]

　　弗萊便是從「離心的角度」與「向心的角度」借鑑了弗雷澤和榮格的理論進行統合，[4]以「原型」廣泛應用於文藝作品的闡釋分析，他認為作品本身有其自足的世界，自顯其內部規律。這些「經常／反覆在文學經驗裡出現的各種意象、人物類型、敘述公式或觀

---

[2]　崔麗娟：《心理學是什麼》，臺北：天地圖書有限公司，2003年，頁36-37、43-44。

[3]　「原型」是人類長期心理積澱中未被直接感知到的集體無意識的顯現。作為潛在的無意識進入創作過程時，最初呈現「原始意象」，在遠古時代表現為「神話現象」，然後在不同時代通過無意識外化為「藝術形象」，這些原型是不斷反覆出現在藝術作品和詩歌中而被保存下來的。

[4]　「離心的角度」是指弗萊借用他人的一些概念或模式而實質指向不同，「向心的角度」是指弗萊不僅借用他人的一些概念或模式，而在內容實質上，指向也是基本相同的。朱立元主編：《當代西方文藝理論》第二版，上海：華東師範大學出版社，2010年1月，頁127。

念」即是「原型」。這樣把原型理論擴展到文藝領域,構成文學的概念框架,復綜合著文學循環發展論和整體文學觀,弗萊擴展了文學批評的思維空間與論述深度,做出了努力與貢獻。

二、「離魂」故事源起及發展

(一)界定「離魂」

長期以來,「靈魂」一直是人類關心的課題,從宗教界、哲學界、科學界、乃至唯物論、唯心論的主張者各持所見,未有定論。其中承認「靈魂說」的有印度宗教靈魂不滅論觀念和輪迴轉世說,以及十九世紀末,愛德華・泰勒(Edward B.Tylor, 1832-1917)提出「萬物有靈論」的觀點:個人靈魂在其身體死亡和解體之後可能繼續存在。他認為其原因是原始人對活體與死體的差異感到驚恐,……而對其睡夢和出神幻覺中出現的幻影感到驚奇,這兩種情況的結合,便使人們假定了某種「幽靈」或「靈魂」的存在。它們在睡眠或出神時可以暫時離開身體,在死亡之後則永遠離開身體。[5]而中國傳統觀念中,禮文民俗宗教的主張認為「魂」是氣,可以遊走。舉如《禮記・郊特牲》:「魂氣歸於天,形魄歸於地。」[6]《春秋・左傳》昭公七年記載趙景子問子產:「伯有猶能為鬼乎?」子產曰:「能。人生始化曰魄,既生魄,陽曰魂,用物精多則魂魄強,是以有精爽,至於神明。匹夫匹婦強死,其魂魄猶能馮依於

---

[5] 埃里克・夏普著、呂大吉譯:《比較宗教學史》,上海:上海人民出版社,1988年,頁72-73。

[6] (清)孫希旦著:《禮記集解》上冊,臺北:文史哲出版社,1990年,頁714。

人，以為淫厲。」[7]唐孔穎達為之作註：「魂魄，神靈之名，本從
形氣而有，形氣既殊，魂魄亦異。附形之靈曰魄，附氣之神為魂
也。」竹添光鴻會箋疏中以『燭』為例：「……魂魄相持之物，魄
生而魂亦從而生之矣，陽曰魂，則魄為陰而屬形可知。……所謂精
氣即魄也，神識智慧皆魂之所為也，昭昭靈靈者是魂，運動作為者
是魄，依形而立。魂無形可見，譬之於燭，其炷是形，其焰是魄，
其光明是魂。」這些都說明著「形魂分離」以及「神魂可以遊走移
動」的特質。其後有關「形滅神不滅」的爭議一直存在，喧擾未
休。或許正由於對死亡的畏懼，靈異現象的不可解，再加上佛教故
事的流傳，人們逐漸接受靈魂不會隨肉體死亡而消亡，可以離開軀
體活動、到處遊蕩的觀念，延伸到自然物上便產生了實物崇拜、
偶像崇拜，乃至祖靈以及神靈信仰。而進入志怪小說、神話異聞，
「靈魂遊走」的行動與「幻異變化」[8]的母題結合，出現「離魂」
「幽婚」等故事，[9]呈現了人們對宇宙自然、生活日常的原始企盼與
追求、自由的想像和感應。

---

[7] （春秋）左丘明著、（晉）杜預集解、日本竹添光鴻會箋：《左傳會箋》，
臺北：鳳凰出版社，1974年，頁64-65。

[8] 如人有魂、物亦有魂，而且人的神魂還可以出發進而轉化、附著於各種動物
和其他事物的靈魂，並且可以互幻其形。鄭還古《博異志》裡的〈崔元微〉
花精聚為人形、《太平廣記》〈趙倜〉化為人夫、〈徐密〉中鼠精變為美
婢；〈彭城男子〉鯉魚化為人妻等記載。參見（宋）李昉等編：《太平廣
記》，臺北：文史哲出版社，1987年，卷四三一、卷四四〇、卷四六九，頁
3501、3588、3864。

[9] 〈王道平〉一條見《說郛本》（晉）干寶《搜神記》卷二：「秦始皇時有王
道平與唐叔偕女情深意重，誓為夫婦。後唐女為父所逼，另嫁劉祥，以致結
恨而死。待道平還家，往視其墓，悲苦哀泣。其女魂乎自墓出，言其身未
損，可以再生。其後開塚破棺，女果復活。以此事乃精貫於天地，而獲感應
如此。」

（二）「離魂」的情況

「離魂」是指「神魂脫離形體而單獨存在作用的一種變化。」而觀察神魂與形體分離通常發生於兩種情況：一種是人死，形體寂滅，亡魂遊走，以「鬼」的模式出現。此是為「死後離魂」；一種是活人猶有生息，由於心神的極端作用，造成神魂自軀體脫出，仍具其形自由活動者，稱之為「生而離魂」。前者將「體魂分離」的觀念敷演，奇化內容、渲染情事——或借「本身未壞之形」[10]、或由「託體復生」[11]，形體上由生而死，由死而生；精神感悟上從執迷到超脫，建構出「還魂」的情節，騰挪出濃厚的因果輪迴的色彩。[12]通常這類故事的產生源於死亡是一無法傳達的經驗，人們不了解死亡的內在作因，僅看見外在變化的神祕可怖。相信「萬物稟氣而生，形成性定，萬物形性之變，是由於氣之變異。」[13]許多神話寓言、志怪鬼語便是聚焦在「氣」的變化論上描圖摹形。

至於「生而離魂」指的是神魂並未進入冥界，是留駐於人生自然界中自由行動的現象。在F&W《Standard Dictionary of Folklore》中曾提到人有Superior Soul（"hun"魂），和inferior soul（"po"魄）兩種精神狀態。[14]其以為冥冥中，精神亙久不死，其精氣移轉，化作魂魄

---

[10] 「本身未壞之形」事參見《太平廣記》卷三七五記載〈干寶家奴〉一條：「干寶父有寵婢，其母甚妒，及干寶父死，乃以其婢陪葬。後十餘年，母喪開墓，而婢伏棺如生，載還，經日乃蘇，言其父恩情如舊，地中亦不覺為惡。……」

[11] 「託體復生」事參見《太平廣記》卷三五八引《玄怪錄·齊推女》一節：「齊推女因產為暴鬼所殺，事甚冤濫，經神判依附東晉鄴下一橫死之人，以其魂做本身，因歸生路。」

[12] 「還魂」的故事於志怪小說中屢見，舉如《太平廣記》中卷三七五到卷三八六，再生類一到十二俱屬此類。

[13] 干寶：《搜神記》卷12，臺北：洪氏出版社，1982年，頁146-148。

[14] Maria Leach , Ed., Funk & Wagnolls'Standard Dictionary of Folklore, Mythology, and

趨動，往往構縱了形體運作。即所謂「情為化之母，神為情之根，情有會物之道，神有冥移之功。」[15]其中「魂」的主宰於人類的想像界據點之高，是以其能依託以第二本體活動，留魄置於本體。由此，「形魂分離」結合「生魂活動」的想像衍生，通常指向人類陷入心理想望與現實世界不能平衡的受困情境，因而不得已將形體一分為二，試圖尋求兩全。而在當時社會、宗教、文化或政治格局的籠罩下，離魂故事跨越人生界與「超自然」相接，在某些層次上克服一些現實的「不可能」，最後復歸於平衡狀態。其中道德的色彩逐漸被強調闡發，增加了合理性與說服力，於是不僅於變化神異，氣氛玄詭，更出現了自重自尊、成就自我的意義，達到修補與救贖的功能。[16]

（三）「離魂」故事種類

在六朝志怪小說中，談到靈魂出竅，神魂與形體分離的情事在《幽明錄》、《異苑》、《甄異傳》、《搜神記》裡分別都有記載。[17]早期的文字敘述十分簡略，但是「體魂分離」的觀念已經成

Legend. [New York:F&W,1949], p.224.中提到人類的兩種神魂，一是較高級的魂；一是次級的魂；在睡眠中魂可離開形體而活動，這形成了夢的內容。有時在幻遊過程中，魂被驚嚇或是被拘縛，以致無法返回他的本體。……更由於魂似乎總是以與其本形相同的服飾及容色出現，所以一個人便可分裂為二，在兩地出現，因此有些人得以驅使他的魂到遠方辦事。

[15] 參見《弘明集》五，慧遠之〈形盡神不滅論〉。

[16] 比如唐陳玄祐的〈離魂記〉表達了對不幸婚姻的逃避來追求理想的愛情。《獨異記·韋隱》則暗示婚姻生活和宦途仕進的衝突。到元鄭光祖的「倩女離魂」雜劇則已擴大為社會功名和個人愛情的衝突。足見不同的背景因素使得文學意義各自突顯。

[17] 舉如《幽明錄·龐阿》（太平廣記）、《異苑·毛氏女》〔重校說郛本〕、《甄異傳·索紙》〔古小說鉤沈本〕、《搜神記·無名夫婦》〔太平廣

形。大多是在不自覺的情況下「離魂」，令人驚疑駭懼。衍至唐朝，「體魂分離」這個概念則正式發展成小說故事中的一個關鍵性環節，與當時正蓬勃發展的才子佳人的故事架構結合，敷演傳奇。其後，戲劇家們對「體魂分離」的離奇曲折一直無法忘情，迭有改寫推演。[18]於是，離魂情節的懸宕性益高，趣味性更濃。其間，生魂究竟在何種原因下與形體分離？經歸納整理，大致可分為九類。

1.「與日常儀俗相違」導致「離魂」

比如南朝（宋）劉敬叔《異苑》中有一則：「新野庾寔妻毛氏，嘗於五月五日曝薦蓆，忽見其三歲女在蓆上臥，驚怛便滅，女真形在別床如故，不旬日而夭，世傳仲夏忌移床。」這段文字簡明，「體魂分離」的異象很明顯地是與當時的生活儀俗相結合，末以夭亡的結局，其目的在強化「仲夏忌移床」的公信力。其中生人與離魂並無言行接觸的記述，是否為人心恍惚下的一種幻覺，極為可疑。

2.「索求物品」導致「離魂」

如晉戴祚《甄異傳》裡〈索紙〉，故事說「王肇常在內宿，晨起出外，妻韓氏時尚未覺，而奴子云：『索紙百幅』。韓視帳中，見肇猶臥，忽不復見，後半載肇亡。」又如《太平廣記》卷三五八〈無名夫婦〉「求鏡」（另見晉陶潛《搜神後記〈求鏡〉》）亦言「宋時，有家奴子傳言『郎求鏡』於家中主婦，主婦以為謊詐，指

記〕等。

[18] 唐人傳奇陳玄祐〈離魂記〉故事，為後戲曲所本：如趙公輔的《棲鳳堂倩女離魂》、王驥德的《南四折離魂記》和鄭光祖的《迷青瑣倩女離魂》、平劇中亦有《倩女離魂》，其中鄭作最著，趙、王戲曲以及平劇皆已亡佚，僅留劇名。

其夫在床上熟睡。後來夫由外歸，與婦共視被中人，正是其形，猜想應當是他的神魂，不敢驚動，於是以手徐徐撫床，遂冉冉入席而滅。夫婦惋怖。未過多久，夫忽得疾，性理乖錯，終身不癒。」以上兩則離魂情事明白出現求索的目的：或索紙，或求鏡。而其中離魂者與生人出現了具體交接的事實（如對話、行走），在結局處則循襲離魂之後或暴斃，或暴病的不幸，顯示「體魂分離」的情事駭異驚怖，在當時社會現象中仍屬罕見異常。

3.「索命」導致「離魂」

「索命」又分為二：一是「索他人之命」，如干寶《搜神記》的〈馬勢婦〉[19]。一是「索自己之命」，此類多以自己的神魂以本形面見自己的軀體，預言將死。如唐戴孚《廣異記》所錄的〈鄭齊嬰〉與〈柳少遊〉[20]。〈鄭齊嬰〉中鄭齊嬰在歸途中遇見自己的五藏神，知道自己氣竭當散，曾要求延長片刻，沐浴後，果至時而卒。〈柳少遊〉一則是說「天寶年間，柳少遊為京師中善卜筮者。一日，柳的神魂化作是客，訪詣少遊，請為之卜卦，卦象不吉，於是柳少遊為客夕暮將死而悲，殊不知悲客正是悲己也。」其體魂分離的情節設計尤稱奇詭。

4.「相愛不能共守」導致「離魂」

這類故事情節離奇，作意曲折。如南朝劉義慶《幽明錄》中錄有〈龐阿〉的故事：講述一位女郎屢次魂體相離去拜訪一位心儀的男子龐阿，屢經波折，後終如願婚嫁。天寶末年的〈鄭生〉描述的是男子鄭生與柳姓女子的靈魂締結婚約，返家後柳女形魂相合。大

19　《太平廣記》卷三五八，頁2831。
20　《太平廣記》卷三五八，頁2832-2833。

曆中〈韋隱〉敘及丈夫遠使新羅，其妻的靈魂離體相隨以及陳玄祐的〈離魂記〉說的是「王宙與倩娘相愛相感，但因倩娘另許他人，王宙抱恨而離。然而倩娘深感王宙深情不易，於是亡命來奔，二人成婚生子。後倩娘思家歸省，與病在閨中數年的倩娘相見，翕然而合為一體，其衣裳皆重。才知是神魂離體。」形成一連串閨閣離魂綺情故事系列。其後，本事敷衍，小說情節進入戲曲劇坊，內容益發動人。[21]

5.「離魂赴考」

清東軒主人輯《述異記》卷下有〈生魂代筆〉一則。[22]言「泉州父子二人赴試，父親生病不能入場，引以為憾。未料竟在病寐昏沉中，父親離魂為場中考生杜成錦代為構思行文，事後言及應試題目無誤，且發榜之後，果然榜中二十六名。」反映著科舉制度底下，求取功名是文生仕子們畢生的想望，是以罹病在身，仍然離魂應考。

6.「離魂相親」

如：《廣異記》裡的〈蘇萊〉一條。[23]由馬氏婦召喚盧家三女的生魂，由蘇萊母親見擇取媳婦。

---

21 考《靈怪錄》、《獨異記》原書已佚，《獨異記》或作唐李冗《獨異志》。今《幽明錄・龐阿》、《靈怪錄・鄭生》、《獨異記・韋隱》和〈離魂記〉俱收入《太平廣記》卷三五八「神魂」類。
22 魯迅：《古小說研究著作四種：古小說鉤沉》，濟南：齊魯出版社，1997年，頁196。
23 《太平廣記》卷三五八，頁2833。

7.「離魂補壽」

如張讀《宣室志》〈鄭氏女〉[24]說「會昌年間，刺史鄭君幼女多疾，請來身通道術的王居士診治，發現鄭女不是生病，而是生魂未歸。並指出她的前身是縣令某者，已經九十歲。當這個縣令身歿之日，鄭女便會病癒。」說的正是以生魂彌補前身某縣令數年陽壽的奇事。

8.「離魂回家過節」

見《集異記》中的〈裴珙〉一條。[25]以「孝廉裴珙，家在洛京，想趕在端午節覲親，但因座騎蹇劣，不能如願。後遇有乘馬而牽一馬者借馬，方得及時進城返家。然而家中人似乎對他視而不見，恍如異物。後來他折回城外，發現自己的軀體僵臥於地。方知自己是神魂分離，魂馳鬼馬，自召其禍。最後得老叟幫助，自後推之，神魂相合，才得蘇醒。」

9.「離魂還債」

事見《太平廣記》卷三五八所收《稽神錄》中〈舒州軍吏〉一條。講的是「廣陵富家子度生前欠了軍吏方某錢十萬，於是離魂以幫人占候禍福，其言多中，以此還債。等得還清債款，廣陵家中臥病在床的癡人便豁然病癒。」

綜合以上九類離魂故事，我們可以發現：
1. 離魂的設計貫穿全程，其初始於離，而終於合（或自主、或他

---

[24]　《太平廣記》卷三五八，頁2837。
[25]　《太平廣記》卷三五八亦有記載，與「裴珙」一事大抵相似，結尾略有出入。

人推合[26]），無疑是故事情節中一個重要的轉捩點，由之牽引高潮，帶動劇情。

2. 睡夢中、病寤中的蒙昧狀態常是神魂離體而出的橋樑，由此引伸、連接了不同型態的生命世界——幾乎和現實界一樣真切，最後體魂重合，轉折成另一種「幽通」[27]。此外，神魂出入於帶有虛靈和神秘色彩的卜筮與預言的情節設計，操縱相關精神漂流狀態，無不是一種驚人的奇幻造作。

3. 「離魂」故事的腳色分布男女老幼各階層，各有不同的動機。男如裴珙，女如倩娘；老如應試的泉州老者，幼如三歲女都曾有離魂情事的記載。如果從離魂行動因果觀察，舉如女性的離魂追求情愛，暗示出當時男女關係的解放；男性的離魂應舉，追求功名反映出科舉毒害；以及「仲夏忌移床」的儀俗約束力；端午節萬里思歸的倫常孝道等；在其不同的時代環境或文化格局中自有其特別的意義顯現。

三、「多情女，生離魂」故事原型分析

觀察古今中外神話故事原型中最常出現的應屬「英雄原型」[28]。其間英雄的面貌雖然各自不同，但都有一定的啟蒙儀式和追索過

---

[26] 還有「體魂不能自合，由他人推合之」者。如《集異記》〈裴珙〉，裴珙為了回家過端午節，離魂騎鬼馬，到了家門卻由於生魂未具形體，所以家人不覺不識，故而生魂復悵然以出重新尋回自己的本體。然而其形僵臥，魂不得入，有老叟自後推之，乃省然而蘇。

[27] 所謂「魂煢煢與神交兮，精誠發於宵寐。」參見班固：〈幽通賦〉，收入蕭統：《文選》卷14，臺北：藝文出版社，1974年，頁213上。

[28] 美國的神話學家約瑟夫‧約翰‧坎伯（Joseph John Campbell,1904-1987）在巨著《千面英雄》（The Hero with A Thousand Faces ,1949）中，討論了全世界神話故事的英雄旅程與其轉化過程，提出英雄原型說。

程：通常被歸類為「分離孤立——歷練演變——回歸同化」三個階段式。[29]而中國小說的發展，自六朝志怪傳錄變異到《唐人傳奇》言事淒婉再到敘述婉轉的白話章回小說，故事情節的發展、流傳、演變，經過長時期的發展，累積了相當程度的敘事藝術基礎，其中亦有不少共通的原型出現，比如「夢」故事系列以及「離魂」故事系列，前者出現「啟蒙原型」；後者則依「離魂原型」主導。在人物原型上，舉如孫悟空依其形貌、行事所本，自有其「靈猴原型」。一說是印度神猴「哈奴曼」（Hanuman）的傳說；一說為淮水水怪「無支奇」的神話。[30]無不搜奇記逸，作意好奇，各見蒼附。以下本文即以諾斯洛普・弗萊（Northrop Frye, 1912-1991）原型批評理論出發，選擇在離魂故事中引人入勝的「多情女，生離魂」故事系列——包括〈龐阿〉、〈離魂記〉、〈韋隱〉、《迷青瑣倩女離魂》四篇，分析其情節原型。

29　「啟蒙」原型：「自現實界出發→夢境／洗禮→回歸現實→啟蒙」。參見張漢良：《比較文學理論與實踐》，臺北：東大圖書公司，1986年，頁197-214。

30　胡適提出：孫悟空有可能源自古印度神話，他找出證據，認為是從古印度長篇史詩《羅摩衍那》（Rāmāyaṇa）中的神猴「哈奴曼」（Hanuman）演變而來，「哈奴曼」仗義正氣，神通廣大，四頭八臂，能變大縮小，能移山倒海，形象和孫悟空的三頭六臂極為相似。隨著佛學東傳，《羅摩衍那》中的「哈奴曼」猴神傳說也因而傳至中土，當中「大鬧天宮」情節與《羅摩衍那》中楞伽城大戰（Battle of Lanka）中的「大鬧無憂園」的情節有關，陳寅恪、季羨林都同意這個觀點。此為「印度進口說」。而魯迅看法不同，他認為靈猴傳說早見於中國古代神話，孫悟空渾身充滿中國式妖氣，可能與傳說中的淮水水怪「無支奇」（或作無支祈）有關。據《山海經》記載：「水獸好為害，禹鎮於軍山之下，其名曰『無支奇』。」「其形若猿猴，金目雪牙，輕利倏忽」可知無支奇狀似猿猴，塌鼻子，凸額頭，白頭青身，火眼金睛，力大無窮。大禹治淮時，四出興風作浪，危害民間，……禹於是召集諸神，最後把水怪鎮住，鎖於淮井之中，這就是「禹王鎖蛟」的故事。這個神話與《西遊記》中孫悟空大鬧天宮後被如來佛祖鎮壓在五行山下的故事情節相似。是為孫悟空「中國本土說」。

(一)「多情女，生離魂」故事系列

　　「多情女，生離魂」故事亦稱為「魂奔」故事。[31]其中結構內容均較完整的包括〈龐阿〉、〈離魂記〉、〈韋隱〉、《迷青瑣倩女離魂》四篇，其成篇年代由南朝迄元，文體亦不盡同。[32]中以南朝宋人劉義慶《幽明錄》中的〈龐阿〉，年代較早，篇幅較短，敘述較為簡約，其重心著重於「志怪」主題，被視為「情女離魂」故事之濫觴，也就是榮格所謂「集體無意識」的原初形態，為唐人傳奇陳玄祐的〈離魂記〉所本。其後隨著時代的變遷，內容增刪，形式改易，在整體故事構成及人物安排上或有重疊、或作復衍。包括：宋話本《張倩娘離魂奔婿》（收入皇都風月主人編《綠窗新話》）、元雜劇鄭光祖《迷青瑣倩女離魂》、明文言小說瞿佑《剪燈新話》中的〈金鳳釵記〉、明文言小說馮夢龍《情史》中的〈石氏女〉、〈張倩娘〉、〈吳興娘〉以及明白話小說凌濛初《初刻拍案驚奇》〈大姐魂遊還夙願、小妹病起續前緣〉（後此篇續收入《二刻拍案驚奇》）、明雜劇傅一臣〈人鬼夫妻〉以及明傳奇沈璟（一說為沈

---

[31] 尹飛舟等著：《中國古代鬼神文化大觀》，南昌：百花洲文藝出版社，1994年，頁113-115。

[32] 根據各篇故事年代列表於下：

篇　名	年　代	出　處	作（編）者
〈龐阿〉	南朝宋（406-444）	《幽明錄》	劉義慶
〈離魂記〉	唐代宗大曆年間（766-779）	唐人傳奇	陳玄祐
〈韋隱〉	唐宣宗—唐僖宗（847-888）	《獨異志》	李冗（元）
《迷青瑣倩女離魂》	元世祖—元末（1294-1397）	元雜劇	鄭德輝

自晉）〈墜釵記〉（俗名〈一種情〉）等，中以元鄭光祖的《迷青瑣倩女離魂》聲名最著。

(二)「多情女，生離魂」故事原型

在原始粗糙的文字敘述裡，「離魂」是一種異象，人們初覺不可解，由異而驚；又因故事中離魂者的結局往往夭死，或是性理失常，終身不癒，更覺悚懼慘惻。及後佛典東流，宗教盛行，與六朝談玄成風的血肉相附，於是張皇鬼神，稱道靈異。自晉迄隋，特多鬼神志怪之書。[33] 輾轉至唐，「離魂」一事入於人情，魂魄往復仍驚詭離奇，但不復邪怖。復與當時高漲的閨閣綺情和美學價值結合，離魂故事藉由形神變化的結構設計克服難題，曲全人們追求真愛的熱情執著，雖涉離奇荒誕，然立足現實、回歸現實，情節溫婉浪漫，不僅於立異魅人。而歸納此一系列故事四篇，不論內容繁簡、角色腴瘦、筆墨深淺，要以「多情女、生離魂」為主要情節單元，而情女「人——魂——人」的變身過程是結構中的重點，[34]「體魂分離——生魂活動——體魂合一」為故事原型。其敘事公式如下：

1.體魂分離

(1) 動機召喚：由於主角人物遭逢「阻礙」——或因理想未

---

[33] 魯迅：《中國小說史略》（上：第五篇六朝之鬼神志怪書），香港：三聯出版社，1996年，頁58-64。

[34] 另有針對倩女離魂的過渡歷程與范金納普（Arnold van Gennep,1873-1957）《過渡儀式》（The Rites of Passage）中的三階段說（「分離（separation）」、「轉換（transition）」、「整合（incorporation）」相較，若合符節。參見吳嘉珍：〈以過渡儀式論析《倩女離魂》〉《臺藝戲劇學刊》4期，2008年9月，頁43-68。

能實現，或對現實界有所不滿，激動內在精神意志強度
作用，於是離魂分身，自由解放，對其不周延之處進行
追求或補償。以「多情女，生離魂」故事系列為例，其
動機多來自企求愛情婚姻圓滿所遭受的「受挫情境」。

（2） 分離方式：離魂模式可分「死後離魂」與「生而離魂」；
為愛離魂故事多屬於後者。係神魂離開本體，其原動力自
發於潛在的意精而誠；而離開現實界的途徑為本體或夢
或病（或醉）等昏蒙狀態，多臥床不起。當神魂離開本體，
可視為一種「變形」。其間或有異常的舉止行為相對應。

2.生魂活動

神魂後幻化成與自身形貌類同的第二本體（亦即鄭光祖《迷青
瑣倩女離魂》中的「魂旦」[35]），由自然界走進人生界，與人、事、
物交接，離魂的動機於焉滿足。這身分轉換，其魂與形在同一段時
間分處於不同的現實空間中，各自活動，是特殊的存在，可視為一
種「救贖」。

3.體魂合一

（1） 問題解決：離魂狀況發生後，後續情節的展開大致分為
兩種方式：一為形魂未合，一為形魂相合。較早的小說，
敘事簡要或以「神魂消散」收束，其後離魂情節多由神
魂與本體相合，象徵著自然界與人生界結合，結局歸於
圓滿周全。

---

[35] 離魂故事進入戲劇，由於情節搬演的需要，產生了一門特殊的角色：「魂
旦」、「魂旦」亦稱「魂兒」或「生魂」，即同本文所提及之第二本體，是
精神離體而存在，無體卻有形。

（2） 翕合方式：對角色主體而言，形魂未合者可能代表其人神魂遊走的狀況消失，也可能代表著人物的死亡。[36] 形魂相合之舉或為「形體不動，生魂合體」《韋隱》；或為「生魂與形體互迎而合」《離魂記》；或者分為正旦、魂旦，體、魂之間出現了對話動作（元雜劇《迷青瑣倩女離魂》）。

以下對照〈龐阿〉、〈韋隱〉、〈離魂記〉、《迷青瑣倩女離魂》的內容情節，分附「離魂」原型作一說明。

1.體魂分離

（1） 動機召喚：「受挫情境」——包括來自命運、君令、父命的阻礙。如〈龐阿〉故事中，石氏女對龐阿美容儀，一見鍾情，暗生強烈的悅戀，然以其有妻室無能親近；〈韋隱〉則是韋氏夫妻新婚未久，韋隱奉命出使新羅，雙方因空間距離導致相愛不能相守。於是夫愴然有思，妻愍君涉海，終於離魂得見；而《迷青瑣倩女離魂》和〈離魂記〉相同之處在於男女主人公兩人從小締有婚盟（一為父親口約，一為指腹為婚），兩情相悅。後來遭受長輩阻礙不能結合（一為女父另許他人，一為女方母親力阻），被迫分離，但二人情深不移，憾恨難平。女方更因背約，對男方強烈內疚，於是產生離魂相隨的動機，替受壓抑的情愛或不能相守的挫敗感另謀出路。

（2） 分離方式：「人——魂」的「變形」。〈龐阿〉裡「石女

---

[36] 亦有形魂未合，意味著「死亡」者，如離魂分類故事中：《甄異記》的〈王肇〉，《廣異記》的〈鄭齊嬰〉、〈柳少遊〉。

二度離魂到龐府拜訪龐阿。」〈韋隱〉中「韋隱在就寢之際，發現其妻在帳外，志願奔隨。」〈離魂記〉則是「倩娘感君深情不易，此志不奪，於是殺身奉報，夜半徒行跣足而至，亡命來奔。」其中女主離魂投奔多有不尋常的暗示：比如或在夜半時分，或為船行水上，徒行跣足自陸岸追趕。借此點明其是以「類人」的姿態身分跨越禮教，追求幸福、實現自我意識的召喚。惟《迷青瑣倩女離魂》一劇中：「忽見倩女來訪，乃告不可以私奔，促其速回，倩女再三不肯，文舉感其情意，乃同舟進京。」倩女雖亦是捨棄了家庭父母私奔而來，相對於王郎而言，王郎在面對拒絕與挫折時，並不像倩女那般的主動爭取，出現傳統守舊、懦弱逃避的態度，後為倩女情意所感才改變態度。

2.生魂活動

〈龐阿〉中：龐阿的妻子善妒。石女二度離魂拜訪龐阿時，曾遭二次綑綁，送還石家。〈韋隱〉是欺瞞左右說是自己納妓，陪侍枕蓆。〈離魂記〉裡提及：倩娘與王宙至蜀生活五年，生兩子。《迷青瑣倩女離魂》則為：王文舉狀元及第，三年光景，以其為官廉能正直，皇上封衡州府判，於是攜倩女（魂旦）衣錦還鄉。在這四個故事中，一向認為是被動一方的女性，因著自我心中的強大願望的驅使，化被動為主動，前往尋找心愛之人，彌補了相愛不能相守的缺憾。其中除了〈龐阿〉中石女之魂未曾言語，其餘諸篇「體魂分離」後，皆與生人界有所交接，生活愉快美滿。《迷青瑣倩女離魂》中還分為正旦與魂旦，是一人扮飾兩角。

3.體魂合一：

　　離魂的行動無疑凸顯了傳統社會中女性的不自主，受制於父權禮教，女子無法決定自己的未來，愛其所愛。「離魂」的結果，是兼顧了愛情與道統。一方面成功追求愛情，實踐自己的理想；另一方面以化魂私奔的的身份方式婉轉顧全了傳統封建倫理。然在虛擬世界「遂願」之後，終需回到現實——亦即精神層面愛情問題紓解，現實層面人生難題隨之而生。那麼，「離魂變形之後如何重回現實『真人』的世界？」解決的方式便是再次變形（由「魂——人」），以歸圓滿。檢索故事中，僅〈龐阿〉故事的石氏女「生魂寂滅，消失不見」（第一次女魂化為煙氣逃脫，第二次煙消氣散，奄然滅焉），後因龐阿妒妻忽得怪病而卒，龐阿得娶石女，二人歡結以終。其中石女化為煙氣消散，神怪意態較濃。其餘〈韋隱〉是「隱乃啟舅姑。首其罪。」而室中宛存的韋妻形體，「及相近。翕然合體。其從隱者乃魂也。」〈離魂記〉中「病在閨中」的倩娘「喜而起，飾妝更衣，笑而不語，出與相迎，翕然而合為一體，其衣裳皆重。」鋪排的是「舟中女」與「室中女」的合體。而在〈類說〉卷二十八《異聞集》中，另收〈離魂記〉一本文字作：「鎰曰：『自宙行……女不言，常如醉狀，信知神魂去耳。』女曰：『實不知身在家。出見宙抱恨而去，某以睡中愴惶走及宙船，亦不知去者為身耶，住者為身耶？』」[37]此處「不言」、「常如醉狀」、「神魂去耳」、「去者、住者」更見魂離形體，真假難分之狀。而元雜劇《迷青瑣倩女離魂》中，則以臥病在家的長安倩女（「正旦」），在接到王郎的家書以後，一度以為王郎變心，另結新歡，

---

[37]　（宋）曾慥編纂，王汝濤等校注：《類說校注》上冊卷28《異聞集》，福建：福建人民出版社，1996年1月，頁842。

哀痛欲絕。最後由離魂私奔王郎的衡州倩女（「魂旦」）相告，這才如夢初醒，形魂復合完婚。此處元雜劇中著筆描寫主角自身意識的狀態，穿插了正旦、魂旦間的懷疑自責，體、魂之間出現了戲劇性的對話。與其他離魂作品，臥病的女主人公形體多無知覺言語，而以周邊人物對離魂現象出現不可置信的驚異反應作結不同，足見複演情事，更為奇詭。[38]

四、結論

（一）情節原型：「體魂分合」與「浪漫愛」的追求

　　觀察以上情女離魂故事系列，其文字傳述已稍別出，然而機關設想則通為一源。其情節原型：體魂分離——生魂活動——體魂合一，可視為情意爆發與身體分合的一種辯證。其中，「精誠所至，金石為開」是「體魂分離」的抒情性的施張，解決了男女主角被拆散的苦痛。而後「體魂翕合」則是合理化的復歸，在自然界與人生界的重查交演中，重回現實人生的社會秩序，落實圓滿。故事中是以「離魂出奔」這種超現實的方式，對追求「情愛」做了浪漫的表現和詮釋。像這樣以堅定的意志、熱烈的情感，克服障礙，不惜向當時的社會成俗與道德規範挑戰的行為，溯自卓文君、紅拂之出

---

[38]　以下表列〈離魂記〉傳奇與《迷青瑣倩女離魂》雜劇二者情節設計之承襲修改：

〈離魂記〉	《迷青瑣倩女離魂》
1.倩娘魂至，王生喜匿之。	1.倩女魂至，王生勸歸之。
2.倩娘體聞魂歸，喜而翕合。	2.倩女體聞報信，不知歸者乃己魂，誤以為王生另娶，忿泣。

奔,其來有自。到了「多情女,生離魂」故事母題營造上,小說家讓她們藉由離魂的轉遞,自衝突中解放,繼續浪漫愛的追求。另值得注意的是這一系列追求愛情的浪漫情事均為女性離魂分身。[39]過程中女性扮演著積極的行動者,以強烈的自我意識,不和傳統權威妥協,改變了現實中無法自主的缺憾。在這裡,作者一方面想藉這等軼事離奇以玄詭烘襯綺情,增加可讀性;一方面對傳統制度底下的天意[40]、君旨[41]、父命[42]並不想做正面對抗,便藉由離魂替受壓抑的情愛或受挫折的頹唐感另謀出路。其所透露的意義無論在〈龐阿〉和〈鄭生〉中針對愛情與婚侶的追求,〈韋隱〉所暗示婚姻生活和官宦生活的衝突,〈離魂記〉及《迷青瑣倩女離魂》雜劇中表達著受制於封建婚姻制度的不滿,都揭露了大膽地追求自由之愛的本色。

同時,就在這似實還虛的遊走中,經歷著變形與更新:一方面「體」意味著仍然謹守(困守?)於保守的道德禮教;另一方面「魂」則是象徵著衝破現實的限制,積極主動追尋自我、開創生命之路。這段由變形到回歸的歷程,具有啟蒙與洗禮的意義。而魂與

---

[39] 考察歷代離魂故事中,離魂並非是女性的特權,而是男女老幼各階層都有。其角色的選取完全依附於情節的需要,是意圖藉由離魂作一雙面對照,針對當時由來已久的社會現象或人生情境提出反省或批判。比如應試求功名乃科舉制度下男子文士一生追求的目標,自然以參試者附文。

[40] 「天意」是指〈鄭生〉一則中鄭生在府宅老母為媒時不推辭的表態。男女婚姻,於古雖出於父母之命,而冥冥之中主其事者似與高禖之傳說有關。《太平廣記》卷三二八〈閭庚〉一則有「地府主其界內婚姻者,用細繩絆男女之足,二人造成配偶。」此處府宅老母後知已死,是亦陰曹鬼使也。〈閭庚〉一則注出《廣記》,廣異記作者戴孚約於唐德宗貞元初年,可知此傳說當為唐世民間所熟知。

[41] 「君旨」是指韋隱奉使新羅,不得不與其妻分離。

[42] 「父命」則指王宙與倩娘雖已相知相許,倩娘之父雖也有「當以倩娘妻之」的許語,但後又將倩娘許配他人,於是女抑鬱,男畏恨,但仍無可如何的黯然分離。

體的衝突象徵的正是生與死的衝突，誠與偽的衝突，浪漫之愛與古
典之情的衝突。[43]湯顯祖在《還魂記題辭》裡曾說：「情不知所起，
一往而深，生者可以死，死可以生，生而不可與死，死而不可復
生，皆非情之至也。」是以，通過離魂變形，內在真實世界的魂靈
拋棄了外在社會人格的面具，大膽衝撞封建禮教、社會成俗與道德
規範，赤裸地尋求自我獨立。如此以叛逆之姿宣示著「執著追求，
達成理想」的無怨無悔，不但解脫了個人（主角本身乃至作者本
身）的情意結，也解脫了社會大眾（讀者群）的情意結。故而，無
論就離魂事件的本身、人物的塑造和情節的經營上，都表現出一種
抒情浪漫的意向。

（二）幻設技巧：「構虛悅異」與「不限此身」的探求

所謂「幻設技巧」[44]即指利用超現實的人物或事件等構設出光怪
陸離的情節，鋪陳故事，並藉由現實界和超現實界間虛實、真幻的
對映，來突顯「作意」。[45]考諸離魂故事中多描述僵死的軀體和活動
的靈魂。由於初民對於生命的觀察推演多出於巫術思考的方式，舉

[43] 董挽華：〈試剖元雜劇「倩女離魂」的「離魂」〉《幼獅學誌》第十五卷第
二期，1978年12月，頁105-119。

[44] （明）胡應麟《少室山房筆叢》卷三六曾經提到：「變異之談，盛於六
朝，然多是傳錄桀訛，未必盡設幻語，至唐人乃作意好奇，假小說以寄筆
端。」魯迅更有廓闊：「幻設為文，晉世固已盛……然咸以寓言為本，文詞
為末。……傳奇者流，源蓋出於志怪，然施之藻繪，擴其波瀾。故所成就乃
特異，其間雖亦或託諷喻以紓牢愁，談禍福以寓懲勸，而大歸則究在文采意
想，與昔之傳鬼神明因果而外無他意者，甚異其趣矣。」魯迅：《中國小說
史略》（上：第五篇六朝之鬼神志怪書），香港：三聯出版社，1996年，頁
75-78。

[45] 梅家玲：〈論「杜子春」與「枕中記」的人生態度〉，《中外文學》第十五
卷第十二期，頁122-133。

如早期《越絕書》上有謂「失其魂魄者死，得其魂魄者生。」所以常常認定一些生物的現象如蟬蛻、蛇解為不死、重生的象徵。其後基於不死重生的渴望導致變化傳說的產生，於是田鼠順時化為鳥，腐草化為螢，鳥生杜宇之魄，婦化石以望夫，進而男女易形，體魄離異都列為靈異的變化。在《韓詩外傳》中，鄭國已有三月上巳，兩水之上，招魂續魄的習俗以拂不祥。宋玉亦有《招魂》之作。這「魂離魄留」的說法出現，印證了冥冥中，精神亙久不死，其精氣移轉，化作魂魄趨動，往往構縱了形體運作。「離魂」的理念即脫胎於此。而這樣一個超理性的現象，參雜著魂靈報恩復仇的輪迴觀、鍊丹修身、羽化登仙術；進入小說戲劇騰挪出一個可接受的超現實的虛幻語境。這種「幻設」技巧賦予「變化傳說」一個較完備的形上依據，不但成為表現作品主題和作者才情的一個手段，隱然更成為一種流行的敘事取向。

以陳玄祐〈離魂記〉為例，「體魂分離」與「體魂翕合」是二次「幻設」技巧的使用，即不斷在現實界與超現實界穿梭，所謂「本體」雖生猶死，「離魂」雖死猶生，其壓軸好戲「體魂翕合」，以「合」字點襯「離」字，使得「離魂」別具意義。誠如袁石公評「其翕然而合為一體」時言：「是一是二？想如燈之與火、水之與冰矣！」[46]且就在這一離一合之間，其文字描述已由玄詭性漸趨邏輯性，說明此一精神現象乃是自然界的奇蹟，並非恒久與必然。

由之，讀者乃進一步理解到：「幻設技巧」的運用使得主人公身上執著無礙的浪漫信念不再空疏，超越了世俗，具有了實踐性。故而情境的造設是否真實或是虛構，並不十分重要。因為心理想望與現實世界不能妥協的衝突既然造成，主角受苦掙扎，尋求解決乃

---

[46] （明）袁宏道評注，屠隆點閱：《虞初志》（收錄於《說海叢書》第一冊卷 1〈離魂記〉，北京：人民日報出版，1997年，頁36。

成重點。是而，由幻設技巧演示離魂到魂合，借虛作實，以玄詭烘襯綺情，一方面增加可讀性；另一方面強調著「不限此身」與「不限此生」的意涵。是不想正面對抗傳統制度，企圖在理想與現實之間化解衝突，別契生機，達成一種圓滿與和諧。

　　總結而言，從「體魂分合」情節原型指向「浪漫愛」的追求，恰如佛洛依德所言「藝術作品在排斥其慾望的現實界與實現其慾望的幻想界之間，爭得了一席之地。」[47]而其幻設技巧自「構虛悅異」到「不限此身」，「皓月冷千山，離魂暗逐郎」[48]，其事微茫有神，其行浪漫詭奇，憑藉著感動性得以流傳久遠。[49]

參考文獻

（春秋）左丘明著、（晉）杜預集解、日本竹添光鴻會箋：《左傳會箋》，臺北：鳳凰出版社，1974年。

（清）孫希旦著：《禮記集解》上冊，臺北：文史哲出版社，1990年。

（宋）李昉等編：《太平廣記》，臺北：文史哲出版社，1987年。

尹飛舟等著：《中國古代鬼神文化大觀》，南昌：百花洲文藝出版社，1994年。

朱立元主編：《當代西方文藝理論》第二版，上海：華東師範大學出版社，2010年。

---

[47]　Ernest Jones (1879-1958), "The life and Work of Sigmund Frend" Vol. II, NW: New York, 1955, p.217。

[48]　其語化自姜夔《踏莎行》：「離魂暗逐郎行遠，淮南皓月冷千山，冥冥歸去無人管。」

[49]　本文重新改寫，原文〈離魂故事系列試探〉收入《世新學報》1期，1991年，頁41-57。

埃里克・夏普著、呂大吉譯：《比較宗教學史》，上海：上海人民
　　出版社，1988年。

張漢良：《比較文學理論與實踐》，臺北：東大圖書公司，1986年。

崔麗娟：《心理學是什麼》，臺北：天地圖書有限公司，2003年。

魯迅：《古小說研究著作四種：古小說鉤沉》，濟南：齊魯出版
　　社，1997年。

魯迅：《中國小說史略》，香港：三聯出版社，1996年。

鄭樹森：《從現代到當代》，臺北：三民書局，1994年。

吳嘉珍：〈以過渡儀式論析《倩女離魂》〉《臺藝戲劇學刊》4期，
　　2008年9月，頁43-68。

梅家玲：〈論「社子春」與「枕中記」的人生態度〉，《中外文
　　學》第十五卷第十二期，頁122-133。

董挽華：〈試剖元雜劇「倩女離魂」的「離魂」〉《幼獅學誌》第
　　十五卷第二期，1978年12月，頁105-119。

以巴爾特符碼進行的觀察：
解碼〈木蘭詩〉

一、羅蘭·巴爾特與五種符碼

　　西方文學批評理論的發展自二十世紀以來已然發生變化，先是對作品／文本的分析研究取代了對作家的關注考察；接著以傾向於採取讀者的「閱讀、反映、接受」的過程視為再創造的思維，轉移了貫注文本的批評重點。其間，法國結構主義文論作為俄國形式主義和布拉格結構主義文論的邏輯延伸，創見紛呈。[1]而羅蘭·巴爾特（Roland Barthes, 1915-1980）是最重要的文論家之一，他的寫作著述從語言學出發，博採眾長，在不同階段提出了其對結構主義、敘事學文論的建設與轉向，見解獨特。[2]其後，隨著「結構主義也是世界

---

[1]　如「結構主義五巨頭」：李維史陀（Levi-Strauss, 1908-2009）、心理學界的拉康（Jacques-Marie-Émile Lacan, 1901-1981）、歷史學及思想史界的傅柯（Michel Foucault, 1926-1984）、政治思想界有阿圖塞（Louis Pierre Althusser, 1918-1990）及文學藝術界的羅蘭·巴爾特（又譯作羅蘭·巴特，Roland Barthes, 1915-1980）。當時結構主義已取代存在主義成為法國沙龍內知識份子談論的重點。參見朱立元主編：《當代西方文藝理論》第二版，上海：華東師範大學出版社，2010年1月，頁234。

[2]　巴爾特的代表作品呈現了對語言、代碼、符號、文本及其內在意味的關注。如《寫作的零度》（1953）、《符號學原理》（1964）、《批評與真實》（1966）、《S／Z》（1970）、《符號帝國》（1970）、《批評論文選》（1972）、《戀人絮語》（1977）等。

的某種形式,它將跟著世界變化」[3],1970年,巴爾特的《S/Z》體現著「意義是差異的產物」的特點,提出「作者書」的理念,[4]企圖突破結構主義範式的單一性、系統性,[5]是以存有各種可被質疑和分析的縫隙,得能在其中進行建構的、流動的、生成的(becoming)、意義詮釋的創造性對話,讓意義自由閃爍,可以被任意解讀。如此一來,閱讀的多義性過程被揭示,標誌了巴氏由結構主義向後結構主義的過渡。

在《S/Z》裡,巴爾特針對巴爾札克(Honoré de Balzac, 1799-1850)的短篇小說《薩拉金》(Sarrasine),分成561個閱讀單位(每個單位長短不一,或為一個詞,或者片語,或者句子,或者句組),以五種符碼進行解構批評,成段聚落之後附有分析及閱讀聯想。他所設定的五種符碼(code)分別為行動性符碼(Proairetic Code)、語義素或能指符碼(Connotative Code)、象徵符碼(Symbolic Code)、闡釋性符碼(Hermeneutic Code)和文化性符碼(指涉性符碼)(Cultural Code)。[6]其中,行動性符碼指陳故事中的行動及其結果;闡釋性符碼則以經營提問、謎團解答的方式來帶領情節層面,這兩項往往一同構成敘述的懸念以及滿足讀者完成、結束文本的願望,類似傳統所謂的表層結構。而語義素或能指符碼又稱為內涵符碼,則是有關各個詞類的內涵的符碼,常包含所暗示的主題。此外,象徵符碼是由不同的意象、事件等,經由相對組所

---

[3]　胡經之等編寫:《西方文藝理論名著選編(下)》,北京:北京大學出版社,1987年3月,頁472。

[4]　高辛勇:《形名學與敘事理論——結構小說分析法》,臺北:聯經出版事業公司,1987年11月,頁200-201。

[5]　基於受到從科學基礎上對凝固單一的思維模式的質疑、無意識領域的開拓以及對人本質的還原和異化的揭示與批判的挑戰,結構主義範式流於單一性、公理性的缺陷暴露,受到了挑戰。

[6]　朱立元主編:《當代西方文藝理論》第二版,頁243。

引伸建構的意義格式；文化性符碼（指涉性符碼）則呈現了文化中共同的信仰或成規的智慧與思路，這後二者通常被視為指向深層結構。綜上五種符碼即是以交叉、激盪的運用方式提供書篇的閱讀門徑，強調讀者自行參與，形成分解文本的力量，從片斷／打亂／斷續狀態中進行文際關係的探索。[7]

　　以下本文即著力於巴爾特符碼對北朝民歌〈木蘭詩〉進行開放式閱讀，此一探索並非剷除傳統（背景）研究，亦不等於揚棄「系統」概念；而是穿越記號的面紗，藉著符碼的充分運作，交織編絞。期望在符碼網的重讀與意義建構的明滅不定中，獲得巴爾特所標舉「我們正在寫的」快感。

二、解碼〈木蘭詩〉

　　在中國詩史中，〈孔雀東南飛〉與〈木蘭詩〉為長篇敘事民歌雙璧。「木蘭代父從軍」這個傳奇故事家喻戶曉，成為通俗小說、戲曲、電影等各類敘事搬演的題材。而關於「木蘭」的研究論述，或從歷史考據的角度——包括對木蘭真實性（身世、姓氏、故里、戰場）以及〈木蘭詩〉產生的年代、作者、版本的考察等；或從敘事學的角度——對〈木蘭詩〉的藝術特色、人物形象和主題思想進行論述；乃至從闡釋學、女性主義、社會性別、故事接受學的視野等，皆經過不斷言說改寫，對木蘭形象的重構、木蘭故事的演繹，分別做出了貢獻，[8]在此不復詳述。

---

[7]　符碼釋義的文字整理，參考朱立元主編：《當代西方文藝理論》以及高辛勇：《形名學與敘事理論——結構小說分析法》。

[8]　參閱王文倩、聶永華：〈《木蘭詩》成詩年代、作者及木蘭故里百年研究回顧〉，《商丘師範學院學報》第23卷第1期，2007年1月，頁17-21。宵稼雨、張雪：〈20世紀以來《木蘭詩》成詩年代及木蘭故里研究述評〉，《河北師

　　現今所見〈木蘭詩〉（一作〈木蘭辭〉），收於宋代郭茂倩所輯《樂府詩集》卷二十五，橫吹曲辭・梁鼓角橫吹曲中。[9]題下注有「古辭」二字，題解引《古今樂錄》注：「木蘭不知名，浙江西道觀察使兼御史中丞韋元甫續，附入。」其後另附一首韋元甫所作同名古體詩。[10]統計〈木蘭詩〉全詩五言五十六句，七言五句，九言二句，共三百三十三字。[11]以下即依循巴爾特符碼的應用原則：「分析、呈現、穿梭」──首將〈木蘭詩〉就意之所至概分為九個閱讀單位（Lexica），[12]進行片斷、孤立的閱讀；復應用五種符碼，分解文本，同時進入其他符號系統，在符碼網中穿梭，尋找意義、賦予名稱，衍生眾義性。並標出進一步的深化或歸納：「鑰」（key），擴大閱讀與深思。

範大學學報》哲學社會科學版，第36卷第3期，2013年5月，頁139-143。聶心蓉、謝貞元：〈闡釋學視野的花木蘭與女性解放的維度〉《重慶大學學報》社會科學版，2002年第8卷第2期，頁56-62。蘇珊曼（Susan Mann）：《亞洲婦女的神話》，杜芳琴主編：《引入社會性別：史學發展新趨勢──「歷史學與社會性別」讀書研討班專輯》，2000年6月，天津：內部版，頁430。

9　（宋）郭茂倩：《樂府詩集》第二冊，北京：中華書局，1979年，頁373-375。

10　根據袁行霈、羅宗強《中國文學史》的說明：「橫吹曲屬於馬上演奏的軍樂，因為有鼓有號角，所以叫鼓角橫吹曲。北方民歌多半是北魏以後的作品。」按語又言：「北方民歌傳入南方後，曾由梁朝的樂府官署加以保存，至陳朝時，釋智匠在他的《古今樂錄》終將這些作品冠以『梁鼓角橫吹曲』之名。」參見氏著：《中國文學史》第二冊，北京：高等教育出版社，1999年8月，頁96。而郭茂倩《樂府詩集》便是選擇最接近第一創作時間的《古今樂錄》的收錄，置〈木蘭詩〉於「梁鼓角橫吹曲」的末尾，著錄其不知起於何代，究其源應為南北朝時期北方少數民族歌辭。

11　總字數為333字，加總標點符號為392字。其中「願馳千里足」或作「願借明駝千里足」則總字數為335字。

12　羅蘭・巴爾特說：「閱讀單位或含數詞語，或含數句子；此乃方便之舉：只需其成為我們觀察意義的最佳可能空間，就足夠了。……沿文勾勒出閱讀的區域，以探察其中意義的律動。」羅蘭・巴爾特著、屠友祥譯《S／Z》：上海：人民出版社，2001年10月，頁74-75。

（一）

〈木蘭詩〉

◎闡釋性符碼：

即「講故事的代碼」，是所有能引起問題、製造懸疑、提出解答的線索暗示。就〈木蘭詩〉的標題及其題解引注：「木蘭不知名，浙江西道觀察使兼御史中丞韋元甫續，附入。」而言，即出現問題之始（疑團一）：木蘭是甚麼？是人名？是物名？如係人名，是男性？是女性？而其敘事文字間，所蘊藏詮釋故事的相關材料如：時代、作者、真偽的質疑，並在後文中解謎。

（二）

唧唧復唧唧，木蘭當戶織。不聞機杼聲，唯聞女歎息。問女何所思？問女何所憶？女亦無所思，女亦無所憶。

◎闡釋性符碼：

疑團一：解答一，木蘭是一女子名字。
疑團二：為何歎息？

◎行動性符碼：

織布、歎息。

◎文化符碼：

(1) 文化成習：符合女子「正潔於內，志於四德」（德、言、容、功）的婦功要求。木蘭的從事家內勞動，一方面反映出男外女內的性別分工、男耕女織的社會型態。另，西方學者白馥蘭（Francesca Bray）曾使用「權力的織物」（fabric of power）描述傳統中國女性在紡織方面的貢獻使她們在普遍社會中得到一種權力。[13] 這種詮釋在後文「木蘭回返『權力的編織』」一節將得到呼應。

(2) 文學成規：〈木蘭詩〉的前六句與梁鼓角橫吹曲的〈折楊柳枝歌〉皆用套語構句：「……敕敕何力力，女子臨窗織；不聞機杼聲，只聞女歎息。問女何所思？問女何所憶？阿婆許嫁女，今年無消息。」取意大致相同。[14] 而〈木蘭詩〉中以歎息呼吁聲「唧唧」起，造成懸念，接著以問答鋪述，用語爽直點題，有濃厚的民歌情調。可知樂府中多借用當時流行的口語，為一文學慣例；並可推見二首詩作的時代關係相距不遠。

◎能指符碼：

(1) 透過「思」、「憶」的問答，跳脫一般閨中女兒的「待嫁」

---

[13] Francesca Bray, *Technology and Gender: Fabrics of Power in Late Imperial China* (Berkeley: University of California Press, 1997), P189. 白馥蘭曾使用「權力的織物」（fabric of power）很形象地描述了女性的特殊權力——不只是經濟的，也是道德的（勤奮、節約、有條理），並主張其是從複雜的人際關係中編織出來的。

[14] 哈佛大學古典文學教授巴里（Milman Parry）提出套語原理（formulaic Theory）：「運用同樣的韻律節奏，以表達一定概念的一組文字。」參見陳慧樺：〈套語詩理論與《鐘鼓集》〉《中外文學》第四卷第三期，頁210。

思維主題。

（2）　以歎息、織布勾勒出婉約的女子形象。

（三）

　　昨夜見軍帖，可汗大點兵。軍書十二卷，卷卷有爺名。阿爺無大兒，木蘭無長兄，願為市鞍馬，從此替爺征。

◎闡釋性符碼：

　　疑團二／解答二：可汗點兵，老父名入兵籍，惟因年老不堪征戰，為人女兒是以憂愁歎息。

　　疑團三：如何解決徵兵老父的問題？解答三：木蘭代父出征。

　　疑團四：木蘭代父出征，方法為何？成功否？

◎行動性符碼：

　　接獲軍帖、代父出征。

◎能指符碼：

　　主題指向戰爭。並牽涉到主角人物（木蘭）的忠與孝的道德指向。

◎文化符碼：

（1）　文化成習：根據徐中舒〈木蘭歌再考補篇〉指出：木蘭代父從軍，非尋常女子所能者，正因為她的環境在歷史上，非其他女子所能具備。如（一）為鮮卑遺族，居於中原；（二）生活完全華化，又受禮教之相當涵養；（三）其時

為府兵制，而非募兵制；（四）其家庭父老，弟幼，仍在籍。……其先代剛毅尚武之風，又非禮教所能全部征服。故能代父從軍，無所屈撓。[15] 加以當時北方政局不穩，與劉宋爭亂頻仍，男女人口比例失衡，是以木蘭能夠兼以英武循禮之姿形成巾幗不讓鬚眉的典範。至於有關木蘭詩的成詩年代說法不一，學者論述整理已多，此略不述。[16] 然而無論係為北朝成型或到初唐定型說，就文化環境而言，「代父出征」的木蘭原型產生與其生活的時代背景有關，觀諸主題鎖定戰爭，風格明爽勁健，其出自北方民歌，應無疑義。[17]

◎象徵符碼：

傳統與反傳統記號功能的連接與打破。

【鑰1】：傳統與反傳統：「忠孝」道德指標的重構

在木蘭「代父從軍」的行為裡，代父作「孝」，從軍作「忠」。顛覆傳統士大夫觀念、文人傳記中「忠孝不能兩全」乃至「移孝作忠」的壯節烈義的宣揚，而作出新指向：以「忠孝兩全」展開民間故事傳奇，而此一行為又在後文木蘭以「解甲歸田」、「不居事功」的表現選擇，建構出「中性」最高的道德標準。

---

[15]　徐中舒：〈木蘭歌再考補篇〉，《東方雜誌》第二十三卷第十一號，1926年6月，頁89-100。

[16]　木蘭詩的成詩年代說法不一，中以北朝說與隋唐說最具代表性，其中各派學者又屢有改訂。參見王文倩、聶永華：〈《木蘭詩》成詩年代、作者及木蘭故里百年研究回顧〉，頁17-21。

[17]　北朝包括十六國及魏、齊、周三朝。參見劉躍進主編：《中國古代文學通論·魏晉南北朝卷》，遼寧人民出版社，2005年，頁270。

（四）

　　東市買駿馬，西市買鞍韉，南市買轡頭，北市買長鞭。

◎闡釋性符碼：

　　疑團四：部分解答一，木蘭女扮男裝，依照男子從軍模式，為
　　　　　　戰鬥做準備。

◎行動性符碼：

　　木蘭配置軍備——購買軍器、軍馬。

◎能指符碼：

　　備戰。主題再度指向戰爭。

◎文化符碼：

　（1）　文化成習：由於北魏時實行府兵制，[18] 徵兵物件包括官僚
　　　　　子弟和一般地主，但仍以均田農民為主體。採先富後貧，
　　　　　先多丁後少丁的原則。服役期間，府兵本身免除課役，
　　　　　但須自備軍資、衣裝、輕武器弓箭、橫刀和赴役途中的
　　　　　糧食。

　（2）　文學成規：善於騎射、勇健英武的少女在當時北方遊牧

---

[18]　《新唐書·兵制篇》：「府兵制起自西魏、後周，而備于隋，唐因興之」參
　　　見（宋）歐陽修、宋祁：《新唐書》卷五十，臺北：洪氏出版社，1978年。
　　　頁1324。

民族血統中並非個案。[19]北魏以來，胡漢融合，互相影響。李波小妹即是以北方遊牧文化為土壤所產生的巾幗英雄，如：「李波小妹字雍容，褰裙逐馬如卷蓬。左射右射必疊雙，婦女尚如此，男子安可逢！」[20]與木蘭的「刀馬旦」形象相似，是以女子嫻於弓馬、代父從征的行動出現在尚武的北朝自不令人意外，循延至唐，並牽動了女子著男裝（褲裝騎馬）的風潮。雖然木蘭是否真有其人極難確證，但其人物塑型增衍，其故事／傳說當為經由民間流傳、後世文人提煉加工的總和。[21]

（3） 文學技巧：方位的排比——此一閱讀單位中「東西南北」的奔走軍備與南朝樂府「相和歌」的〈江南〉：「魚戲蓮葉東（西南北）」，俱以句法的重疊，實際帶動潑落的動感，明標民歌複沓節奏的本調。

◎象徵符碼：

男權意識與女性地位的相對性（一）。

---

[19] （梁）蕭子顯：《南齊書》卷五十七〈魏虜傳〉：「太后出則婦女著鎧騎馬，近輦左右。」北京：中華書局，1974年，頁985。（北齊）魏收，《魏書》卷九十二記載：「茍金龍妻劉氏……率屬居民，修理戰具，一夜悉成。……集諸長幼，喻以忠節。」北京：中華書局，1974年，頁1983-1984。

[20] 參見陳友冰：《兩漢南北朝樂府鑒賞》〈李波小妹歌〉，臺北：五南圖書出版公司，1996年5月，頁445。另（北齊）魏收，《魏書・李孝伯傳》附子《安世傳》卷五十三言：「初，廣平人李波，宗族強盛，殘掠生民……百姓為之語曰：『李波小妹字雍容……云云，即此歌也。』」

[21] 陳寅恪認為木蘭應是「胡化的漢人」或是「漢化的胡人」。參見氏著：《隋唐制度淵源論略稿》，北京：中華書局，1963年，頁100。

【鑰2-1】：男權意識與女性地位的相對性（一）

　　木蘭「代父從軍」提供的意義是：男性的難題（被徵兵作戰）依靠女性提供解決（代替從軍），女性由被保護者到提供保護者，挑戰了男性威權社會裡「女子無才便是德」、「重男輕女」、「男強女弱」的觀念，女性地位明顯揚升；即從「國家有難，人人有責」的角度審量，亦屬男女地位平等主張的認同。

（五）

　　旦辭爺娘去，暮宿黃河邊；不聞爺娘喚女聲，但聞黃河流水鳴濺濺。旦辭黃河去，暮至黑山頭：不聞爺娘喚女聲，但聞燕山胡騎鳴啾啾。

◎行動性符碼：

　　萬里行軍（離家—黃河—黑山）。

◎能指符碼：

　　經由視覺印象（人事／爺娘，自然／黃河、黑山）與聽覺（喚女聲、水鳴聲、鐵騎聲）共同組構空間的移動，向戰爭主場逼近。

◎文化符碼：

（1）　地理認知：從詩中出現的「黃河」「黑山」「燕山」「胡騎」等語詞來看，木蘭征戰的背景與北魏對柔然（史書中柔然另稱蠕蠕、茹茹）的戰爭背景相似，史載時間約在北

魏道武帝天賜四年（407）到北魏孝文太和十七年（493），許多地名在《魏書‧蠕蠕傳》中多次出現。[22] 然其地點黑山（殺虎山或河南境內黃河北岸的幾處黑山）和燕山（燕然山或太行山）的位置仍有爭論，歸屬未定。而觀今日商丘、虞城、黃陂、陝西等地方誌都有木蘭事蹟記載，有的還立廟崇拜祭祀。[23]

（2） 文學成規：「旦辭……暮宿……不聞……但聞」八句分別採用時間對比、空間對照、以及正反論述等，以「5579」二段重疊排比的文學手段鋪陳，從激發閱讀想像到感同身受，逼出「臨界戰場」的危險緊張感。並在「不聞喚女聲，但聞胡騎聲」的轉折中木蘭變裝完成。

（六）

萬里赴戎機，關山度若飛。朔氣傳金柝，寒光照鐵衣。將軍百戰死，壯士十年歸。

---

[22] （北齊）魏收：《魏書》卷一百三記載：「始光元年（424）秋，乃寇雲中，世祖親討之，三日二夜至雲中，大檀騎圍世祖五十餘重，騎逼馬首，……世祖殺之，大檀恐，乃還。」「二年四月……世祖於是車駕出東道向黑山」「分軍搜討，東至瀚海，西接張掖水，北渡燕然山」。北魏與柔然多次爭戰，《魏書‧蠕蠕傳》載：「蠕蠕，東胡之苗裔也……自號柔然，而役屬於國。後世祖以其無知，狀類於蟲，故改其號為蠕蠕。」可見柔然多次進攻中原北魏，北魏也曾多次征討。

[23] 參見（清）黃淑璥：《中州金石考》，臺北：新文豐出版公司，1982年，頁13686-13687。（清）劉德昌：《商丘縣志》，中國方志叢書，臺北：城文出版社，1983年，頁833-841。（清）田文鏡：《河南通志》，《文淵閣四庫叢書》538冊，臺北：臺灣商務印書館，1986年，頁197。

◎行動性符碼：

　　十年征戰、凱旋而歸。

◎能指符碼：

　　指向戰爭主場，殺伐與寒氣一併凜冽，闡發主題盡忠報國，塑造健勇無私的戰鬥形象。

◎文化符碼：

（1） 文化成習：君權至上，對下屬論功行賞。
（2） 文學成規：「萬里赴戎機，關山度若飛。朔氣傳金柝，寒光照鐵衣。將軍百戰死，壯士十年歸。」六句「快寫」：運用成熟的文人語言技巧展演苦寒凜冽的征戰十年以及煙硝戰場。

（七）

　　歸來見天子，天子坐明堂。策勳十二轉，賞賜百千強。可汗問所欲，「木蘭不用尚書郎，願馳千里足／願借明駝千里足，送兒還故鄉。」

◎闡釋性符碼：

　　疑團四：解答二，木蘭女扮男裝，掩人耳目，上陣殺敵，凱旋歸鄉。代父出征成功。
　　疑團五：木蘭扮裝會被發現否？
　　疑團六：為何不接受官位？

◎行動性符碼：

　　論功行賞、君臣對話、辭官歸鄉。

◎能指符碼：

　　回歸朝堂，功成不居。刻劃出無私的形象。

◎文化符碼：

　　文化成習：君權至上，對下屬論功行賞。此外，詩中「天子」、「可汗」、「明堂」、「策勳」的稱謂符碼，連帶地是趨向唐風的系聯與取證。

◎象徵符碼：

　　男權意識與女性地位的相對性（二）。

【鑰2-2】：男權意識與女性地位的相對性（二）

　　前已提及在男性威權社會裡，女性角色扮演由被保護者到提供保護者，地位明顯揚升；然由於木蘭出征，非以女性原本面目登場（如樊梨花、穆桂英），而是一種男性的仿擬。最後論功行賞，木蘭婉拒封官，回家團聚（其後或有衍生劇情指出為「與欺君之罪相抵」一說）。都說明了如此「歸隊」係重返封建體系中「主客尊卑外內上下」的性別秩序。是以，木蘭此一理想女性的典範的塑造特別強調品性的犧牲、崇高，而對其相貌、非女性場域（如戰場）的描寫以及女子歸宿等布局，留下大量空白，顯示其敘事動機在體現儒家道德教育的洗禮濡染，在戰亂頻仍、男權衰頹、禮義崩解的現實環境中，「木蘭」成為男權社會文化中所塑造的樣板，是男性欲望外化的符號；而

木蘭傳奇無論作為一種實指或是寓言，無疑地附加著凝聚教化、振奮人心的功能。

（八）

> 爺娘聞女來，出郭相扶將。阿姊聞妹來，當戶理紅妝。小弟聞姊來，磨刀霍霍向豬羊。開我東閣門，坐我西閣床。脫我戰時袍，著我舊時裳。當窗理雲鬢，掛（一作對）鏡貼花黃。出門看火（通伙）伴，火伴皆（一作始）驚惶（一作忙）：「同行十二年，不知木蘭是女郎。」

◎闡釋性符碼：

　　疑團五：解答一，木蘭扮裝成功，待返家脫去軍服，伙伴始驚
　　　　　　訝地發現真相。

　　疑團六：解答一，不接受官位的原因，孝養雙親，樂享天倫。
　　　　　　解答二，原是女兒身，所以無法任官──回到性別分
　　　　　　工，係男權社會文化體系的必然。
　　　　　　解答三，另一說為「與欺君之罪相抵」。

◎行動性符碼：

　　家人歡欣迎接，木蘭梳妝（除偽）、伙伴驚覺木蘭女身。

◎能指符碼：

　　真相大白，回復女兒身。此處窗與鏡皆有反射的功能，「窗」一詞在此象徵著女男內外界線，說明木蘭又回到了閨中；鏡子則代表木蘭主體復原的對應物，由理雲鬢、貼花黃等指向女性的審美要

求，代表陰性能指的語意單位，透過鏡子反射出對主體的認證。

◎文化符碼：

（1） 文化成習：理雲鬢、貼花黃，概指婦女的妝容。由於女子向以鬢髮自珍自重，是以對鏡加意梳理。而花黃與「花鈿」的裝飾相類。包括塗額黃與貼花鈿兩種，流行通稱「花臉」。「額黃」是染畫黃粉於額頭眉間；「花黃」則為剪采黃色材料製成的薄片，有各種花樣的飾物（如金箔、色紙等），女子以膠水黏貼在額頭眉間。額黃的起源無法確知，推測可能是受印度佛教藝術的影響，這種妝飾在六朝婦女已相當流行，至唐大盛。此處是以妝容經驗呈顯女子本色。

（2） 文學成規：「爺娘聞女來……阿姊聞妹來……小弟聞姊來……」層遞敘述家人（他方）欣喜之情，以及「開我閣門，坐我閣床。脫我戰袍，著我舊裳。當窗理雲鬢，對鏡貼花黃。」木蘭（我方）妝梳，運用疊合（superposition，包括排比、對等、對立、因果、接續等技巧）的修辭關係描繪細節，不避繁瑣。呈顯民歌本調。

（3） 文學成規：設為問答亦為樂府民歌的基礎藝術形式。本詩中穿插問答對話三次，初為自設問答，次為君臣問答。末為伙伴內心獨白。採用對話性策略推進敘事是避免單調，增強真實感，以貫串、經營文本中的黼黻（figuration）。

◎象徵符碼：

傳統與反傳統：性別的規範與越界。

【鑰3】：「故事」與「敷演」的「驚詫」與「懸宕」效果

查特曼（Seymour Benjamin Chatman, 1928-2015）首先提出「故事」（Story）與「敷演」（Discourse）的分別，並指出「懸宕」（suspense）與「驚詫」（surprise）在作品中交疊運用，可產生高度的敘事效果。[24]通過敷演的暗示，讀者隱隱知道故事情節下一步可能的發生，但書中人物不覺，是以「懸宕」乃由於讀者與人物之間的知識落差所造成。以〈木蘭詩〉為例，其女扮男裝早為讀者所知，所以不會有最後結局時伙伴的驚詫感，可能存有的則是真相被發現、結局未知的緊張不安憂懼感。而作者在敘事層中，將木蘭（加偽為男）購置軍備以及木蘭轉化（除偽為女）的過程以慢速描繪，卻「省略」十年征戰的細節，是意圖藉著「閃避」「留白」提供讀者的自由想像的空間。

（九）

　　雄兔腳撲朔，雌兔眼迷離。兩兔傍地走，安能辨我是雄雌？

◎闡釋性符碼：

　　疑團五：解答二，以兔為喻，寫雄兔與雌兔所產生的「撲朔」、「迷離」現象，相應木蘭巧慧，女扮男裝成功，返家除偽才被發現。

◎行動性符碼：

　　雌雄難辨。

---

[24]　高辛勇：《形名學與敘事理論——結構主義的小說分析法》，頁172-174。

◎能指符碼：

「木蘭情境」（由代父從軍與女扮男裝所組構）曖昧吊詭。

◎文化符碼：

類似贊語作結。作者運用比喻，頌揚「木蘭或女或男，皆有能力」。

◎象徵符碼：

傳統與反傳統：性別的規範與越界。

【鑰4】：傳統與反傳統：性別的規範與越界

從語境做開放觀察：當木蘭代父從軍一旦成為故事發展的主軸，木蘭女扮男裝的手段帶來的是「男女／陰陽／雌雄」的易位、混同、規範與跨越。首先，男主外、女主內的分際被瓦解——從四處買軍備開始，木蘭從閨中走出，即為「女身越界」。而在性別角色上，木蘭被塑造／仿擬以男子的面目身份進入戰場，立功報國，形成「雌雄同體」[25]的扮裝演出，可視為一種性別混同。到木蘭返家，由脫戰袍（男性榮耀）到著舊裳（女身平凡貞靜），名義上回歸倫理傳統規範，實際上落實了女子缺乏參政權的困境。[26]而就空

[25]　「雌雄同體」（Androgyny,安卓珍妮），源自希臘文Andro表陽性，gyny是陰性，原指自然界某些動物或植物自身兼具雌雄兩性。而雌雄同體作為雙性、中性，代表一個人具有兩性的特質且超越性別的兩極化及禁錮，允許選取個人的型別角色和行為模式及理想。此一理論受到英國的維吉尼亞・吳爾芙（Virginia Woolf, 1882-1941）以及埃萊娜、西蘇（Hélène Cixous, 1937- ）的影響。參見張京媛主編：《當代女性主義文學批評》，北京大學出版社，1992年，頁198。

[26]　古代的女性沒有參政的權利，在〈大雅・蕩之什・瞻卬〉中：「哲夫成城，哲婦傾城」，明白指出有智慧、善言辭的女性，都具有危險性，女子參政、

間移動觀察：「家庭——戰場——朝廷——家庭」指涉的是「父
權——男權——君權——父權」系統，如此一併顯示了從主角人
物、作者／敘述者、讀者俱為男權／父系的社會秩序所收編，仍籠
罩於「男性主導／改變世界，而女性輔助他們」的迷思——包括：
女性的生活範圍被確定（屬於家庭／閨閣的受限）、只對男性開放
的政治舞臺，女男並駕齊驅地位的偽認同與真打壓。因之，唯有從
「發展自我→建立事功→盡忠盡孝→造福大眾→論功行賞→謙退不
受→功成不居」的文化價值標準來觀察，或許可以解釋為：女性主
角一方面展現內在的陽性特質（勇敢、堅毅、剛強），一方面被重
新肯定其陰性特質（包容、無私、溫婉等），進而由調和雙性人
格、樹立理想規範（如獨立謙和、進退皆宜的風度），達成跨越性
別、成就「人」的存在意義追尋（如超越世俗、淡泊名利、與世無
爭等無性別的價值認同），方可感受到一些女性自我成長的契機。

三、結語：「差異的聲音」

　　湯瑪謝夫斯基（Boris Tomashevskij, 1890-1957）曾歸納出敘事文
的三項「動機」：故事動機，寫實動機與美感動機。從其事件間連
繫的關係來看，高辛勇又增加了題旨動機，[27]並認為通常中國敘事書
寫偏重寫實動機與題旨動機。檢驗〈木蘭詩〉的主題情節可用「代
父從軍」來概括。宣揚孝道與忠義的中心意念為其題旨動機，與家
國倫理有著緊密的聯繫，載道意圖明顯。而在寫實動機上，故事循

　　受寵將傾覆其國，只有男子才能建國，如〈小雅‧祈父之什‧正月〉中「赫
　　赫宗周，褒姒滅之」。
[27] 其中故事動機可再進一步分析為有邏輯必然性的「內在動機」（如因果關
　　係）與無邏輯性的「外在動機」（如事件的偶然性與巧合）。參見高辛勇：
　　《形名學與敘事理論——結構主義的小說分析法》，頁42-54。

著時間線發展，並與人物環境、日常生活習俗與文化成規連結，反復致意於此一理念式締構。所鋪演的忠孝木蘭的敘事圖式可以解讀為：木蘭代父從軍的行為為木蘭女扮男裝的行為所包藏；而木蘭女扮男裝的故事卻為木蘭代父從軍的故事所包藏。由於木蘭「忠孝」的事蹟在男權衰落、時代混亂中被塑造為令人頌贊的婦女典型，可歸之於故事動機中的因果關係／因緣際會；但其過程的「勇武」表現是以仿擬男性進行偽裝，維護了男性尊嚴；此一作法的確顛覆世俗，是以當她面對整個國家體制／男權社會的檢視時，不得不回歸傳統宗法制度，為封建倫理所馴服。隨著這樣忽男忽女、亦男亦女的情節增衍，木蘭形象的接受、流傳和演變便在不斷言說中重新擴衍、改寫、搬演，[28]滿足了讀者的好奇與興味。

　　總結而言，經由巴爾特的五種符碼解析可以導出這樣的閱讀：其一，基於文學敘事原則（由平衡到不平衡到回歸平衡）或是社會傳統模式（無參政權或原來欠缺的或受禁止的情境，到後來並未改變）作一觀照：其以女性身分角色發言、陳述故事，關涉到「性別仿擬」，而此一仿擬，雖以男性對女性的「認同」為起點，結果卻促成了女性主體的消解（即以「化妝」為超越性別的追求，在撞擊男性規範與文化時，最終卻與女性成為主體的機會錯身而過）。是以在宣傳儒家道德規範、表現國族父權的價值觀等社會文化語境歷程上，早已預示了「解甲歸家，回復女身」乃屬必然。其二，由巴爾特符碼「呈現意義、區分意義、進行溝通、構成文際關係」進行閱讀：〈木蘭詩〉中木蘭最後回返「權力的編織」呼應傳統中國女性在紡織方面的貢獻，使她們在普遍社會中得到一種權力的價值認

---

[28]　舉如增附君臣、伙伴的對應情節，讚揚木蘭角色所體現的忠、孝、貞、節、義等美德；另一方面又試圖依循對女性的完美想像來建構木蘭形象，如對其外貌、言行的細節描寫。

定；而詩末包括伙伴驚惶、以兔為喻等六句結尾，可以設定為是以
男女互補、雙性同體之姿，成功的泯滅性別等，成為一種「不辨雄
雌」的模棱戲謔（或可視為嘲諷）式的「差異的聲音」[29]，揮別了女
性受害者的刻板印象。這樣的個案隨即為民間樂府詩歌等隨後的文
學體式所接納（不只關係到文化和社會的變動，也牽涉到接受美學
的問題），說明自文學實用功能解放，開啟「文學自主性」以來，
敘事書篇中所發生的正是語言符碼本身的歷險，是以藝術形式涵
蓋社會與人生。不僅創作裡的情節動作、意義的散播，乃至閱讀中
的批評討論，皆出現相對立卻又互增嵌的開放性與自由度。如此一
來，西方的文化理論可以為中國文學研究展開不同的視角的同時，
相對的中國文學的研究成果也為西方的批評界提供了嶄新的刺激與
展望。[30]

參考文獻

（梁）蕭子顯：《南齊書》，北京：中華書局，1974年。
（北齊）魏收：《魏書》，北京：中華書局，1974年。
（宋）郭茂倩：《樂府詩集》第二冊，北京：中華書局，1979年。
（宋）歐陽修、宋祁：《新唐書》卷五十，臺北：洪氏出版社，
　　1978年。
朱立元主編：《當代西方文藝理論》第二版，上海：華東師範大學
　　出版社，2010年1月。

---

[29] 卡羅爾・吉利根（Carol Gilligan, 1936– ）：*In a Different Voic*,1982; rpt. Cambridge: Harvard University Press,1996。
[30] 本文重新改寫，原文收入《中外文論》，2016年第1期，北京：中國中外文藝理論學會、中國社會科學院文學研究所文藝理論研究室，2016年8月，頁259-268。

高辛勇：《形名學與敘事理論——結構小說分析法》，臺北：聯經
　　出版事業公司，1987年11月。

袁行霈、羅宗強：《中國文學史》第二冊，北京：高等教育出版
　　社，1999年8月。

陳寅恪：《隋唐制度淵源論略稿》，北京：中華書局，1963年。

張京媛主編：《當代女性主義文學批評》，北京大學出版社，1992年。

譚潤生：《北朝民歌》，臺北：東大圖書股份有限公司，1997年。

王文倩、聶永華：〈《木蘭詩》成詩年代、作者及木蘭故里百年研
　　究回顧〉，《商丘師範學院學報》第23卷第1期，2007年1月，頁
　　17-21。

徐中舒：〈木蘭歌再考補篇〉，《東方雜誌》第二十三卷第十一
　　號，1926年6月，頁89-100。

甯稼雨、張雪：〈20世紀以來《木蘭詩》成詩年代及木蘭故里研究述
　　評〉，《河北師範大學學報》哲學社會科學版，第36卷第3期，
　　2013年5月，頁139-143。

聶心蓉、謝貞元：〈闡釋學視野的花木蘭與女性解放的維度〉《重
　　慶大學學報》社會科學版，2002年第8卷第2期，頁56-62。

仆芮蒙敘事邏輯與故事型態：
讀解〈合影樓〉與〈一個陌生女子的來信〉

一、仆芮蒙（布雷蒙）敘事邏輯

由於文學作品不計其數，如何從類似而又有差別的眾相中尋找／掌握其中的層次呢？關於作品敘述模式的假設和演繹，法國學者克洛德・仆芮蒙（布雷蒙）（Claude Bremond, 1929-2021）最主要的貢獻在於提出「事綱」（sequence，敘事序列）為敘事的基本單位。[1]1973年，他在《敘事的邏輯》（Logique du récit）中借鑑普洛普（Vladimir Propp, 1895-1970）對民間故事進行的功能（function）研究，[2]將普洛普所歸納的三十一項事目按時間順序單線的排列關係做了擴充，他認為一篇敘事文可看成一系列「事綱」的各種形態的組合。其結合了情節發展的邏輯關係：「情況形成、行動過程、結果成效」，並通過鑲嵌、並列、連接等組合方式，複雜化情節、形成故事型態，賦予敘事意義。

根據高辛勇的論述，仆芮蒙「敘事邏輯」的分析原則可分為

---

[1] 高辛勇：《形名學與敘事理論——結構小說分析法》，臺北：聯聯經出版事業公司，1987年，頁144-148。

[2] 普洛普分析了百餘個俄國民間故事（多屬於AT分類中的300-749號）的內容規律，歸納出三十一種「功能」（function）涵蓋紛雜故事的共同結構型態。這個「功能」單位，高辛勇援以「關目」之意，譯為「事目」。參見高辛勇：《形名學與敘事理論——結構小說分析法》，頁31。

「基本事綱邏輯」與「事綱組合型態」，整理說明如下：[3]

(一)「基本事綱」

由三個事目結合而成序列，可分三個步驟：

1.情況的形成。

2.行動的採取。

3.目的達成或失敗。

由於所有故事在一敘述開始時，人物所處情況或為欠缺，或受到威脅，於是即具備了「發生」的可能性，即「情況形成」：引起行動的可能性或必要性。接續的步驟為「抉擇」：主體可以「採取行動」或「不採取行動」。後者或為不予理會的行動，或將造成故事中斷。倘若選擇了「行動」，即形成「實現過程」或「無實現過程」。「過程」導致「結果」，其發展亦有兩種可能：一為逐漸改善可能（即漸趨佳境），一為惡化可能（即每下愈況）。前者「達成目的」、圓滿收束是為「成功」，後者「未達預期目的」、出現悲劇下場，謂之「失敗」。此為「基本序列」。

(二)「事綱組合型態」

一般而言，敘述發展經歷上述事綱三步驟（即「基本序列」）可以構成完整但簡單的故事。而當此序列週而復始，便形成週期。仆芮蒙在這個基礎上進行複雜的組合——即經由連結法、鑲嵌法與兩面法等組構敘述週期模式，[4]表明了故事發展的每一階段有著多種

---

[3]　高辛勇：《形名學與敘事理論——結構小說分析法》，頁144-146。

[4]　高辛勇：《形名學與敘事理論——結構小說分析法》，頁146-148。

選擇的可能性。其中，「連結法」由承接而節節進逼，「鑲嵌法」由鑲入而層次晉升，而「兩面法」即指同一事件自不同觀點的評斷，構成不同的功能。

此外，他在《敘事邏輯》中把敘事作品中的角色分為幾種基本型別：行動者（agents）和受動者（patients）。行動者是故事中的行動主體。通常由主人公擔當，來改變人物狀態。有時也會由次要人物負責行動。二是受動者（patient），即故事中主要行動的承受對象，他的狀態將受到行動者的影響，發生改變，一般由次要人物承擔。但次要人物有時也可能充當次要行動的行動者。三是影響者（influenceur），它可能是人，也可能是物，它的作用是影響行動者做出改善或惡化的決定。包括四組：告知者和隱匿者、誘惑者和威脅者、強迫者與禁止者、建議者和勸阻者。四是改善者（améloraleur）或惡化者（dégradateur）。五是獲益者（acquéreur）或補償者（retributeur）。[5]以下即以李漁〈合影樓〉的愛情喜劇為基型，對照以褚威格〈一個陌生女子的來信〉的愛情悲劇，分從週期模式、組合型態及人物腳色進行探索。

二、李漁與〈合影樓〉[6]

（一）李漁與《十二樓》

〈合影樓〉是清朝李漁（1611-1679或1680）短篇小說集《十二

---

[5] 張新木：〈布雷蒙的敘事邏輯理論〉，《西北工業大學學報（社會科學版）》2020年第1期，頁76-77。

[6] 本文所引文字參見李漁：〈合影樓〉，收入陳萬益等編：《歷代短篇小說選》，臺北：大安出版社，1996年，頁529-547。另有李漁著、陶恂若校：《十二樓》，臺北：三民書局，1998年。

樓》的第一篇，三回，約一萬字，故事來源出自《胡氏筆談》。

　　談及李漁的作品，除《笠翁十種曲》、《閒情偶寄》名噪海內外，他的小說集《連城璧》、《十二樓》也享有盛譽，尤以《十二樓》藝術價值更高。早在十九世紀，就引起外國學人的濃厚興趣，有英、法、德等文字的節譯本問世。[7]

　　《十二樓》是李漁於順治八年（1651）前後由原籍蘭溪移居到杭州後的作品，產生的背景正值清初統治集團初立，一方面推行科舉以籠絡漢人，一方面加強思想學術的控制，推尊程朱理學。李漁當時已自八股科場撤手，轉變生活的方向，將眼光投向民間從事著述。《十二樓》在十七世紀中葉問世，其中對封建觀念、禁欲主義提出了批判。所包含的十二篇短篇小說中的「樓」都有具體的寓意和象徵，和該篇故事發生或輕或重的關係——或作為小說情節的線索，或表現人物追求人生的境界，或暗示人物命運所繫，所以每卷故事都以「樓」名篇。而內容以男女愛情立主腦——或對愛情的熱烈追求，或對婚姻的自我主張，篇篇以奇事構成奇文。而且每篇作品都由一首或幾首詩詞開頭，其中精神即是小說題旨大要，是屬於議論性質的入話，由此順勢拓展正文，演述故事。同時這十二篇小說是李漁後期的創作，因此在技巧運用上較前純熟，孫楷第曾這樣評價：「篇篇有篇篇的境界風趣，篇篇有他的新生命。」[8]相較於馮夢龍、凌濛初的《三言》、《二拍》的細膩和厚重，李漁的《十二樓》如一座座精美的樓閣，藝術風貌精巧別致，在清初小說創作中佔有一席之地。

---

[7]　文駷：〈《十二樓》校點後記〉《十二樓》，北京：人民文學出版社，1986年，頁315-316。

[8]　孫楷第：〈李笠翁與《十二樓》〉《十二樓》附錄，北京：人民文學出版社，1986年，頁292。

（二）〈合影樓〉內容

　　〈合影樓〉以一對表姊弟的愛情遇合為主軸，故事是說：元朝至正年間，廣東曲江縣有兩個縉紳，一個是屠觀察，一個是管提舉。管提舉古板執拗，是個道學先生；屠觀察跌宕豪放，是個風流才子。兩位夫人原是兩個姊妹，性格起先相類，如今成了一對連襟，各自受了男主人的影響，想法竟漸漸的相背起來，日復一日兩家竟然變得像仇人一樣。起先還是同居，等到岳父母死後，就把一宅分為兩院，中間築了高牆，原本後園之中有兩座水閣，一座面西，為屠觀察所有；一座面東，歸屬於管提舉；中間隔著池水，是上連下隔的。因為管提舉多心，就不惜工費，在大水底下立了石柱，水面上架了石板，也砌起一帶牆垣，使彼此不能相見。

　　屠觀察有個兒子名珍生，管提舉的掌上明珠叫玉娟。只因兩位母親原是同胞姊妹，面容骨格相去不遠，這兩個孩子又各肖其母，而且在襁褓時節還是同居，兩母兩兒，互相乳育。長成之後聽說對方容貌與自己是一個模樣，卻一直沒有機會相見印證。

　　偶然一天，仲夏炎熱，珍生玉娟都到水閣納涼。透過水面上的倒影看到彼此，知道這個影子就是平時想念的人。當下印證，果然一線不差，竟是自己的模樣。於是同病相憐，有了愛慕之心。從此以後，這一男一女，一個孤憑畫閣，一個獨倚雕欄，日日對著水池中的影子說話，談起了戀愛，只可恨隔了危牆，不能夠見面。後來二人又學古人借葉贈詩傳情，並且互許終生。未及半年，珍生把他們互贈的詩稿匯成《合影編》。屠觀察夫婦看見了，想要替兒子成就姻緣，於是請求好友路公作媒到管府求親，卻遭管提舉拒絕。於是屠觀察夫婦斷了念頭，計畫替兒子別娶。恰好路公有個義女，小

字錦雲，才貌不在玉娟之下，而且出生時辰竟與珍生同年同月同日同時，分明是天作之合。屠觀察夫婦十分歡喜，於是就瞞著兒子，定下這門親事。倒是玉娟聽得人說此事，以為珍生背卻前盟，寫字過來怨恨他。珍生這才知曉，便以性命相逼，要求父親退婚，屠觀察無可奈何，只好對路公實言。並說珍生與玉娟兩副形骸雖然不曾會合，那一對影子已做了半載夫妻。那本《合影編》詩稿就是一本風流孽賬的證據。路公只得作罷。然而錦雲卻因悔親又羞又怨又恨，因「錯害」而生病。

另外，管提舉因為路公來說親，起了疑慮，就把牆垣之下、池水之中，填瓦覆泥，築起一帶長堤；又時常派人伴守，不容女兒獨坐。如此一來，不但形骸兩隔，影亦分兩處，不得相親。玉娟只曉得珍生別娶，卻不知道他悔親，深恨男兒薄倖，於是不茶不飯，因「錯怪」也生起病來。更有一種奇怪的相思，害在屠珍生身上，一半像路，一半像管，恰好在「錯害」「錯怪」之間。原來是：「如今年庚相合的既回了去，面貌相似的又娶不來，竟做了一事無成，兩相耽誤。」也恍惚有了病狀。

路公得知三人皆病，左右為難，左思右想，心生一計：「將兩頭親事合做一頭，三個病人串通一路，只瞞著老管一個，等他自做惡人。等生米煮成熟飯，要強也強不去了。」於是他請屠觀察過來商議，說明這個便宜之方。接著向管公謊稱自己立了義子傳嗣，請求玉娟為媳，又說明要為自己的女兒招珍生為婿，希望兩對新人擇日同時完婚。屠珍生得了雙喜之音，錦雲聽了丫鬟的話，自然不藥而癒。只剩玉娟蒙在鼓裡，猶自病苦。管提舉見女兒病危，又因路公契厚同年，巴不得聯姻締好，一口答應。一日，路家小姐親至管府向玉娟姊姊問安。於是錦雲把父親作合的始末細述一番，玉娟聽

了歡喜。這樣一來，一劑妙藥，醫好了三個病人。大家設定機關，單騙著管提舉一個。等到成親過了三日，路公準備筵席，請屠、管二人會親，管提舉才恍然大悟：自己的女婿就是路公的東床，也是路公的螟蛉。女兒玉娟與路女錦雲同效娥皇女英共侍一夫，

後來珍生登榜入仕。自此以後，兩家和好如初，拆牆解禁，兩院並回一宅，兩座水閣建成了房屋，分貯兩位阿嬌，題名為「合影樓」。正所謂：從來的家法，只能錮形，不能錮影。這是兩個影子做出事來，與身體無涉，那裡防得許多？

（三）〈合影樓〉的敘述邏輯與角色型態

觀察全篇故事以「合影」命名，發想新奇鮮活。一因二人戀情因園池高牆受阻，卻憑水波倒影談愛傳情，是為「合影情」。二學古人時流葉題詩傳意，二人在影中問答，形外追隨，唱和的情詩題目也不離一個「影」字，詩稿匯集因而題名為《合影編》。其三復牽纏媒人路公養女錦雲的婚約，惹出三處相思，最後幾經波折，拆牆解禁，二女共事一夫，終成眷屬。於是這兩個水閣也因此成就了一段剪不斷理還亂的「合影緣」。這之中過程曲折，真可謂奇中又奇。

以下即採用仆芮蒙（布雷蒙）「敘述邏輯」中的「基本事綱邏輯」及「事綱組合型態」進行〈合影樓〉情節解析。歸納出四個週期：

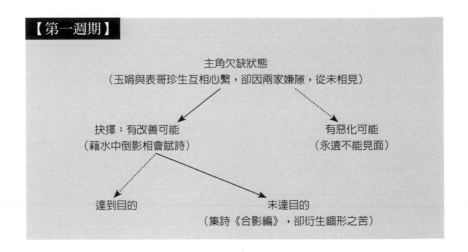

說明：

　　藉由水中倒影相會，雙方情愛得以互相託訴，成就了合影奇情。此一過程結果表面上集詩《合影編》，似為改善行動。但就「執子之手，與子偕老」言，影子究屬抽象，相愛者必不能以此滿足，而求形影相依，實質相親。惟因空間阻隔，將更生痛苦，此為錮形之苦。實為以下惡化過程（相思成疾）的衍生埋下伏筆。

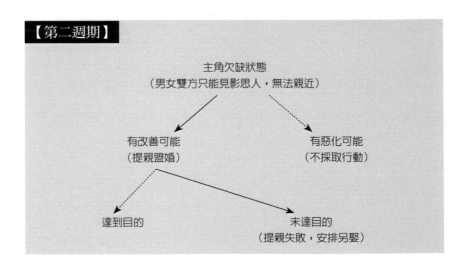

說明：
1. 男女二位主人公的合影奇情包括泅水相見、箋詩傳情成「合影編」等細節，皆為解決相思之苦，此可視為精神層面的暫時改善，雙方仍繼續追求實質層面的相聚廝守。
2. 真正促成改善情況的具體行動為央媒提親。原因是屠父察覺珍、娟二人因借詩傳情所匯集的詩集「合影編」，乃有婚盟之議。卻遭到頑固的管提舉拒絕。於是屠父萌生他意，為子另謀婚配。導致珍、娟二人結親的目的不能達成，於是「改善可能」翻轉成為「惡化之局」。
3. 此外，往來的情詩集結成為《合影編》，一方面紀錄玉娟與表哥珍生的浪漫愛情；另一方面成為證據，鋪墊以下週期中珍生退婚錦雲行動的因數。

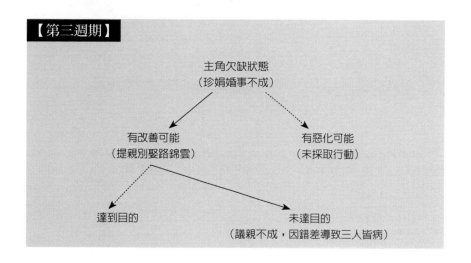

【第三週期】

主角欠缺狀態
（珍娟婚事不成）

有改善可能
（提親別墅路錦雲）

有惡化可能
（未採取行動）

達到目的

未達目的
（議親不成，因錯差導致三人皆病）

說明：
　　珍生退婚錦雲一事，表面上看起來雖為改善過程，但卻醞釀著惡化過程的開始——對玉絹而言，因為她不知事實真相，以為情人背盟，因「錯怪」而病情沉重。而錦雲因遭退婚羞愧，因「錯害」染病不起。而男方珍生一來與玉娟的戀情、婚姻仍然受阻，加上二次議親錦雲失敗，兩方落空，介於「錯怪」與「錯害」之間，因而意態悒快，落下病徵。如此，由珍娟婚事不成到珍雲婚事不成，三人皆病，同入惡化情況。

【第四週期】

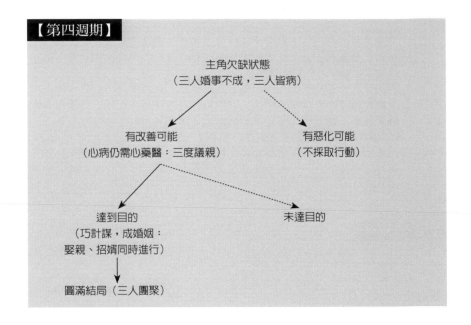

主角欠缺狀態
（三人婚事不成，三人皆病）

有改善可能
（心病仍需心藥醫：三度議親）

有惡化可能
（不採取行動）

達到目的
（巧計謀，成婚姻：
娶親、招婿同時進行）

未達目的

圓滿結局（三人團聚）

說明：

　　情節週期經過媒人路公巧施計謀，三度議親，成功瞞騙管提舉。此一姻緣歷經阻礙、抉擇、實現過程到皆大歡喜作結，可視為成功結束。

　　在「事綱組合型態」上，〈合影樓〉的階段性敘事序列係由「連結法」前後銜接，並以「鑲嵌法」穿插補充。在「第一事綱」中（A1-A2-A3序列）：由屠珍生、管玉娟由不相識，到憑影傳情寄詩，兩情相悅卻陷入「錮形之苦」。而「第一事綱」的最後一項事目促成一種新的情況，連結出「第二事綱」（B1-B2-B3序列）：互許終生到採取行動為珍娟二人「議親」（屠父拜託路公為媒提親），結果行動失敗：管家拒絕，議親未成。接著，「退婚」事目隨即引發一個情況（C1-C2-C3序列）：「屠父計畫為子別娶」到採取行動：再度議親，對象換作媒人路公之女，結果行動失敗：婚事不成的原因是屠珍生不願背棄盟約。同時因著「退婚」事件導致屠管路（一男二女）三人皆

病，[9]於是路公採取行動：三度議親（用計），終於行動成功：管路二女效娥皇女英共侍一夫，喜劇收場，是為「第四事綱」（D1-D2-D3序列）。其中，在「第四事綱」第二項：「採取行動」的事目上運用了「鑲嵌法」插入媒人路公提親的計策（「第五事綱」E1-E2-E3序列）：即路公用計瞞騙，衍生屠珍生的身分，既是屠家兒子，又為路公義子，一人充當二角。前者得以迎娶路公之女，又以後者身分與管家聯姻，成了管家與路家的雙女婿。最後這個計策成功地騙過管父應允婚事，目的達成。其轉接組合過程有如下式：

A1（男女雙方不識）→A2採取行動：憑影傳情寄詩→A3行動失敗：錮形之苦

B1（男女定情議婚）→B2採取行動：提親管女→B3行動失敗：議親未成。

C1（為子別娶）→C2採取行動：議親路女→C3行動失敗：議親未成。

D1（三人皆病）→D2採取行動：議親二女（用計）→D3行動成功：喜劇收場。

E1（媒人設計）→E2（以角色扮演之計瞞騙管父）→E3（管父答應婚事）

在敘述腳色的安排上，從行動者的角度來看，以珍生為行動主體，玉娟與錦雲二人圍繞其旁為受動者，隨著與屠生提親聯姻舉動的成功失敗，影響二人的命運處境，與行動者的反應互動。另有影響者，包括二人借葉贈詩傳情的詩稿《合影編》是互訂終生（玉娟）的信物，又為退婚（錦雲）的理由。對玉娟而言，詩稿《合影編》為改善者；就錦雲言，則為惡化者。他如屠觀察性情開通，是為故事中

9　三人都分別生病的原因是：屠生兩頭落空，管女誤會屠生背盟、路女被退婚羞愧，皆落入不堪情境。

「有情人成眷屬」的推動者，亦即改善者；相對地管提舉個性古板，填實牆垣，背後所代表的是禁錮的封建禮教，成為阻礙者，亦即惡化者。而媒人路公角色扮演功能多元，他的計策兼具誘惑者和威脅者的功能；而他的前二次提親，就管女立場而言，先作為她的命運改善者，後又擔任惡化者；至於他的第三次提親，對自家女兒來說是獲益者，對管小姐則又扮演著補償者的角色。如此由助手轉化為對頭又成為助手，延展出撲朔迷離的情節，營造了生動有趣的場景。[10]

三、褚威格與〈一個陌生女子的來信〉[11]

史蒂芬・褚威格（Stefan Zweig,1881-1942）是奧地利猶太裔作家，曾從事各種體裁創作，包括詩歌、散文、小說、傳記、戲劇等，而影響後世最深的是小說與人物傳記。他的寫作風格受到佛洛伊德心理學影響，善於刻劃人性，探索人類心理，每每落筆於大時代的關鍵時刻，深刻思考歷史與人類命運。在二戰期間，躲避納粹迫害流亡國外，輾轉英美，後落腳於巴西，1942年2月22日與妻子在里約熱內盧家中自殺。他的文字敏感細膩，風格冷靜沉潛，作品轉譯為多種文字，是傑出的德語作家之一。

1922年的〈一個陌生女子的來信〉正是他的代表作之一。這篇中篇小說主題鎖定「愛情」，是一份癡心女子臨終時愛的告白。作家成功的塑造了一個獻身感情，不求回報的「陌生」女子，是一個悲

---

[10] 有關〈合影樓〉的敘事語法，王曉春曾以格雷馬斯（格睿瑪）《結構語義學》的「完成型組合形態」分析文本中角色模式（包括助手、對頭、對象）的相互對立、轉化的過程，參見王曉春：〈論戲劇對李漁小說敘事形態的影響〉《學術交流》，2003年10月第10期，頁157。

[11] 史蒂芬・褚威格（Stefan Zweig, 1881-1942）著，藍漢傑譯，〈一個陌生女子的來信〉，臺北：遠流圖書公司，2012年12月，頁14-81。

傷的故事。情節一開始就是一個懸疑，一個總是出門遠行、周旋於新歡舊愛的男人接到一封信，開頭即是以「你，與我素不相識的你啊！」呼告入眼，同時引發男主人公與讀者閱讀的興趣。其敘述話語依照事綱型態分析如下：

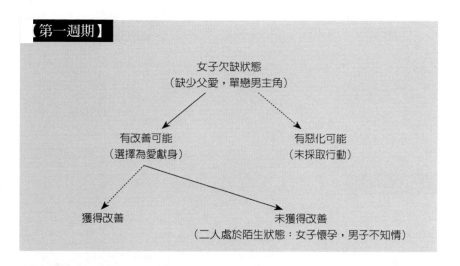

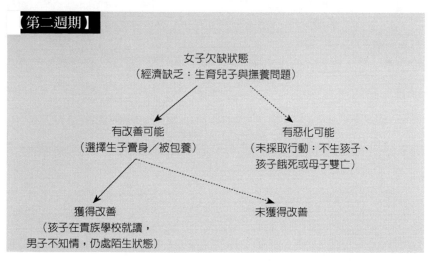

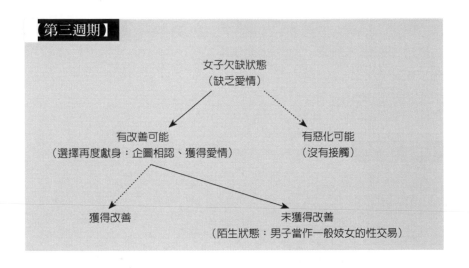

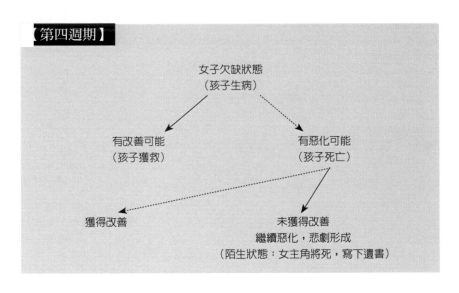

　　觀察由事目回合形成的週期表列,全篇故事以陌生女子(第一人稱)為主軸,由敘述角色及其組合構成了作品的行動邏輯,營造出小說的主要框架。作品中所標示的女主人公四個生命週期的運

作裡（包括男主人公在第二週期的未出場、被屏蔽狀態），面對男主人公的濫情與無情，女子置身的環境命運充滿犧牲與抉擇：我們看到她在第一週期中選擇為愛獻身。在第二週期展現母愛為兒子犧牲，選擇賣身，同時對愛情仍懷有固執的渴望。第三週期裡，女子為追求愛情，選擇再度回到男子的身邊，並企圖喚起他的記憶卻不幸失敗。到了第四週期，女子面臨殘酷的命運、絕望的愛情，臨死之前她選擇寄信，讓這一段潛藏內心、昧暗的愛情、空無的等待浮出地表。然而，無論事目序列朝向惡化發展或得到短暫改善的曲折翻轉，癡情的女主人公始終處在一個不被認可的「陌生」狀態，情節反覆呈直線下墜，伊於胡底，形成悲劇終屬必然。

那麼，在這個由人物引導的回憶故事中，其敘述邏輯又是如何組織展開的呢？對應著普洛普的事目（敘事元素）組合故事結構模式：「1.欠缺→2.相遇→3.追尋→4.釁端→5.釁端消除→6.轉變→7.結局」[12]，歸納〈一個陌生女子的來信〉故事發展的始末，其情節依序為：1.欠缺：女子缺乏親情與愛情→2.相遇：初識成為鄰居的作家→3.追尋：暗戀作家→4.釁端一：搬家→5.釁端消除一：重回故里、為愛獻身→4釁端二：懷孕生子→5.釁端消除二：為子賣身、委身富豪→6.轉變：舞廳重見作家，作家對女子毫無印象→7.結局：兒子死亡，女子身將死，心已死，以絕筆托出真相作結。全文透過「連結法」做敘事的線性進展，一方面陳述女子對愛情的追求是如何癡狂而卑微，至死無悔。一方面在敘述鏈中構建複雜多變的人物關係。其中，無論「人」與「物」的布置皆以多面向呈現，結合不同角色功能的扮演，厚實了敘述的成色。舉如：從愛情的追索論，女

---

[12] 故事的結構型態引用普洛普從「釁端」始到「結局」終的發展，構成回合的重疊穿插作例說明。參見高辛勇：《形名學與敘事理論——結構小說分析法》，頁35-38、57。

子當為行動者，又是真相的告知者與隱匿者；男子為受動者，又是愛情的誘惑者和威脅者。其中女子痴情不變，男子浮花浪蕊、遊戲人間，屬於施受態度對立的扁平人物，為故事主線。至於厚厚的一疊信件和瓶子中的白玫瑰俱為影響者，一方面承載著女子的愛情血淚，充當了女子追求愛情過程的改善者；另一方面總結男方不屑一顧、不知珍惜的態度，恰恰反襯出男子的無情絕情，正成了摧殘愛情的惡化者。而就物質的供給面言，兒子的出生一方面因為酷似作家成為女子愛情寄託轉移的印記，為改善者，然其引發生活困窘，又導致了物質條件的惡化；相對的，富豪於此時提供庇護為其經濟改善者，但細究其包養行為竟又構成斲傷女子愛情的惡化者。如此，連繫著人物部署、感知維度，同一事件在不同觀點構成不同的功能的顯現，又可以「兩面法」做一申明。

四、結論

托鐸洛夫（Tzvetan Todorov,1939-2017）曾說：「具體而微的完整情節，包括從平衡狀態到平衡狀態的過程，理想的敘述以穩定的情景開始，這種情景被某種力量所動搖，於是產生了不平衡狀態，然後更由於另一反方向力量的作用，該平衡狀態得以重建。第二度的平衡與第一度的平衡類似，但絕非相同。」[13]此與仆芮蒙敘述邏輯中故事發展在衝突、危機產生經抉擇之後，尋求解決的布局類似。以上述小說的情節發展歷程由「無事生波到一波未平一波又起，最後到波平浪靜。」為例，正見其採用著平衡與失衡的擺盪原理來鋪排情節。在往復中，李漁〈合影樓〉係由「連結法」前後銜接，並以

---

[13] 張漢良：〈唐傳奇「南陽士人」的結構分析〉《比較文學理論與實踐》，臺北：東大圖書公司，1986年，頁216-232。

「鑲嵌法」穿插補充，形成敘事序列。並以喜劇結局包裝著勸懲功能，達到娛樂效果，收服讀者。褚威格〈一個陌生女子的來信〉的內容則是隨著讀者閱讀小說的時間與男子讀信的時間、敘述者敘述故事的時間、女子書寫的時間、女子親身經歷的時間同步展開，以「連結法」陳述、夾帶「兩面法」襯映，娓娓訴說了這個橫跨近二十年的等待與付出所積澱出一個絕望的悲劇故事。而值得注意的是仆芮蒙事綱發展中最重要的因素正是「抉擇」的可能性，此一抉擇或行動係與故事中人物的意向／意志力量緊連，並與之同聲氣／同進退，亦即全篇結構係以該主角人物意志動向為樞紐，並以其行動的成敗影響全篇敘事的根本歸趨。舉如李漁〈合影樓〉中所強調的正是男女主人公雙方的愛情力量與隨之所做的行動抉擇，與李漁一再申張的「主情說」：「天地間越禮犯分之事件件可以消除，獨有男女相慕之情，枕席交歡之誼，只除非禁於未發之先。若到那男子婦人動了念頭之後，……他總是拼了一死定要去遂心了願。……到了這怨生慕死的地步，你說還有什麼法則可以防禦得他？」[14]若合符節。最終，愛情戰勝了虛偽的禮教的閑防，推倒封建道學的高牆，而回歸於人類至情至性至愛的追求與滿足。而〈一個陌生女子的來信〉中書寫情性，極至地描繪了女子一往而深的癡情，可以為之生死。其中「陌生」的纏綿，「身死思盡情未了」的正言若反，動人心弦。其情之施於人物，造成一體兩面的組合，若從選擇事目的改善與惡化的兩面發展來看：則此一事件的改善可能為另一事件惡化之先端，而此一人物的改善可能為彼一人物受害的開始，彼此福禍相依、成敗相倚，小說敘事從正反、善惡、隱顯層面的相對，通過可能、過程、結果等三個階段完成了曲折擴充。真不能不「歎文章

---

[14] 李漁：〈合影樓〉收入陳萬益等編：《歷代短篇小說選》，頁529。

之妙，復歎造化之妙。」[15]

　　綜上所述，通過普洛普到仆芮蒙的敘事邏輯理論考察〈合影樓〉與〈一個陌生女子的來信〉二篇小說，在作品情節架構推演、角色分配、敘事技巧等方面的部署上，可以體現：敘述角色構成了小說人物的行動邏輯，事件敘述序列銜接遞換著情節發展方向以及在時空維度上的布局。前者見其奇巧處，後者見其波折處，分別以或新奇浪漫的關目，[16]或哀婉動人的故事，[17]誦贊了人世間的真愛癡情。無疑的，這樣的參照模式提供了敘述分叉和敘事選擇的鑲嵌並列與平行互補的可能性，為文學作品的賞讀析評開闢了不同的切入途徑。

參考文獻

高辛勇：《形名學與敘事理論──結構小說分析法》，臺北：聯聯經出版事業公司，1987年。

李漁著、陶恂若校：《十二樓》，臺北：三民書局，1998年。

李漁：〈合影樓〉，收入陳萬益等編：《歷代短篇小說選》，臺北：大安出版社，1996年。

史蒂芬・褚威格著，藍漢傑譯，《一個陌生女子的來信》，臺北：遠流圖書公司，2012年。

---

[15]　杜笴：〈《十二樓》序〉《十二樓》，北京：人民文學出版社，1986年，頁1。

[16]　如〈合影樓〉情節中「不但相思害得稀奇，團圓做得熱鬧，即捏臂之關目，比傳書遞簡者更好看十倍。」

[17]　以〈一個陌生女子的來信〉中的文字為例：「除了你再也沒有一個我可以愛的人了。但是你是我的什麼人呢，你從來也沒有認出過我，你從我身邊走過，就像從一條河邊走過，你踩在我的身上，就像踩在了一塊石頭上面，你總是走啊，走啊，不停地向前走著，卻叫我在等待中逝去了一生。」

王曉春：〈論戲劇對李漁小說敘事形態的影響〉《學術交流》，2003年10月，第10期，頁155-158。

張新木：〈布雷蒙的敘事邏輯理論〉《西北工業大學學報（社會科學版）》，2020年第1期，頁77-82。

張漢良：〈唐傳奇「南陽士人」的結構分析〉《比較文學理論與實踐》，臺北：東大圖書公司，1986年，頁216-232。

實幻書寫與夢境敘事：
論《聊齋志異 ・ 狐夢》

一、蒲松齡與《聊齋志異》

　　身處於明清鼎革、異族入統的轉折時期，社會動盪不安，蒲松齡
（1640-1715）幾經落第、窮愁潦倒，現實和人生的嚴酷使得他對科考
司衡的腐朽與封建吏治的黑暗感受深切，更對基層百姓的不平與壓
抑充滿同情。這位深具儒者情懷的平民作家歷經「風塵壯遊，天涯
浪跡」（〈感憤〉），始終未能忘懷闡幽明微、勸善懲惡的責任，就在
「有用世之心，而無進身之路，不得不借小說以見其苦口婆心」[1]的
創作心態的驅使下，「有意作文，非徒記事」[2]，企圖超越禮法教條
所規範的現實世界，寄託「志異」，開創了奇詭玄幻的想像天地。

　　從歷史淵源觀察，《聊齋志異》一方面承循中國敘事傳統為
「大體」，引「史傳」「詩騷」入小說，以班、馬之筆，降格而通
其例，[3]兩者徵實與抒情的功能共同影響了小說形式的具體表現；[4]另

---

[1]　此借阿英評論《西湖二集》作者周楫之語說明蒲松齡的創作心態。參見阿
　　英：《小說閒談・西湖二集所反映的明代社會》，上海古籍出版社，1985
　　年，頁5。

[2]　馮鎮巒：〈讀《聊齋》雜說〉，收入蒲松齡著、張友鶴輯校：《聊齋誌異》
　　會校會注會評本（一），臺北：里仁書局，1991年9月，頁9。

[3]　馮鎮巒：〈讀《聊齋》雜說〉，頁9。。

[4]　陳平原：《中國小說敘事模式的轉變》，臺北：久大文化股份有限公司，
　　1990年5月，頁225-229。

一方面對於超自然現象的接受態度由六朝志怪、唐人作意好奇，延續到蒲氏《聊齋》改弦易調，在創作技巧上破除了文體的界限與規範性，採用多重視角或純客觀的敘述觀點、經營著實幻書寫，騰挪出了「定體則無」的空間。[5]而梳理其書寫輪廓，大抵循著「淺入官場而深諳官場，難遇鬼狐而偏常說鬼狐」[6]兩條路線，描摹著貪官強寇與市井常民在現實情境中狹路相逢的世情冷暖以及落魄文人與多情狐鬼浪漫邂逅的情愛傳奇。同時，作家屢屢把自己特有的個性、心理結構滲入／附加在作品神狐鬼妖等角色中，呈現著他的內心世界，重新詮釋了生死愛憎善惡等人生永恆的命題。其中，值得注意的是蒲氏運用「夢境敘事」追求藝術真實的手法（如形神換置、真幻交錯、夢中有夢等實幻書寫），取人間與異域相互指涉；在情節設計上，從敘述已發生的事到可能發生的事，以「為天下所無之事，書為人人意中所有」的文字，[7]百繪浮世，拓展了從歷史敘事到文學敘事的藝術功能。

二、「夢境敘事」與《聊齋》紀夢

（一）夢境敘事

　　文學（文藝創作）與夢的關係一直錯落糾結。[8]心理學家佛洛伊

5　此用王若虛所提「定體則無，大體須有」的辨文原則。參見（金）王若虛：《滹南遺老集》卷37《文辨》，《四部叢刊初編》本，頁189。

6　公劉題聯：「蒲松齡紀念館補壁」：「淺入官場而深諳官場，難遇鬼狐而偏常說鬼狐，蓋浮世百繪也。」1984年6月。參見山東省情資料庫，諸子名家庫，蒲松齡志。http://www.sdsqw.cn/bin/mse.exe?seachword=&K=zzmj&A=11&rec=85&run=13，上網時間：2015/4/19

7　蒲松齡著、張友鶴輯校：《聊齋誌異》會校會注會評本（一），頁296。

8　由於各種不符合現實原則或不被道德意識所允許的本能欲望被壓抑到無意識

德（Sigmund Freud, 1856-1939）指出：「夢的本質就是一種被壓抑的
願望（被偽裝起來的）的滿足」，把夢當作通向「無意識心理活動的
平坦大道」。並在無意識和夢的理論基礎上提出文藝創作與白日夢相
類的觀點，他認為「一篇作品就像一場白日夢一樣，都是幻想。」而
「未得到滿足的願望正是幻想的動力，因此每一次幻想就是一個願望
的履行。」[9]如同夢是客觀世界現實生活內容的非理性、非有序化、
變形的反映，文藝亦被視為一種被壓抑的本能衝動的昇華。因此，
「夢境書寫」作為一種母題、象徵或是敘事手段，屢屢出現在文學
作品中，穿梭於現實與超現實界的旋轉門，將人們原發性的需求由夢
中得到代償性的釋放。以中國文學為例，早在《詩經·小雅·斯干》
〈無羊〉中就有「乃寢乃興，乃占我夢」「吉夢熊羆虺蛇」以及「牧
人夢蝗魚旐旟」等關於夢兆的敘記，其後紀夢、夢遊和夢喻等分別為
文學創作提供了不同的題材，如「蝴蝶夢」「高唐夢」「華胥夢」
「黃粱夢」（「邯鄲夢」）「南柯夢」「紅樓夢」等等以夢為題，借
夢作徵，無不膾炙人口，已不限於「戲不夠，夢來續／湊」的漫演功
能。而《聊齋志異》一書談玄說怪，探秘載異，以善摹奇幻著稱，自
不乏依憑「夢之所在常有」為元素、為載體，或錯綜時空，或離魂通
幽，借夢入幻，極致虛構的夢境書寫。

（二）《聊齋》紀夢

統計《聊齋志異》紀夢作品約有七十餘篇。包括有〈續黃粱〉

裡，於是在睡眠中，檢查作用放鬆時，種種欲望、衝動開始活躍，便以各種
偽裝變形偷偷潛入意識層次，因而成夢。

[9]　佛洛伊德：《釋夢》，收入朱立元主編：《當代西方文藝理論》，上海：華
東師範大學出版社，2010年1月，頁64-67。

「當附之邯鄲之後」、〈蓮花公主〉取類〈南柯太守傳〉、〈鳳陽士人〉承轉於〈獨孤遐叔〉、〈張生〉、〈三夢記〉等的續擬之作。而蒲松齡窮搜奇聞，同時嵌合因果命定的思維框架，發想異事，虛實相生，如假似真，更豐富了夢境書寫。關於這些紀夢之作，可歸納以下幾個面向說明：

首觀「故事題材」——《聊齋》中說「夢」的內容情節，有通篇寫夢作為主體的，如〈狐夢〉〈王子安〉〈續黃粱〉〈絳妃〉〈蓮花公主〉等；或以夢境為重要關目、轉折環節的，如〈成仙〉〈夢狼〉〈顧生〉〈王大〉〈竹青〉〈夢別〉〈石清虛〉〈薛慰娘〉〈王桂庵〉〈寄生〉〈香玉〉……等篇。

次以「作品功能」區別——多見夢境演繹故事、遞構情節，令人膽壯入魔；亦有別見論示預告奇情者，舉如：「神諭」如〈柳秀才〉夢柳神；「人諭」如〈孝子〉夢父、〈吳門畫工〉夢呂祖；「物諭」如〈牛飛〉夢見「牛生兩翼飛去」之兆，以為不祥。他如「夢中遂願」說：如〈王子安〉〈王桂庵〉〈鳳陽士人〉分別以夢作預兆，寫志抒情；[10]〈絳妃〉以第一人稱營造情境，凸顯奇文「為花神討封姨（風神）檄」；還有做為「象徵託寓」者，如：〈蓮花公主〉中「人生如夢」與〈成生〉裡「世情如煙」；[11]「訓戒諷刺」者，如：〈續黃粱〉〈五羖大夫〉〈王子安〉〈夢狼〉等暗喻夢境

---

[10]　「願」指在人世間的種種不周延的欲求，舉如「欠缺功名利祿的不滿」與「好婚佳偶的憧憬」。前者寫志，如《王子安》描述夢中中舉，夢醒俱空；後者抒情，歡會訴情者如《王桂菴》夢至江村得見心上人芸娘，既符姻緣前定之說，又合夢有預兆之功；離別相思者如《鳳陽士人》，既思遠別又恐離久失歡移情。

[11]　託寓「人生如夢」者，如《蓮花公主》以蜂房象徵人間府邸，寫竇郎夢中與蜂女蓮花公主的悲歡離合；另有「世情如煙」的慕仙之作，如《成生》借由變臉，使周生通過透視現實，點出參悟人生的宗教觀念。

即是現實的變形；[12]「諧擬遊戲」者，如：〈狐夢〉〈罵鴨〉〈四十千〉〈男生子〉等筆墨，面向多元。

續自「人物腳色」取樣——可分為他人託夢（〈夢別〉〈石清虛〉〈薛慰娘〉[13]或自身入夢，其中後者更見變形、離魂入夢的幻設技巧（如〈竹青〉的魚客夢化為烏鴉、〈阿寶〉裡孫癡病中夢化為鸚鵡）。

再從「夢出現的時間及數量」觀察——以相同夢主的單一之夢為數最多（如〈狐夢〉），其他包括二人互夢相感（〈寄生〉中寄生與五可）[14]、三人同夢的推演（〈鳳陽士人〉夫、妻與妻弟共時性同夢）；還有連續得夢（〈魯公女〉歷時性接連三夢，環環相扣）[15]；以及不同夢主的相似之夢（〈王桂庵〉、〈寄生〉父子先後因相思出神入夢）或相異之夢（〈姊妹易嫁〉中有三夢，但夢主不同）[16]。種種敘夢，題旨不一，各涉及「因緣果報」「悟道覺醒」「悲歡離合」「理念教化」等，面貌殊異。

此外，檢視《聊齋》紀夢中的「夢境敘事策略」——其中固有微幅簡篇，類似兆諭示的綴段（episodic），結構鬆散者不論，觀其

12　《續黃粱》揭露官場陋習、吏治黑暗；《五羖大夫》寫文士暢生夢人呼為「五羖大夫」，後遇流寇盡奪其衣，幸得五羊皮護體不死，竟如夢中之數，嘲弄了夢況荒唐。另有《王子安》諷刺癡迷科考的醜狀、《夢狼》歎天下之官虎而吏狼，暗喻夢境即是現實的變形。

13　如《夢別》玉田公託夢知友告知死別、《石清虛》奇石感其知己，託夢邢雲飛戒其小別勿戚。《薛慰娘》故事曲折，大意為豐玉桂病臥塚邊夢李叟以義女終身相託，發展出結姻認親的結局。

14　如《寄生》中，寄生思念閨秀成夢而單戀寄生的五可潛入寄生夢境取代閨秀的「同夢互感」的離奇情節。

15　《魯公女》歷時性接連三夢，環環相扣：初夢神人命修佛善行；再夢仙人邀飲悟修身健體，返老還童；三夢魯女招魂魂歸、終成眷屬。

16　《姊妹易嫁》亦有三夢，但夢主不同。一為張氏家族得遷墓；二為旅店主人夢主人公毛公趕考中第；三為旅店主人再夢主人公毛公陰思以富貴易妻，是以落第不中。含有極強的道德教訓意味。

表達的形式（form of expression）大多採取連貫敘述，以入出夢境存其首尾波瀾，[17]其創作基型多起自不周延的現實界的召喚或採用「起筆突兀」的布局作為原因，「導發」入夢；續在夢境中，接受諭示或歷練變形的行動作為情節「複化」；最終夢醒回歸，以核實、省悟或救贖作為「定局」。而當夢境展演，情節產生「突變」，將再度啟動「導發」的敘事周程，夢境由此得以迴旋不已。

三、〈狐夢〉的結構敘事

〈狐夢〉是一個夢中有夢的故事。以「余友畢怡庵每讀〈青鳳〉傳，忻慕嚮往，常思一遇」開端，繼而在燠暑寢夢中邂逅狐女，歡會娛遊，過程中設筵一段，「夢而非夢」，又疑「非非夢」，後來因為狐女被西王母徵作花鳥使，是以分離。臨別時狐女以作傳托囑聊齋記述留憶（即「非非非夢」），題曰「狐夢」，結於「非夢而夢」。通篇立意不離《聊齋》主題「典式」（pattern）：「幻由人生，人生如夢」。而在情節安排中出現「變式」（variation）：不僅大開朋友的玩笑，更操弄著語言遊戲，從角色人物、敘述者、作者（隱含作者）到讀者都被拉扯進入虛構世界，時分時合，一齊被消遣娛樂了，閱讀趣味指數極高。何守奇說：「狐幻矣，狐夢更幻；狐夢幻矣，以為非夢，更幻。語云：『夢中有夢原非夢』，其夢也耶？其非夢也耶？吾不得而知矣。」但明倫的評點更玄：「為讀青鳳傳凝想而成，則遇女即夢也。設筵作賀，而更托之夢，復以為非夢。非夢而夢，夢而非夢。何者非夢，何者非非夢，何者非非非夢？畢子述夢，自知其夢而非夢；聊齋志夢，則

17　魯迅：《中國小說史略》，收錄於《魯迅小說史論文集》，臺北：里仁書局，1992年，頁500。

謂其非夢，而非非非夢。」[18]究竟何者為「非夢」？何者為「非非
夢」？何者為「非非非夢」？以下本文即聚焦於〈狐夢〉[19]「幻之又
幻、玄之又玄」的特色，並取西方敘事理論[20]與傳統點評互相映照發
明，分別從敘事動機、敘事聲音、敘事體裁的角度剖析這篇遊戲筆
墨如何實踐著實幻書寫，將理想寄託、諷刺批評、甚至諧擬遊戲都
在虛構的書篇諭示中完成。

（一）敘事動機[21]

每當學者們閱讀審視〈狐夢〉的敘事動機時，總是對這篇遊戲
筆墨中段落文句的真假充滿興趣，針對小說首題的人物地點「余友
畢怡庵，……嘗以故至叔刺史公之別業……」以及篇末語及記述的
時間「康熙二十一年（1682）臘月十九日，畢子與余抵足綷然堂，
細述其異」多有考證。楊海儒曾考定石印本《聊齋全集》中有不少

---

[18] 蒲松齡著、張友鶴輯校：《聊齋志異》會校會注會評本，頁622。
[19] 蒲松齡著、張友鶴輯校：《聊齋志異》會校會注會評本，頁618-622。以下本文引用《聊齋志異》原文，直書頁碼，不一一作註。
[20] 敘事理論包括：湯瑪謝夫斯基（Boris Tomashevsky,1890-1957）動機理論、仆芮蒙（Claude Bremond,1929-2021）敘事序列（「基本事綱」sequence）、格雷瑪斯（格雷馬斯 Algirdas Julien Greimas,1917-1992）「符號矩陣」以及詹明信（Fredric Jameson,1934-）「語義方陣」等。參見高辛勇：《形名學與敘事理論──結構主義的小說分析法》，臺北：聯經出版社，1987年，頁47-51、145-148、154-157；朱立元主編：《當代西方文藝理論》，上海：華東師範大學出版社，2010年1月，頁253-254；以及詹明信（傑姆遜）著、唐小兵譯：《後現代主義與文化理論》「第四章 文化研究──敘事分析：4、列維─斯特勞斯《吉姆爺》」，北京：北京大學出版社，2005年，頁130-131。
[21] 此處本文引用湯瑪謝夫斯基（Boris Tomashevsky,1890-1957）的動機理論──他將敘事動機分為三項：故事動機（包括內在、外在動機）、美感（藝術）動機與寫實動機以及高辛勇又加上了的題旨動機（即載道或說教意圖）一共四項進行分析。參見高辛勇：《形名學與敘事理論──結構主義的小說分析法》，頁47-53

作品如262首詩全是偽作，其中《同畢怡庵綽然堂談狐》也不是蒲氏的作品。[22]而根據袁世碩的查證：《淄川畢氏世譜》中未發現有號「怡庵」者，故事可能是子虛烏有。但他又說「然而這也不妨畢怡庵是實有其人。因為《聊齋志異》中便多此等半真半假的筆墨。加上畢氏子弟都對狐鬼故事頗感興趣，對照〈狐夢〉中的狐女語『曩有姊行，與君家叔兄，臨別已產二女』就是調侃著畢家子弟，因此推斷〈狐夢〉中人物有可能是『性英敏，於書無不讀』的少東家畢盛巨。」[23]馬瑞芳則認為：文中「刺史公」應指得是蒲松齡的東家畢際有，字載積，曾任揚州府通州知州。由於蒲松齡是從康熙十八年（1679）起擔任畢家塾師，設帳綽然堂教書。可能畢際有對小說家言還頗欣賞，所以在《聊齋志異》中，〈五羖大夫〉和〈鴝鵒〉兩篇小說篇末都有他的題「志」與「記」。這些人名、地點、時間穿插在文字中，真真假假；調動戲仿前文本〈青鳳〉的手法，虛虛實實；被認為是蒲松齡誘人深信其故事的障眼法；[24]楊義也說這些顛倒錯綜的語言把戲，是作者恃才遊戲的筆墨點化；[25]可見正是這個生活中莫須有的「畢怡庵」，使作者巧妙地完成了二個故事的繫聯。相較於《聊齋》中其他篇志怪基於果報宿命、因果邏輯、了悟理念的敘事動機，〈狐夢〉所要突顯的「人生幻夢」的題旨動機為閱讀活動提供了滿足感。同時，小說中夢中有夢，奇幻詭異，作者以疑真似假的行文技巧，造成真幻相生的藝術境界，為讀者帶來了「新奇

[22] 楊海儒：《蒲松齡生平著述考辨》，北京：中國書籍出版社，1994年，頁1-290。

[23] 袁世碩：《蒲松齡事蹟著述新考》，山東：齊魯書社，1988年第一版，頁172-173。

[24] 馬瑞芳：〈夢中之夢 幻中之幻──《狐夢》賞析〉《蒲松齡研究》2003年1期，頁89。

[25] 楊義：《中國歷朝小說與文化》，臺北：業強出版社。1993年8月，頁287。

化」的美感體驗，提供著「美感（或藝術）動機」[26]。此外，在故事與人物鋪排上，人狐邂逅的歡會設計明顯與主角人物的性格、欲望與意願密切相關，舉如文中描述畢怡庵「倜儻不群，豪縱自喜，貌豐肥，多髭」，又說他「攝思凝想，恨不一遇」，是強調在人物意志（心理活動）的帶動下，開展「入夢」行動，正符合湯瑪謝夫斯基所言：由此「內在動機」主導著事件發展，文本便具有便利閱讀的「可信性」。[27]然而，從另一角度切入，「夢境」的產生，其實是不能公開欲望的投射，「夢中遂願」乃是幻象，小說中的人狐邂逅其實又借代了中國傳統小說「緣率」的設計所挾帶的巧合性來組織事件，這種在現實界中淪於「不合理」的夢中奇遇，則屬於「外在動機」。[28]如此一來，在內外動機的衝突調節下，出現真假相應、重不見重、犯不見犯的藝術演述，決定了「夢醒回歸」的結局。

（二）敘事的聲音

查特曼（Seymour Chatman,1928-2015）首先提出「故事」（story）和「話語／敷演」（discourse）的不同。[29]前者指涉「內容的形式」（指故事事件、景物及其相互關係）；後者指稱「表達的形式」，為經由特殊媒介（如文字）以一定形式表現者。其中，敘

---

[26] 高辛勇：《形名學與敘事理論——結構主義的小說分析法》，頁53。

[27] 高辛勇：《形名學與敘事理論——結構主義的小說分析法》，頁49。

[28] 高辛勇：《形名學與敘事理論——結構主義的小說分析法》，頁47-51。

[29] 查特曼把敘事看成是由三個彼此不同的層次所構建而成。這三個層次是1.故事（story；history；fabula）：指再現的事件群；亦即本事、素材。2.話語／敷演（discourse）：指由實際敘述動作所產生的敘事結構文本及其表達形式。3.敘述（narration）：指敘述者的傳述行為，是敘述者和其所講述故事之間的關係。參見高辛勇：《形名學與敘事理論——結構主義的小說分析法》，頁171。

事聲音的展開主要涉及表達的形式中作者（真實／隱含作者）、敘述者、敘述本身以及聽述者、讀者的關係。以下即由「敘記層的圖式建構」[30]的展開以掌握〈狐夢〉中敘事聲音以及文本「真假虛實」的情節轉化的關係。

觀察〈狐夢〉敘事的聲音宜頭尾參看。從篇末結語「畢細述其異。余曰：『有狐若此，則聊齋之筆墨有光榮故。』遂志之」與小說開頭自稱的「余」作為一個層內外身的敘述者，以第三人稱全知視角介紹了主人公畢怡庵的個性形貌，隨即展開了畢君與狐女的豔遇。在故事層（亦即敘記裡層）裡，身為敘述對象的畢君同時成為層內內身敘述者，但又閃避了第一人稱視點自述，造成了一種無人敘述的錯覺。小說中自「（畢）當戶而寢。睡中有人搖之，醒而卻視。……」進入「夢境」（與三娘初會）始，然後狐女與畢相約——「畢果候之，良久不至，身漸倦惰，纔伏案頭。……」是「夢中夢」（赴宴）的起點。到「使畢自歸。瞥然醒窹，竟是夢景」，再到畢生覺醒猶豫，「方疑是夢」（即懷疑「非非夢」），

30　此處「敘記層的圖式建構」引用查特曼（Seymour Chatman）綜合傑聶（吉奈特Gerard Genette,1930-2018）與韋恩・布斯（Wayne C..Booth,1921-2005）的意見勾畫出傳訊情況的關係圖式，參見高辛勇：《形名學與敘事理論——結構主義的小說分析法》，頁171。

經三娘告知「實非夢也」；主要情節（夢中夢）告一段落。全文總
從「凝思神想入夢、初會三娘到狐女告知被徵為花鳥使、黯然分
別，託以文字作小傳」為止，是畢君細述的「遇（夢）狐異事」，
所記敘的是過去經歷的事件，就敘事的時間而言為「追述式」。夢
框之內，「余」既為敘述者又兼為聽述者，既是授訊人又是受訊
人；其中，「聊齋」被提及二次（一次是狐女提及「聊齋與君文字
交」，一次是蘊含的作者「余」自言），此可視為幻實互敘的混淆
效果，遙指真實的作者蒲松齡。而相對於敘記層外真實的讀者，故
事中都曾閱讀《聊齋‧青鳳》的畢君與甘拜青鳳下風的三娘則是充
當著「聊齋」隱藏／蘊含的讀者。最後狐女三娘臨別時，請求畢怡
庵轉告聊齋「煩作小傳，未必千載下無愛憶如君者。」是印證著
「非非非夢」。由這個角度看來，〈狐夢〉是站在〈青鳳〉的基本
點上的一個激發複演，不但表達形式的過程——以幻筆作真的敘事
技巧成為焦點，而〈狐夢〉未嘗不可視為另一個浪漫優美的「人狐
戀」故事的起點，二者被視為別致的「連珠體小說」[31]。此外，狐語
的「千載下愛憶如君者」以及余言「聊齋之筆墨有光榮矣」，出現
敘記層中人物與層外人物乃至與讀者對話，由此讀者的閱讀感應中
共同流動著作者的期待視野，使得創作本身極幻的故事有了極真的
基礎。[32]

---

[31]　楚愛華：〈兩篇連珠體小說——《青鳳》和《狐夢》〉《蒲松齡研究》，
　　　2001年1期，頁81。

[32]　潘峰：〈虛幻中的生命真實——《狐夢》敘事特點淺析〉《蒲松齡研究》，
　　　1999年4期，頁87。

（三）敘事的體裁：關於小說的小說

由於生活的焦慮和科場幻滅感，蒲松齡將在現實世界的不平衡轉而向幻想世界中展現才情，一方面作為宣洩和補償，一方面追求自我實現。除了利用舊題材再創作的故事新編，又有所創新，以馳騁好奇心與想像力的結晶自成一格。這篇〈狐夢〉不同於孤憤著書，少了批判世情的凜冽，換裝了播弄虛實的遊戲筆墨。以它的趣味性與虛構性備受矚目。

1.趣味性

小說中介紹主人公畢怡庵的文字用筆詼諧，凸顯著人物個性的基調，埋藏了故事發展的引線；而「夢中之夢」與狐女聚飲的情節裡，包括筵主大姊、捉狹的二姊、帶貓的四妹、溫婉的三娘等一顰一笑、一言一動的形象描寫，各呈典型，構成娛樂層面的滑稽情趣。前賢多有論及，此不細述。惟在文本結構中所建構特殊的敘事體裁的趣味性，有三個方面值得注意：（1）戲仿互文：〈狐夢〉與〈青鳳〉二者文本的互相聯繫是作者／敘述者有意為之的敘事策略（《聊齋》另有〈王桂庵〉與〈寄生〉亦為人物相關仿擬的作品），構成特有的「聊齋」娛己娛友的效果。（2）瑣碎描寫：〈狐夢〉中以大量文字鎖定於極其日常的細節刻畫、包括通過身兼敘事對象與敘述者的視點觀看／置身狐女們宴會中與狐女姊妹不拘小節的言談雋語，乃至小姨子「捉置畢懷。入懷香軟，輕若無人。畢抱與同杯飲」的調笑環節，暗藏姊妹共夫（媵婚習俗）的文化潛規則的遺形，營造出逼真的「小女子閨房戲謔」（馮鎮巒評語）；而運筆閨中用物與酒具互變的描寫奇幻迭生；[33]敘及女性

---

[33] 如髻子是一個大荷蓋，口脂盒子變作巨缽，蓮杯竟是羅襪一鉤。可謂極盡玩笑之能。

身體、其附屬物腳、襪、鞋等性意象、寵物貓的出場；[34]乃至與前文本類似的「異」空間（別業、獨立院落）的場所設計；這些宴聚活動的描述作為狐夢發生的場景，暗示歡情的關鍵性環節，皆見譎怪豔異的情色意趣。（3）遊戲筆墨：蒲松齡自己與他的朋友一同進入文本，他讓畢怡庵因慕狐仙而夢狐仙，為戲筆一；而畢生又受狐仙之托，要求聊齋作傳，以便「未必千載下無愛憶如君者」，為戲筆二；這兩個節段「畢怡庵凝想與狐仙豔遇」以及「余志其異」因果相生、虛實相攝，為故事情節的展開服務，但評為「聊齋以揶揄語為自譽」，可謂煞有介事，妙趣橫生。

2.虛構性

〈狐夢〉是在夢與非夢，真實與虛幻之間，架構了疑虛似真、以真應虛（作者回應狐女要求）的一篇夢境敘事。由於蒲氏極擅長融合虛實（如〈狐夢〉）、有無（如〈羅剎海市〉）等的二元關係，錯筆於「無事之事」，並以「二者常為一個自足的整體中互補的兩面」而非對立的兩極來看待書寫。[35]誠如《文心雕龍・麗辭》中所謂「造化賦形，支體必雙，神理為用，事不孤立。夫心生文辭，運裁百慮，高下相須，自然成對」。[36]對此，何守奇曾評一

---

[34] 在中國傳統文化中，男性審美觀點多以纏足為美，女子雙腳及鞋履是閨閤中私密的物象，帶有極強的性意味。在文學敘事中，以美麗女性身體的（如裙下金蓮，以色身示人）情色意象，《聊齋》書中多次使用，舉如〈青鳳〉中記耿生以「金蓮勾魄」的狂態，〈續女〉中見繡履雙翹的描寫，俱作銷魂之筆，〈臙脂〉中宿介「劫香盟於襪底」更以局部（女襪）代全體（女體）作為欺負女性之無賴行徑的暗示。

[35] 浦安迪說：中國敘事傳統習慣於把重點放在「無事之事」之上的重重包圍中。參見氏著：《中國敘事學》，北京大學出版社，1998年1月，頁46-48。

[36] 劉勰著、王更生注譯：〈麗辭〉《文心雕龍讀本》下，臺北：文史哲出版社，1986年11月，頁132。

個「幻」字，[37]但明倫則以「夢」「非夢」「非非非夢」總結〈狐夢〉中以半真半假的筆墨，造成一種真幻相生的藝術境界；[38]而文中「畢怡庵凝想與狐仙豔遇」以及「余志其異」等節段與針對「聊齋以揶揄語為自譽」的但評，均見故事情節以外者進入小說，或現實中的人跳出小說之外評論小說的角度，經營著以實證幻，以幻證實，幻中有真的互涵互補；體現了「元小說」（metafiction）某些特點；[39]甚至有學者稱之為「反元小說」[40]，都共同指向了小說中的「虛構性」。以下即通過西方敘事結構理論中（1）仆芮蒙（Claude Bremond, 1929-2021）「事綱組合型態」[41]、（2）詹明信（Fredric Jameson, 1934-）「語義方陣」[42]、（3）托鐸洛夫（Tzvetan Todorov, 1939-2017）「譎怪文類」[43]三者進行闡發。

（1）事綱組合型態

這篇主題託寓於「夢」的人狐遇合的情愛傳奇的展開可從兩方面來觀察：一方面頭尾架框，由真人說。一方面選截角色人物的人

[37] 何垠（守奇）評《聊齋・狐夢》收入蒲松齡著、張友鶴輯校：《聊齋誌異》會校會注會評本（一），頁622。
[38] 但明倫評《聊齋・狐夢》收入蒲松齡著、張友鶴輯校：《聊齋誌異》會校會注會評本（三），頁1464。
[39] 劉紹信以為：體現了「元小說」某些特點，但也不能因之而言《狐夢》便是後現代主義意義上的元小說。參見氏著：《聊齋志異敘事研究》，北京：中國社會科學出版社，2012年5月。頁33-43。
[40] 楊義：〈蒲松齡與「反元小說」〉，《晨窗剪霞——楊義學術隨筆自選集》，福建教育出版社，2000年1月，頁17-20。
[41] 高辛勇：《形名學與敘事理論——結構主義的小說分析法》，頁147-148
[42] 詹明信（傑姆遜）著、唐小兵譯：《後現代主義與文化理論》「第四章　文化研究——敘事分析：4、列維——斯特勞斯《吉姆爺》」，北京：北京大學出版社，2005年6月，頁130-131。
[43] 高辛勇：《形名學與敘事理論——結構主義的小說分析法》，頁187、190-191、216。

生經驗為敘記層來說故事。其序列排比主線為畢君「夢狐」的A序列——〔A1（入夢）→A2（夢境）→A3（夢醒、回歸現實）〕。其中，A1（入夢）下鑲嵌畢君「凝想成真」的B序列——〔B1（讀《青鳳》）→B2（思遇狐）→B3（遇狐／邂逅）〕，是為「入夢原因的形成」。A2（夢境）下則插入畢君「遇狐幻境」的C序列——〔C1（遇狐／邂逅）→C2（歡會）→C3（波折考驗）→C4（分離、回歸現實）〕，構成「夢境中的行為活動」。而這二個插入的序列又見附屬牽連：即B序列「凝想成真」的結點B3（遇狐／邂逅），恰恰為C序列「遇狐幻境」的起點C1（遇狐／邂逅）。而C序列「遇狐幻境」收於C4（分離、回歸現實），又與主序列A3（夢醒、回歸現實）重合，正見連結鑲嵌，拓展情節，演遞結局。

　　至於夢中有夢的情節，包括「畢生遇狐」的C序列——〔C1（畢生邂逅狐女三娘）→C2（歡會）→C3（波折考驗）→C4（離式結局）〕實與「畢生所閱讀響往的《青鳳》故事」的D序列——〔D1（耿生邂逅狐女青鳳）→D2（歡會）→D3（波折考驗）→D4（合式結局）〕的情節平行重複，差別僅在結局離合不同。如此一來，「兩面法」的應用解釋了「主人公畢怡庵將文本〈青鳳〉轉化為文人案頭刺激物，引發性想像。」其邂逅過程由「男性豔遇式」[44]敘事表態，與前文本多有重複。其間〈青鳳〉的虛實交錯〈狐夢〉的虛實，乃至「人狐戀」題材的迴旋暗寓，讀者正如遊山者，魂魄方收，耳目又費。[45]由此敘事層層推生，召喚著知情讀者的閱讀經驗，提供了人狐情愛故事另一種生發和傳播的可能。

---

[44] 「男性豔遇式」敘事：「男女邂逅→鍾情或歡會→波折與考驗→果報及恩仇→離合式結局。」曾麗容：〈《聊齋志異》的空間建構與情愛敘事〉《學術交流》中國古代文學研究，總第238第1期，2014年1月，頁157-160。
[45] 馮鎮巒：〈讀《聊齋》雜說〉，頁16。

（2）語義方陣[46]

〈狐夢〉入夢的動力由讀「狐說」（前文本〈青鳳〉而起，因而「夢狐」，「夢狐」之中又作「狐夢」。末尾，由於「夢境源自虛幻，與現實交手，亦將歸於虛幻」。因此，「虛構性」為小說中核心要素，作家除了從編寫手法作多方位、多層次的再現（與傳統小說單一視角的結構不同，舉如與〈青鳳傳〉戲仿互文、夢中夢），並試圖由人物、語境、價值、意義等揭示虛構的本質，例如「狐」與「夢」的意象真假莫辨；狐女三娘自比於青鳳，畢君神往於耿生境遇的比況相互纏繞；引入西王母徵召的命令，歸諸於未知的天命。以下即參用詹明信（Fredric Jameson, 1934-）闡發格睿瑪（格雷馬斯Algirdas Julien Greimas, 1917-1992）的語義方陣的圖式，針對〈狐夢〉中「現實與夢境」、「創作（文明）與自然」的糾葛作一釐清：

---

[46] 格睿瑪（格雷馬斯）的「語義方陣」（又稱符號矩陣）是對於敘事語義的分析推演的理論建設。他以為許多事目項都暗含邏輯上正反的關係。這一模式建立於基本的「二元對立」原則上，在基本對立（正反）軸（A／反A）上引入另一對立（矛盾）關係（非A／反非A），形成四元相對體。其對立關係包括「矛盾」、「相反」、「相逆」等種種關係。可用於不同實項，如價值評斷、意識形態等。參見高辛勇：《形名學與敘事理論——結構主義的小說分析法》，頁154-157。朱立元主編：《當代西方文藝理論》，上海：華東師範大學出版社，2010年1月，頁253-254。

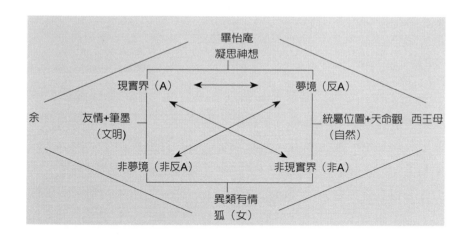

　　圖中顯示，畢怡庵由現實界入夢，由神想入幻域。又授訊給
朋友「余」。余以友情故，以筆墨有光榮故，受訊而記寫故事，是
介於「現實界」與「非夢境」的「創作／虛構／擬真」。狐女（青
鳳、三娘）為異類幻化為女，屬於「非現實界」的變形，惟其「多
具人情，和易可親，忘為異類」[47]，疑其為真，又可歸屬於「非夢
境」。狐女三娘與畢君有情愛關係，而神話傳說中的西王母則為神
怪統屬位置，她（狐女三娘）因為天命（西王母的命令）不能違抗
而被迫與畢君分離。其中，「西王母」代表神秘自然界，不屬於現
實文明。由於小說本以「虛構」（Fiction）為名，而故事中無處不
在的「夢境幻域」——包含狐幻、夢幻和其共組的夢中之夢以及二
元相對項——「入夢與出夢」、「敘說（畢生）與書寫（余）」的
推演，一同組構了「擬真」的文藝創作。於是，「當說者被說的時
候」，就產生了一種「關於小說的小說」，[48]成為作家與讀者觀照人

---

[47]　魯迅：《中國小說史略》，頁520。
[48]　趙毅衡，《說者被說的時候——比較敘述學導論》，中國人民大學出版社，
　　　1998年版，頁261。趙氏主張：「當元小說所作的，不過是使小說敘述中原本
　　　就有的操作痕跡『再語意化』，把它們從背景中推向前來，有意地玩弄這些

生的多棱鏡。[49]

（3）神怪文類

　　「文類」的研究是聯繫著個別作品與文學術的一種邏輯性的分析。特別強調著：意義是存在於「關係」之中，不僅於表面意象或母題的列舉。並主張可以抽象觀念代替具體形象進行分析，其入手點是由對作品群的相似或相同的屬性進行邏輯上的觀察整理（當然作品也具有突變與改變演化的可能），從其主題間的類別關係探討，並給以意義功能上的詮釋，為主題理論指出可行之道。[50]以托鐸洛夫（Tzvetan Todorov，1939-2017）「譎怪文類」為例照看〈狐夢〉，文本初啟於主人公的希冀（歆慕〈青鳳〉導致浪漫狐遇的夢中奇緣，其後由於西王母徵召而分離，行前請託聊齋留記以傳。就其主題形式與關係意義檢核，透過人與狐為省察對象，前者說明「潛藏本能」的極端作用，產生映照與預示了現實的結果；後者與異類於幻域歡會遇合的情節，實亦為內心原欲迴避道德檢查，借由文學形式表達的突破手段。於是，結合「形變」的現象與「超自

『小說談自己』的手段，使敘述者成為有強烈『自我意識』的講故事者，從而否定了自己在報告真實的假定。」

[49]　康建偉：〈「符號矩陣」在文學批評實踐中的反思〉《中北大學學報（社會科學版）》，2008年01期，頁68-71。

[50]　茨維坦‧托鐸洛夫（Tzvetan Todorov,1939--2017）提出譎怪文類具有三個特徵：一為讀者對於書中所描述的事件景物相信其為現實世界。二是書中人物對所經歷的怪異事件是屬於自然或超自然感到疑惑猶豫。三指譎怪作品不能以寓言（多非實指）與讀詩（詩可誇張，可做非實指）的態度來對待。其檢覈的兩重步驟為從主題形式的分佈與關係意義的詮釋。對其鄰近文類，將譎怪經驗以理性解釋者，為「離奇」；若接受為超自然現象存在為「神奇」；而介於兩者的間際性文類，結合前二者為「譎離」（譎怪始，離奇終），後二者為「神怪」（譎怪始，神奇終）。參見高辛勇：《形名學與敘事理論──結構主義的小說分析法》，頁187、190-191、216。

然」的議題，夢與現實模糊不清，甚至連主人公都「瞥然醒悟，竟是夢景」，以為「非真」；其後又有狐語翻案：「故托之夢，實非夢也。」篇末聊齋作者臨門一腳：「畢子與余抵足綽然堂，細述其異。」似乎又強調實有其事。這之間色彩怪幻，半真半假的氛圍瀰漫，出現了介於「理性解釋」與「接受超自然存在」的「猶疑」態度。雖然這樣的態度並未持續到底，最後仍以超自然的文學題材演述，被視為「神怪」文類。[51]然而因為中國敘事傳統中的循環往復的概念常在消極與積極的兩端的移動，實為實幻參差的「夢敘事」開啟了方便之門。是以無論就小說的創作或閱讀，都是一場精彩的實幻語境的歷險。

四、結論

由於文學是經由語言符碼感受現實、表現自我的一種方式，當作家選擇了某種文體，事實上等於選擇了一種反映生活體驗、折射審美思維的工具。《聊齋》這部「狐鬼史」實可視為作者融合觸時感事、出入於現實與想像、貫穿了個人性格和人生哲學、運用著以勸以懲、亦莊亦諧的敘事手法，成為小說（Fiction）、解剖（anatomy）與告白（confession）的混合體。觀察蒲松齡這篇〈狐夢〉著手於以夢作為一種不可解的精神現象。由實界出發，藉由寐夢之軌進入幻境。全篇以文言敘事，陳述從「粗陳梗概」到「敘述宛轉」；傳統文學的養分豐富，而其中不乏市井趣味；夢境之中既

---

[51] 高辛勇以為：雖然「信不信有鬼」是一個常見的母題，……但這與「猶豫」於理性與接受超自然之間的態度時有分別。中國鬼怪故事所見的態度基本上是接受超自然現象存在的。參見高辛勇：《形名學與敘事理論——結構主義的小說分析法》，頁215-217。

集陳了傳說野史,語涉荒怪;亦有來自生活經驗或感悟,折射現實。如此,真幻相生,幻中有真,延伸出了奇談的趣味性。本文經由西方敘事理論切入,與傳統《聊齋》評點做對照探究,試圖揭示文學現象所共同體現著一些基本的客觀規律的互補互證。[52]歸結於下:

　　自敘事動機理解,〈狐夢〉中以非單一的全知視角進行敘述,而交錯以情節中敘述對象的視角來描述夢之「親身」所遇,增加了真實感,使得故事的進展帶有人間性。復以夢中有夢的情節設計,似實還虛,建構出「虛實錯綜的綿延交替」、「真幻相生的反覆循環」的藝術境界,這樣一脫窠臼的新奇化,形成讀者與審美對象的距離,正是「美感(或藝術)動機」的機杼。而故事動機中內外動機的綜錯運用,有助於理解中國傳統「接受自然」「篤信天道」的當然態度以及敘事題材中「無中生有」「虛實互間」的二元補襯的概念的應用。[53]

　　由敘事的聲音觀察,〈狐夢〉中收納了多重的敘事聲音,作為隱藏／蘊含的作者、敘述者與腳色主人公的視點幾度重合分離,[54]「誰在說」、「誰在看」、「誰在又說又看」的話語自由流動,包括聊齋自己也與狐女隔空對話;故事裡的人物形成主觀情境以及由故事外的隱藏觀察者所提供的客觀畫面交織鋪陳;在在都激發了讀者在撲朔迷離中揣摩猜度、在動靜交替裡懷疑驗證,又在好奇解謎

---

[52]　由於文學作品敘事研究中,語法結構模式在一定程度上揭示了不同時期多樣的文學現象體現著一些基本的客觀的規律(舉如宇宙模式與人類文化中存在著某種一致性),對於文學思路的探究與再創作具有意義。惟因中西文化的敘事傳統不一,簡單地套用可能出現謬誤。因此自宜注意避免因求同而舍異,或不能直接對應的偏差。浦安迪:《中國敘事學》,北京大學出版社,1998年1月,頁13。

[53]　浦安迪:《中國敘事學》,頁95-97。

[54]　潘峰:〈虛幻中的生命真實──《狐夢》敘事特點淺析〉《蒲松齡研究》,1999年4期,頁84-90。

中得到滿足。

從敘事的體裁上探究，這篇「關於小說的小說」是以「趣味性」的夢之出入為主體的實幻敘述的實驗小品，其中用料瑣碎，竟而調理荒誕，〈狐夢〉堪稱首創。在此，蒲松齡注意到現實和異域、文明藝術與原始自然的斷裂與連結，他選擇通過夢境作為橋與牆。一方面以夢境展示人物心理、預示情節轉換，是以夢作為有意識進入幻境的媒介；另一方面有意模糊夢與現實的界限，掌握住夢境的「虛構性」成為屏障。前者說明「潛藏本能」的極端作用，產生映照與預示現實的結果；後者與異類於幻域歡會遇合的情節，實亦為內心原欲回避道德檢查，將不能實現的願望曲全圓實，彌合了人間性的缺陷。此外，經由詹明信與格雷馬斯「語義方陣」摘選文本中的基本義素為函項，引入對立和矛盾的人物、行動或價值組作對照，進而清理鉤連文本中角色模式的複雜關係，如此，不但左右讀者視覺，更掌握了假幻為真的心理預期。

以文類的分析作論，由於敘事文的基本定義可視為一種均衡狀態的破壞與新的均衡狀態的建立。而超自然現象的發生或是譎怪離奇的因素出現，正是突破均衡最直截了當的方法。〈狐夢〉無論單就狐或夢言，都以作為一種超現實現象的特點指向神祕、奇幻和怪誕。從人狐邂逅的設想，可以讀出蒲松齡一面歌頌嚮往浪漫的愛情，突破現實藩籬以幻寫情，意圖疏離外在環境的未盡如意，曲全於私人世界的和諧靜好；一面終究又無法脫離現實，是而嘗試從寫實、虛擬的場域中進行其熱烈理想的模擬與實踐（包括反抗、破壞、完成等），因此情節走向不能盡著「始困終亨、始悲終歡」般的樂天色彩，最終出現雙方黯然分離的悲劇性結局。而從神奇文類的屬性觀察，〈狐夢〉聚焦於蒲松齡的實幻書寫的實踐，人物通過做夢窺得「真」的實現，而幻域與現實、作夢的聲音與說話的聲音

雜揉不分，末尾作家更運用了「假證幻實」的手法記異聞、發奇想，以增加故事的真實感。[55]

　　袁於令在《〈李卓吾批西遊記〉題詞》中提及：「文不幻不文，幻不極不幻。是知天下極幻之事，乃極真之事；極幻之理，乃極真之理，故言真不如言幻。」[56]無疑是為「實幻書寫」做了最佳的註解。在〈狐夢〉裡，蒲松齡借助於靈魂幻想對應於現實而又超越於現實；同時又驅動著真實事物來證實虛幻景象，使得幻想的天地與現實的人生換置交錯，疑幻覺真，似融合為一，又相映成趣。不但展現了「夢境敘事追求藝術的真實」的技巧，更拓展了從歷史敘事到文學敘事的藝術功能。而就在這樣「真即是幻，幻即是空」的藝術間架下，實潛藏著一個主題音響：「宇宙間虛實轉眼成空、人物迅速凋零，為了對抗永恆的遺忘，惟有光榮（名）與記憶（作品）留存。」如果我們反扣《聊齋》自序所云：「知我者，其在青林黑塞間乎？」便可察覺出蒲松齡的難題（孤憤）不在擁有而在追求，而從真幻相生的角度進行探討，「夢境書寫／敘事」或許正是「蒲松齡難題」的一種解決。[57]

55　「假證幻實」如《狐夢》中主人公疑夢似真，迷惑不清。《畫壁》中朱孝廉夢入仙境與畫中少女歡愛纏綣，夢醒後見畫中人螺髻，不復垂髫。《白於玉》中吳清庵夢中邂逅仙女，獲贈金釧。夢醒後拾得釧留褥間。冀運魯：《聊齋志異敘事藝術之淵源研究》，合肥：黃山書社，2011年3月。頁154-156。

56　黃霖、韓同文選注：《中國歷代小說論著選》（上），江西人民出版社。2000年，頁278。

57　本文重新改寫，原文〈論《聊齋志異·狐夢》的夢境敘事與實幻書寫〉收入《浙江工業大學學報》（社會科學版）2018第1期，杭州：浙江工業大學學報編輯部，2018年3月，頁80-86。

參考文獻

朱立元主編：《當代西方文藝理論》，上海：華東師範大學出版社，2010年1月。

浦安迪：《中國敘事學》，北京大學出版社，1998年1月。

袁世碩：《蒲松齡事蹟著述新考》，山東：齊魯書社，1988年。

高辛勇：《形名學與敘事理論——結構主義的小說分析法》，臺北：聯經出版社，1987年。

張寅德編選：《敘述學研究》，北京：中國社會科學研究社，1989年。

陳平原：《中國小說敘事模式的轉變》，臺北：久大文化股份有限公司，1990年5月。

詹明信（傑姆遜）著、唐小兵譯：《後現代主義與文化理論》，北京：北京大學出版社，2005年。

楊海儒：《蒲松齡生平著述考辨》，中國書籍出版社，1994年。

楊義：〈蒲松齡與「反元小說」〉《晨窗剪霞——楊義學術隨筆自選集》，福建教育出版社，2000年。

楊義：《中國歷朝小說與文化》，臺北：業強出版社。1993年8月。

蒲松齡著、張友鶴輯校：《聊齋誌異》會校會注會評本，臺北：里仁書局，1991年9月。

趙毅衡：《說者被說的時候——比較敘述學導論》，中國人民大學出版社，1998年。

劉紹信：《聊齋志異敘事研究》，北京：中國社會科學出版社，2012年5月。

劉勰著・王更生注譯：《文心雕龍讀本》下，臺北：文史哲出版社，1986年11月。

魯迅：《中國小說史略》，收錄於《魯迅小說史論文集》，臺北：

里仁書局，1992年。

冀運魯：《聊齋志異敘事藝術之淵源研究》，合肥：黃山書社，2011年3月。

馬瑞芳：〈夢中之夢幻中之幻——《狐夢》賞析〉《蒲松齡研究》2003年1期，頁88-91。

康建偉：〈「符號矩陣」在文學批評實踐中的反思〉《中北大學學報（社會科學版）》，2008年1期，頁68-71。

曾麗容：〈《聊齋志異》的空間建構與情愛敘事〉《學術交流》中國古代文學研究，總第238第1期，2014年1月，頁157-160。

楚愛華：〈兩篇連珠體小說——《青鳳》和《狐夢》〉《蒲松齡研究》，2001年1期，頁79-81+97。

詹頌：〈淺談《聊齋志異》中的夢境〉〈淺談《聊齋志異》中的夢境（續）〉《蒲松齡研究》，1999年3期、2000年1期，頁46-50、頁62-66。

潘峰：〈虛幻中的生命真實——《狐夢》敘事特點淺析〉《蒲松齡研究》，1999年4期，頁84-91。

劉紹信：〈《聊齋》敘事的特例：《狐夢》解讀〉《文藝評論》2012年6期，頁62-65。

話語模式與文化創傷：
從鐵凝《玫瑰門》中的女性談起

一、女性主義敘事學的「話語模式」

　　顧名思義，「女性主義敘事學」是將女性主義或女性主義文學批評與經典敘事學（結構主義）結合的產物；前者通常多聚焦於敘事結構的性別政治，後者則屬於強調形式主義修辭性的敘事話語的析評。[1]在80年代末和90年代初美國出現的兩本重要的女性主義敘事學著作——即開創者蘇珊・蘭瑟（Susan S. Lanser, 1944- ）的《虛構的權威》和沃霍爾（Robyn R.Warhol, 1955- ）的《性別化的干預》中一致闡述了「將女性主義文學批評引入對敘事結構的研究」的基本立場；蘭瑟主張：「實際上，文學是兩種系統的交合之處——既可以從模仿的角度（女性主義的傾向）將文學視為生活的再現，也可以從符號學的角度（敘事學的運用）將文學視為語言的建構。」[2]是以，女性主義敘事學是修正了經典敘事學忽略社會歷史語境（包括性別、種族、階級等因素）的偏差，並在女性主義批評僅聚焦於故事層，忽略表達層的不足做了補充。對作品的闡釋而言，這一「跨學科」批評實踐的研究方法為敘事研究領域發展提供了新的視角及

---

[1]　申丹、韓加明、王麗亞著：《英美小說敘事理論研究》，北京：北京大學出版社，2005年10月，頁276。
[2]　申丹、韓加明、王麗亞著：《英美小說敘事理論研究》，頁280。

方法、並證實了敘事學也可以被用於揭示性別差異、性別歧視，成
為女性主義批評的有力工具。[3]本文即是以女性主義敘事學的「話語
模式」為借鑑基礎，選取鐵凝《玫瑰門》進行研究梳理，嘗試異於
前賢諸作的再展開。主要是從文學作品的雙重性質進行分析：觀察
其所運用「話語模式」的幾個特殊形式的表達——包括人物關係的
建構、敘述視角的轉變、複調理論的運用、歷史語境與「第三性」
視角的開拓等，進一步探討作家通過「聲討」與「想像」所揭示的
情慾圖繪，所形成獨特的荒誕殘酷的書寫風格，從而對應著其間所
呈現之置身不幸命運的歷史經驗與社會環境以及所烙印的難以磨滅
的文化創傷。

二、鐵凝與《玫瑰門》[4]

　　1988年，鐵凝完成第一部長篇小說《玫瑰門》。這是一個描繪
著受虐／自虐／虐人的「女性們」在一個失序的時代、動盪的環境
裡建立主體性、尋找出路的故事。相對於作家前期的「一往情深」
的靈性詩意的成長小說，蘊藏著暖意與善的發現；「玫瑰之門」無
疑是一「女性的生命之門」[5]，它充滿苦難、但也有生命的芬芳。[6]

---

[3]　申丹、韓加明、王麗亞著：《英美小說敘事理論研究》，頁277-281。

[4]　鐵凝：《玫瑰門》，北京：作家出版社，1989年6月，頁1-519。按：1988年9
　　月，鐵凝在《文學四季》創刊號上發表《玫瑰門》，隨即作家出版社發行了
　　《玫瑰門》單行本。以下引文採此版本直錄頁碼，不復詳註。

[5]　鐵凝說：「《玫瑰門》中的主角都是女人，老女人或者小女人。因此，讀者
　　似乎有理由認定『玫瑰門』是女性之門，而書中的女人與女人、女人與男人
　　之間一場接一場或隱匿、或赤裸的較量即可稱之為『玫瑰戰爭』了。」參見
　　氏著：《玫瑰門》「寫在卷首」，《鐵凝文集》第4卷，江蘇文藝出版社，
　　1996年。

[6]　許志英、丁帆主編：《中國新時期小說主潮》上卷，北京，人民文學出版
　　社，2002年5月，頁467。

而在人物設置上，完全不同於原初創作中一個鄉村純潔明淨少女的
「香雪」形象的塑造，其女主人公司猗紋正像一朵浸在毒汁裡盛開
的罌粟花。而在這場「玫瑰戰爭」中，作者筆勁森冷，「追問」了
人類之惡。[7]在人性的挖掘清理上寫出了一些慘烈的東西，但是也指
出了一些生命被塑造的可能。儘管這樣的文風變異，重新刷寫了女
性特殊的生命景觀，也標示了鐵凝寫作思路不同的流動。但鐵凝堅
持著她的「核」是一直存在的，是從《哦，香雪》開始，到《玫瑰
門》裡，都有著支撐她寫作的不變的「底色」——即是在變與不變
之中去追尋一種永恆的東西，維持著愛，給人世間帶來溫暖。[8]

　　由於鐵凝是努力地要求著自己在面對女性題材時，能擺脫純粹
女性的目光，讓寫作的靈魂自由奔騰。被視為大陸新時期文學中一
位具有鮮明藝術特色的作家，鐵凝創作風格的轉變令人矚目，她的
作品圖像可約化呈現為：清純潔淨的「香雪時期」（1975-1985）、
眾聲喧嘩的「玫瑰門時期」（1986-1996）、探索靈魂的「大浴女
時期」（1997-2000），接續著2006年的透過歷史、窺視「日子的表
情」的「笨花」出版到近期刊出的新作《1956年的債務》（2010）、
《火鍋子》（2013）等。[9]隨著鐵凝作品面向的擴遠加深（如由鄉村
到都市）、取材手法的靈活創新（如審醜與審美觀照的移動），內
容縱深更趨成熟與寬容（包括著欲望的探測與心靈的沉浮）。而對
於鐵凝作品的整理、討論、研究，由早期零散、單篇作品隨筆式的
印象主義解讀也陸續逐漸走向了宏觀與微觀相結合的整體化、多樣

---

[7]　鐵凝：〈文學應當有捍衛人類精神健康和內心真正高貴的能力〉《像剪紙一
　　樣美艷明淨》，北京：人民文學出版社，2006年12月，頁209-210。

[8]　鐵凝：〈文學應當有捍衛人類精神健康和內心真正高貴的能力〉，頁209-
　　210。

[9]　由於文本研究是文學研究的基礎，許多文學研究評論為了呈現較全面的觀
　　照，多將作家的文本評析與她的創作分期做同步處理。

化的研讀。包括研究專著的出版、期刊論文著述甚夥；書寫議題觸
及對作家及作品主體研究、作家本傳的析理探討以及主題意象、敘
事手法、藝術風格的面向分析不等；所運用的方法論包括敘事學、
倫理學、女性主義、心理分析以及比較研究（如對鐵凝的作品作橫
向與縱向的綜合分析；審視其作品與其他作家作品進行全方位或局
部的比較研究；還有作家譜系的清理以及作家作品歷時性或共時性
的參差對照等，分展論述、各擅勝場。研究視閾從閉鎖走向開放，
研究格局也從單一走向了多元。

　　到達九十年代初期，中國當代女性文學批評風起雲湧，對《玫
瑰門》的研究，也從八十年代批評視野圍繞在人物塑造、作品美學
風格方面，比較注重文學的社會性之餘；針對鐵凝是否持有女性主
義或伸張女權主義的旗幟進行了討論與解讀。[10]有些人認為她是表
現了強烈現代女性意識，有著典型的女性主義立場。賀紹俊指出：
「《玫瑰門》是一部典型的女性寫作的成功之作，而且，是一部真
正具有女性覺醒意識的作品；更為重要的是，以女性覺醒意識而
言，《玫瑰門》是新時期文學以來的第一部長篇小說。這是《玫瑰
門》所具備的最重要的文學史意義。」此外，于展綏認為「鐵凝只
是一個在現代外衣包裹下的傳統女人。」[11]而鐵凝自己則說明在寫
作的時候，並沒有很鮮明的女性主義立場。因為「文學本質上是一
件從人出發的事情，有的時候純粹的女性作家她會退居第二位。但

10　舉如：1994年，王緋：〈《鐵凝：慾望與勘測——關於小說《對面》〉、戴
　　錦華：〈真淳者的質詢——讀鐵凝〉（《當代作家評論》，5期，1994年，頁
　　34-44、28-45）中肯定了鐵凝的敘事方式具有極為鮮明的女性寫作特徵，也對
　　鐵凝非女權主義文本進行女權主義批評。1995年又有易光《憤怒之舞——鐵
　　凝小說一解》的翻案，認為戴、王二人的批評是對鐵凝的「誤讀」。
11　于展綏：〈從鐵凝、陳染到衛慧：女人在路上——80年代後期當代小說女性
　　意識流變〉《小說評論》2002年第1期，頁28。

當然你本身就是女性，在提性別的時候，你不能說你是一個自然的生理的身份，但是一個作家確實應該有超越你的性別身份的這種意識，或者說希望獲得一種更好的能力、更開闊的心胸。」[12]於是，這位河北作家就是這樣主張著捍衛人類精神健康的創作態度、呈現了超越性別視角的表達方式以及在顛覆中構建所帶來的閱讀趣味，扣敲著人類心靈的深處，在派別林立的文壇，獲得肯定，進入了文學史。[13]

三、《玫瑰門》的話語模式分析

在區分作品的敘事層次、表達對象與表達形式時，「故事（story）」、「話語」（discourse）極易產生混淆。[14]前者所涉及的是「敘述了甚麼」（what），包含事件、人物、背景等；後者則為「怎麼敘述的」（how），包括各種敘述形式和技巧。而女性主義敘事學的作品分析基本上是多聚焦於「話語」研究模式的交流與展開。以下便分從幾個面向作一觀察，以掌握《玫瑰門》的意義指涉。

---

[12] 鐵凝：〈文學應當有捍衛人類精神健康和內心真正高貴的能力〉，頁214。

[13] 盛英主編《二十世紀中國女性文學史》（天津：人民出版社，1995年）已列出章節分析了鐵凝和她的創作，孔範今編《二十世紀中國文學史》（濟南：山東文藝出版社，1997年6月）將鐵凝作為河北作家的代表作了簡要的綜述及作品評價。另如陳思和主編《中國當代文學史教程》（上海：復旦大學出版社，2008年），許志英、丁帆主編《中國新時期小說主潮》（北京：人民文學出版社，2002年5月），孟繁華、程光煒編《中國當代文學發展史》（北京：人民文學出版社，2004年1月）等等，都從不同方面肯定了鐵凝的文學成就。

[14] 此外，「話語」與「情節」亦容易產生混淆，二者指代的範圍基本一致，其中傳統的「情節」一詞指故事事件本身的結構，話語用來指代作品的形式層面。而前者優於後者。參見中丹、王麗亞著：《西方敘事學：經典與後經典》，北京：北京大學出版社，2010年3月，頁13-14。

（一）人物關係的建構

鐵凝以為「關係」在小說中是很重要的一個詞。她說：「小說反覆表現的是人和自己的（包括自己的肉體和自己的精神）的關係，人和他人的關係，人和世界的關係以及這種關係的無限豐富的可能性。」[15]在《玫瑰門》裡，人物關係正是以多層次的網狀交織呈現。存在著「一個隔代的人與人的糾纏，中間這代人缺席，或似隱似現，它拉開了一段距離，退遠了看，又有糾纏有一定的隔膜，廝守著，這樣一種特定的關係。」[16]其中女性的進退與去留成為小說的主軸，男性角色的塑造或遭挖空，位置退到邊緣。她們看待生活、檢視傳統的態度，有的「站出來」（57），有的「怎麼著都行」（298），有的「甚麼也不為」（256）、有的「笑而不答」，有的認為「活該這樣」（326），有的「愛之欲其死」、有的「恨之欲其生」（514）；她們的覺醒從自我的身體出發，並以之成為欲望的載體進行鬥爭——從報復矯正犧牲，以背叛交換自由，自困境破繭而出，一路打進壓制女性的歷史，並以赤裸夥同暴力的敘述，顛覆男性話語書寫。文本中位居中心的女性角色第一代司猗紋頑強／昂然的貫徹著這樣的生存意志，她的一生貫穿全書，圍繞其身的男性角色們：包括公公、丈夫（莊紹檢）、初戀情人華致遠、朱吉開、達先生、兒子莊坦；以及女性角色們：小姑（姑爸）、兒女、妹妹（姨婆）、兒媳（竹西）、外孫女（蘇眉）、羅大媽，彼此交互錯綜著倫理／情慾、合作／敵對、複雜／簡單、公開／隱密、看／被看、優勢／劣勢、宰制／被宰制的變動關係網絡。

---

[15] 鐵凝：〈「關係」一詞在小說中〉《像剪紙一樣美艷明淨》，頁189。
[16] 鐵凝：〈文學應當有捍衛人類精神健康和內心真正高貴的能力〉，頁213。

　　而第二代竹西（莊坦妻）是以「獵鼠」行動揚起「性自主」的旗幟，不但造成莊坦的意外死亡，又牽連出與羅大旗、葉龍北的愛恨糾纏，並時的，羅、葉二人又分別都與這部「玫瑰春秋」的見證者——第三代外孫女蘇眉有著「接觸」與「啟發」。小說中一再強調著司猗紋與蘇眉的「像」（401-403）。蘇眉一直懼怕著這種隔代的酷似，卻屢屢在克服這種「共同」中失敗，然後又想粉碎這世界再將它完整。[17]此外，「這是誰？」的疑問一直縈繞不去，最後牽連到蘇眉在同學馬小思（達先生的外孫女）家碰到的顧問——赫然是腦功能萎縮，卻永遠定格於司猗文的華致遠（459）。結尾處，當蘇眉剖腹生產，女嬰額頭上的新月疤痕一如司猗紋被莊紹檢酒瓶擊中所留下的傷痕，符碼的再現暗示了輪迴／再生，是驚心的；就這樣，玫瑰門裡眉眉的生命歷程被置入「驚醒」、「成長」，「逃離」、「回看」的迴圈。其他幾個特殊的斷片——莊坦的無止盡的打嗝被視為莊紹檢對司猗紋的形態與氣味的留存，是難堪的；至於姑爸慘遭文革小將假公濟私的暴行而陷入吃貓的瘋狂，葉龍北行前掐死自己飼養的雞群的無情，竹西解剖懷孕母鼠的冷漠，姨婆被自己姊姊出賣、遭親生兒子潑油燙胸的恐怖，最後司猗紋停格於死亡的微笑，這些荒誕殘酷的行動／情節充滿原欲的惡魔性、私心的陰暗面，建構出你死我活——最親密即等於最敵對的人類關係，而一切關係又都制約於「命運」，[18]令人戰慄。在《玫瑰門》中，鐵凝處理這些人物關係的繫聯時，除了使用情節的憶述鋪陳，更採用了一種十分簡潔、甚至刻意複疊的形式構成戲劇性的言談語境。舉如「處理司猗紋」之後蘇眉、竹西二人的「對話」（513-514）：

17　《玫瑰門》，頁265。
18　鐵凝說：「當我寫長篇小說時，我想到最多的是命運。」參見氏著：〈我們需要甚麼長篇小說〉《像剪紙一樣美艷明淨》，頁250。

「也許你是對的。」竹西對蘇眉說。

「也許你是對的。」蘇眉對竹西說。

「你完成了一件醫學界、法學界尚在爭論中的事。」

「你完成了一個兒媳和大夫的雙重身份的任務。」

……

「你愛她嗎？」竹西問蘇眉。

「我愛。」蘇眉答。

「你愛她嗎？」蘇眉問竹西。

「不愛。」竹西答。

「所以我比你殘忍。」蘇眉說。

「所以我比你有耐性。可我沒有一絲一毫虛偽。」

「你是說我有……虛偽？」

「不是。從我們見面那天起我就沒有這樣想過你。今生也不會這麼想。我是說你愛她，你才用你的手還給她以微笑。我不愛她，我才用我的手使她的生命在疼痛中延續。」

「你願意看到這種殘忍的延續？」

「假如你認為我給予她生命的延續就是殘忍，那麼我願意看到。」

「我是這麼想的。」蘇眉說。

「我是這麼做的。」竹西說。

「我是多麼羨慕你。」

「我是多麼感謝你！」

針對司猗紋的死亡，上述這段對話顯現了兩種行為態度：一即「愛之欲其死」與「恨之欲其生」，顛覆了常態觀點；另則表達了兩

種感情傾向：即「愛之欲其死」者『羨慕』「恨之欲其生」者。
而「恨之欲其生」者『感謝』「愛之欲其死」者，呈現著變異、瘋
狂、矛盾的糾結。在此，小說中從一些女性人物洞悉中國宗法父權
體制對於女性的文化宰制，帶著作家本身和宗法文化下的性別課
題，引出長久被隱匿的問題：一種深具中國特質的女性的邊緣性文
化困境。同時，由於女性的軀體本身就充滿隱喻、充滿無數話語。
如果從假定女性角色往往乃是作家的替身的觀點切入，女性文本中
的以瘋女、巫婆和怪物等意象指涉女性人物，都可能是女性作家的
一種複寫或替身。此種「瘋狂複本」的概念，除了涵載女性作家本
人的焦慮與憤怒意象外，也含有女性作家自身所獨有的破碎感覺和
自卑情結。在此，作家著力於個體與個體間的刻畫，交織出人與人
與世界的圖陣，進行著多方位的探索。不但揭示了文本話語的複
雜，也呈現了人物關係的複雜與人類的「複雜」。[19]

（二）敘述視角的轉變

　　觀察小說敘事結構中通常可見兩種人物類型：一為「功能型人
物」係將人物視為行動者，是情節的產物。在方法上採用以動詞為
中心，聚焦於人物行動在作品敘事結構中的語法功能，為結構主義
敘事學家所感興趣。另一為「心理型人物」是指傳統小說批評關注
人物本身，認為作品中的人物是具有心理可靠性或逼真的「人」，
而不是「功能」。[20]那麼，作者究竟是選擇著甚麼觀察點切入，如何

---

[19] 文中提及：「『複雜』就是一種象徵，象徵著一個人的不可救藥，……然
而『複雜』還是人的羈絆，它壓給你沉重乃至致命的打擊。」參見《玫瑰
門》，頁259-260。
[20] 申丹、王麗亞著：《西方敘事學：經典與後經典》，頁52-55。

塑造出功能型的人物去推動情節？心理型的人物來審視人性？這便牽涉到敘事視角的運用。眾所周知，敘述視角是小說發展的有力環節，在女性主義敘事學中，除了強調敘事視角所呈現的性別政治，同時還關照著該視角所體現故事的戲劇性以及敘事者與聚焦人物的對照關係。無疑的，《玫瑰門》中充滿著「複雜」的人物關係與「進攻性」[21]行動情節。在這場玫瑰戰爭中，各種類型包括通過敘事者、特定人物眉眉、司猗紋等的視角分別被採用著：有時是第一人稱，有時是第三人稱來推展故事、表達內心思想，這些敘述聲音在流動的情節時間與代表性的象徵空間裡交叉組構了「玫瑰門」裡的日夜春秋，形成特殊的形式結構，向讀者展示現實人生。

以「響勺胡同」中的光陰故事為例，作者運用著一個特殊的手法——大多是通過女主人公蘇眉的童年視角和成人視角，跨越過去與現在，總結了人物的經驗與回憶，並現著身體與心理反應，建構了女性成長的心路歷程。試看以下兩段關於「響勺胡同」的空間敘述：

> （1）灰色胡同永遠封閉著自己彷彿世世代代拒絕著世界的注視就像沒有門窗的通道。但當你破門而入闖進被它的灰臉所遮擋的院落又發覺門窗太多太多，彼此的注視太多太多。這封閉的注視或者注視的封閉壓抑著你慫恿著你，你歪七扭八地成長起來你被驚嚇過卻從來沒有被驚醒過。當你懷著茫然的優越神情步入你的青春歲月時你仍然覺得那胡同裡的隱私是你最最恐怖的終生大敵。（264-265）

---

[21] 鐵凝說：「小說家必得有本領描繪思想的表情，而不是思想的本身，小說才有向讀者進攻的可能。」參見氏著：〈優待的虐待及其他〉《鐵凝文集：女人的白夜》，江蘇：江蘇文藝出版社，1996年9月，頁170-171。

（2）**蘇眉在響勺胡同裡走。眼前閃過那些關著的開著的院門**。關著的、開著的門都彷彿是一些說話說累了不願再說的嘴，那些年，門的話說得也太多了。門不願說了，胡同裡顯得很寂靜。蘇眉覺得眼下的寂靜有點怡然自得，她走得也有點怡然自得。她本是帶著小時候的印象走進這裡的，那時胡同在她心中長遠而又高深。現在她覺得原來它並不那麼高深，牆很矮路也很短，以至於還沒開始走就走到了「勺頭」，眼前是那個堂皇的大黑門。黑門大開著，門上有牌子，寫著區政協委員會。

她走過了，還得往回走。

婆婆的院門沒開也沒關，門虛掩著，她一推就進了院。**她看見迎門那棵老棗樹一點也沒有變**，那粗糙的樹皮、黝黑的樹幹，那枝杈的交錯方向如同十幾年前一樣。彷彿棗樹的**不變就是在等眉眉的歸來，樹願意把從前的自己留給眉眉**。（461-462）

上述第一段引文（《玫瑰門》35節），陳述著「灰色胡同裡的成長」。長長的冗瑣的無斷句的總結是：「當你懷著茫然的優越神情步入你的青春歲月時胡同裡的隱私是你最最恐怖的終生大敵。」對照第二段引文（《玫瑰門》56節），蘇眉重返胡同。敘述者從蘇眉的觀察角度出發，這段「往回走」的路，空間瀦積著時間，環境與心境相映照，召喚了記憶：「三」個人物（蘇眉、眉眉（小時的蘇眉）、婆婆）在之中或隱或現。其中「門寂靜著像不願說話的嘴到連帶著棗樹都有了想法」這一段，與艾略特（Thomas Sterns Eliot, 1888-1965）〈普魯弗洛克的情歌〉中把街道形容成「一條一條像沒

完了的爭吵」[22]異曲同工。表面上似乎擱置著那些逝去的歲月，實際上卻深深嘲諷著生命的無聊，時代的荒涼。中間復穿插以敘述者視角，展現故事中真實的空間，同時又投射著人物的心理活動──是蘇眉不願再提但永遠無法忘懷的部分，這些矛盾反覆正預示著今與昔、蘇眉與眉眉的對峙；而這樣穿梭於時間隧道的對立暗寓賦予了「響ㄅ胡同」一個極大的空間容量。

再看司猗紋的「一石二鳥」之計：

> （1）她不僅神機妙算算出了這個一天，還算出了這個幾乎連分秒都不錯的一天之中的一個時間，眉眉進門找舅媽要糧票的那個時間。……至于她為什麼非要眉眉先走一步去充當這個馬前卒……她並沒有多想。（2）為什麼非要假定這個馬前卒就是眉眉呢？**那分明就是她自己，她不過是讓一個自己走在另一個自己的前邊，然後讓這一前一後的兩個自己匯集在一起。**那時這個從裡到外都力大無比的司猗紋才能去面對那個從裡到外都力大無比的宋竹西。一句話，她願意四隻眼睛共同看一個熱鬧，那熱鬧就顯得更逼真更有趣更具立於不敗之地的味道。（3）**自己看沒意思，沒準兒別人還認為你什麼也沒看見。你也訕。**
>
> 她終歸又不是為了竹西這個熱鬧而來。她為什麼專門看兒媳婦的熱鬧，讓眉眉也跟著臉一紅一白的。她還是為了那更實際的目的。
>
> （4）有時人為了實現一個目的就得有個墊背的，那麼宋

[22] 收錄於尤克強：《夏夜聽花開・花謝》，臺北：愛詩社出版，2009年7月，頁254-255。

竹西就算是個墊背的吧。

(5)**你的背也不算不厚實。**

(6)司猗紋的真正目的在北屋，真正看熱鬧的應該是羅大媽。……(407-408)

這段設計「蘇眉『誤打誤撞』揭發了竹西與羅大旗的私通讓羅大媽難看」的文字包括了敘事者的敘說(1)(6)、評斷(4)、司猗紋的內心獨白(2)以及自由間接引語(3)(5)等話語技巧，使得敘述具有了層次性。因為與敘述者視角相比，採用人物視角的描寫常常更傾向於展現人類的心理活動。而觀察的對象可以是真實的空間，也可以是想像的空間。此外，在紅彤彤的時代，抄家破舊，司猗紋上繳了莊家值錢的家具——麻將桌，後來又被羅大媽憑了貧農票買回了。一張莊家麻將桌的進進出出，見證了人情物事，召喚著過去的司猗紋以及她對舊社會（包括自己）的痛恨。[23]鐵凝在《玫瑰門》裡除了講述，許多的衝突建構於內聚焦和展示的敘事情境，在整篇作品中除了故事外的「敘事者」，也有故事中的人物充當敘述，這時敘述者成了故事中的「主人公」、「目擊者」（如眉眉），「受害者」亦成為「迫害者」（如司猗紋），是以故事中人物的進場出場俱或仍在歷史傳統的框架下，但話語層次已然挑戰著傳統宏大陽性主導的聲音。如此戲劇性的場面分別演示個中人物生命不同方式的延續，有利於讀者從事更深度的探索。

---

[23] 司猗紋上繳了這張四面都有小抽屜原屬於莊家的硬木桌子，她恨透了坐在桌旁的夜晚以及坐在桌旁的人們。司猗紋記得揚州懷抱咽了氣的莊星回到家時，公婆就正圍在這張麻將桌前。隨後司猗紋被莊紹檢傳染性病後重生、要求離婚以及展開對莊老太爺的報復。這張經歷了莊家變遷的桌子就像是過去一切的見證。

（三）複調小說理論的運用：

　　《玫瑰門》中的敘述結構的另一個獨特點是複調小說理論的運用。根據米哈依爾‧米哈依洛維奇‧巴赫金（Mikhail Mikhailovich Bakhtin,1895-1975）的「複調小說理論」，複調小說的核心是「自我意識在自我與他者的對話中的形成過程」。同時因為「人的自覺意識永遠具有未完成性和不確定性，為了完成自我必須創造一個他者。」[24]是以複調敘述中，並不存在作者的至高無上的統一意識，而是由互不相容的各種獨立意識，各具價值的多重聲音所組成。[25]在《玫瑰門》中，偶數篇章的最後一節（即標號逢5的小節），都出現蘇眉與眉眉各自以第一人稱發言的心靈對話，前者是年長的、成熟的、洞察的、「真」的「我」的「自審」；後者是年輕的、無知的、遮蔽的、「好」的「我」的「自訴」，舉如第5小節（39-42）：

　　　　（蘇眉）我守著你已經很久很久了眉眉，好像有一百年了。我一直想和你說些什麼，告訴你你不知道的一切或者讓你把我不知道的一切說出來。你沉默著就使我永遠生發著追隨你的欲望，我無法說清我是否曾經追上過你。……我想起你推過媽的肚子。你說是因為那個肚子太難看其實那是不真實的，這麼多年來我一直想告訴你那是不真實的。

　　　　（眉眉）你追隨我可我常常覺得你對我更多的是窺測，蘇眉。我想我恨那個肚子是真實的，要是它不難看為什麼我

---

[24]　劉康：《對話的喧聲──巴赫汀文化理論述評》，臺北：麥田出版，2005年，頁12-14。
[25]　朱立元主編：《當代西方文藝理論》，上海：華東師範大學出版社，2010年1月，頁261-262。

會恨它？我推媽的時候也只是想把它推倒推走推掉。

（蘇眉）我一直驚奇你在五歲時就能給自己找出這麼真實完美的道理眉眉。你滑過了那最重要的關節重要的不是肚子難看而是你恨它，因為你恨它所以它才難看了。你滑過了最重要的環節你知道那肚子裡生長的是什麼，你知道那裡有個將與你共同存在的生命……假如你成功了你也不會擔負法律責任……

這些精神與靈魂的對話形成蘇眉與眉眉的分裂論辯──在荒誕與真實中不斷地意圖拼湊自己內心的完整，正對應了巴赫金談及複調理論的基本公式：「人物自身內心的對話」[26]。而在第35小節（262-266），主人公蘇眉除了繼續與童年眉眉（自己）說話（如：但我總在追趕你就像追趕我自己，也許有一天我能夠追上我）之外，蘇眉的內心世界還塞滿了許多聲音：有蘇瑋的話（很久之後當我聽見念初中的小瑋回家來平靜地說著精子與卵子相遇什麼的）、有更衣室老女人的數落（更衣室裡的老女人不動聲色地收了你們的澡票，但就在你們脫光了衣服的一剎那她突然像抓住了賊一樣地喊道：「站住！喂，你們倆！」）、有馬小思「胡同裡的特產」的談話（做了母親的馬小思笑著談起那一幕說那純粹是胡同裡的特產，再也沒有比胡同更有利於那些玩意兒展示的場地了）、甚或把他人意識作為內心的一種對立的話語（這是一種精神眉眉，靈魂常常受著精神的欺騙雖然在生命的長河裡靈魂終究會去欺騙精神）來進行對話。其中充滿似真似假、捍衛靈魂自由的謊言，而意識認知與價值轉述在其中隱然成形。

---

[26] 朱立元主編：《當代西方文藝理論》，頁263。

接續下來，小說中出現一連串「你是在那一夜被驚醒的？」的問句標示了「生命的驚醒使我親眼看見我的成長」。（262-266）

> 「你是在那一夜被驚醒的？在那一夜你走出了那放射著曖昧潛伏著隱私的胡同你成長了？在那一夜你不再怨恨那生命之根的本身？……」
>
> 「你是在那一夜被驚醒的？那一夜粉碎了你又完整了你使你想粉碎這世界再將它完整？」
>
> 「你是在那一夜被驚醒的？那一夜告訴了你如果這是世界，那就在裡面生活吧。」
>
> 「你終於走到裡面去也可以說你終於走到外邊來。面對一扇緊閉的門你可以任意說，世上所有的門都是一種冰冷的拒絕亦是一種妖冶的誘惑。」

在此，鐵凝認知著「每個個體都擁有『視域剩餘』，對於自我，必須成為一個他者，即必須通過他者的眼睛來觀察自己。」[27]當作家以一個多聲部小說和她的讀者溝通，一方面展現了外在真實的爭議性，也同時指向了內在想像的模稜兩可性。是以獨特視角呈現了人世的觀察——純潔與邪惡、出賣與懺悔全憑女主人公感知的眼睛鋪陳，[28]「她者」的聲音訴說，顛覆父權敘述權威。

(四)「第三性」視角的開拓

鐵凝寫作的突變伴隨新時期進程的女性敘事是從持有回歸母

---

[27]　劉康：《對話的喧聲——巴赫汀文化理論述評》，頁22-23。
[28]　申丹、王麗亞著：《西方敘事學：經典與後經典》，頁215。

體、拒絕長大的「女兒情結」到承接張愛玲筆下的「徹底人物」曹七巧，演化出《玫瑰門》中的司猗紋類型，她以母性的內在分裂性，顛覆了「母親神話」，面對周遭的變化主動出擊，能屈能伸，強悍冷酷的活存下來。鐵凝以為：「在中國，並非大多數女性都有解放自己的明確概念，真正奴役和壓抑女性心靈的往往也不是男性，恰是女性自身。」所以當她落筆女性，採取了一種「跳出性別賦予的天然的自賞心態」，提煉出了一種「第三性」[29]視角——她選擇了離開女人中心論以及男女二元對立的思考立場，審視男權文化，也審視女性自身。這樣「女性的本相和光彩才會更加可靠。進而你也才有可能對人性、人的欲望和人的本質展開深層的挖掘。」[30]這是一種雙向視角的書寫（女性視角和男性視角的融合）：一方面記錄著女性真實的、內在的生存境況的艱難；一方面同時又清醒地敘寫了女性的負面表象，對一切人性、人的欲望和人的本質展開深層的挖掘。無疑的，作家這種在女性的普遍歷史的空洞化以後，給女性以命名，將女性遷入歷史，讓女性在歷史中活躍起來的探索性的實踐，[31]衝擊了傳統的小說敘事模式和鑒賞經驗。[32]

　　以「第三性」視角觀看文本中關於老中青三代幾個女性的「身體寫作」的情節鋪排及細節刻劃為例，如：司猗紋的磨難與裂變，與「身體的聲討」密切相關：新婚之夜，司猗紋的「不潔」的身體被她的丈夫莊紹儉刻意在明如白晝的燈光下羞辱式地擺弄檢視，成為「被聲討」的客體。（141-143）而若干年後一個月光、微風的晚上，司猗紋亦以赤裸著身體展現了美的恐怖，「聲討」了她的公

---

[29]　鐵凝：《玫瑰門》「寫在卷首」，《鐵凝文集》第4卷。
[30]　鐵凝：《玫瑰門》「寫在卷首」，《鐵凝文集》第4卷。
[31]　許志英、丁帆主編：《中國新時期小說主潮》上卷，北京：人民文學出版社，2002年5月，頁467。
[32]　汪曾祺在《玫瑰門》研討會上的發言。引文參見《文藝報》，1989年3月4日。

公。（206-207）隨之，她由「被窺視」的卑賤不堪到養成「窺視」的扭曲的樂趣，「窺視」行為發生在祖孫、婆媳、姊妹等親人之間，也發生在朋友、鄰居、陌生人身上，周遭人物幾乎無一倖免。最後這個頑強的女人癱在床上，她的身體成了寸草不生的荒地，下體進入壞死潰瘍期，再度被飽嚐「被觀看」的羞辱，仍然要求活著。（505-507）另外，姑爸的「身體變裝」起因於原性別（陰性）在男權社會中遭到拒斥，從而以消滅自己的性別重新尋找自己的外部特徵，冊封自己既是姑又是爸，四處獵擊著他人的耳道，從事非常態的「騷擾」。又極端地寵愛一頭男貓大黃，後來大黃偷肉慘遭打死，姑爸意圖以完成大黃的完整等同換來自己那徹底的完整——她終於自己親口吃了大黃，也噎死了自己。[33]然而這樣的「陽性仿同」、對社會的一種變相的挑釁，卻完全失敗了——在歷史的暴力下，男權使用一根通條再次確認了「她的性別」，昭示著無論在歷史傳統或現實語境中，女性的無法逃離／拒斥自己的身分性別。

至於竹西的「身體釋放」則與欲望的主導同步，透過了數個環節突圍而出：從與莊坦兩性關係中打嗝的聲音的克服、老虎民間故事中（老虎作為可怕的性暗喻）的改寫、誘引大旗與葉龍北的坦蕩與自由被視為女性主體／身體欲望的覺醒，正面挑戰了以男性為中心的人類文化歷史上對女性欲望遮蔽的文化虛構。

而蘇眉的驚嚇與驚醒的成長，亦是從「身體的認識」開展：從幫舅媽竹西洗澡（106-109）是眉眉一次帶有探秘尋幽性質的對女體的直視與讚美——將「撩水洗背」比擬作一條條金色的小溪從歡樂的山直淌而下。如此羞澀驚奇而愉悅的觀看體驗不僅延展了眉眉與竹西的溝通之路，也開啟了眉眉認識自我身體的啟蒙之門——包括

---

[33] 《玫瑰門》，頁34-39，43-50，156-167。

十二歲那個特別玫瑰的春天，蘇眉感應著肉體的覺醒和女性生命意識的萌動；繼之，從工廠浴室裡面裸體穿過眾多女性眼光的注視，尤以面對老女人掃射自我女體的刻毒眼光中的狼狽不堪，（264）還有眉眉嘗試著掙脫酷似婆婆的自己對自己的觀察，（403）以及成為畫家後，通過穿衣鏡中不厭其煩地凝視赤身裸體的激動／落落大方。（456）

這些司猗紋、竹西、蘇眉的「被看與看」，是既屬於女主人公文本，又不僅限於女主人公的文本。而經由她們的視覺觀察（對自我生命的期盼）與超越性的他人眼光的闡釋（對人類生命的禮讚與矯正）擴大了小說故事的話語能量。從女性主義敘事學的角度分析，當敘事視角（聚焦者）是女性，不同於女性主義批評通常以作為凝視對象的女性人物是受壓迫的標誌，女性主義敘事學批評家更著眼於其觀察過程如何體現女性經驗和重申女性主體意識，其中眉眉自己的眼光與故事外讀者的凝視合而為一，而不必隱密；而竹西的隨性與自然，犯規中帶著一種故意地被發現；這是歷來經由男性眼光審視女體的成規的悖離。而司猗紋更是在通過特殊的歷史場景，現實社會環境的多重壓迫：包括性別秩序的圍困、時代創傷、感情空缺、生理壓抑甚至女性世界內部的互相傾軋中翻身，「站出來」、憑著鬥爭殺出血路、發展了她的極限，而不必盡善；隨即淡化／隱蔽了女性意識。如此，《玫瑰門》是跨越了男性或女性的範疇／定見，真實而徹底的解構二元對立（或曰雙重平衡）：包括游移在外在表象／內在價值、精英型理念／頹廢式欲望、正統書寫／犯規書寫、窺看／被窺看、公開／隱密、沉默／躁動，進行欲望的探索、人性的深度的勘測，超越了單一性別的限制。

四、文化創傷與歷史語境

(一) 文化創傷

　　耶魯大學社會學系教授傑佛瑞‧C‧亞歷山大（Jeffrey C. Alexander,1947- ）說：「當個人和群體覺得他們經歷了可怕的事件，在群體意識上留下難以抹滅的痕跡，成為永久的記憶，根本且無可逆轉地改變了他們的未來，文化創傷（cultural trauma）就發生了。」[34] 由於文化創傷是一種強烈深刻、難以磨滅的、對一個人或一個群體的身份認同與未來取向發生重大影響的痛苦記憶。而面對文化創傷，修復工作往往通過各種有意識的、甚至是艱難的一種集體性包含喚醒記憶和反思災難的文化建構（如紀念碑、博物館與歷史遺物的收藏、常規化的儀式）來進行撫慰、抒解與救贖。在文學領域裡，直接面對和書寫這種人道災難的重要文學類型之一，就是「倖存者文學」和「見證文學」。[35] 這樣的創傷過程的再現書寫就像言說行動，必須具備以下元素：（1）言說者；（2）言說面對的公眾對象；（3）言說情境：言說行動發生的歷史、文化和制度環境。在某個意義上，這就是說一個新故事。這個重述一方面保存了歷史真相；一方面以「體驗創傷」而不是「迴避傷害」的理解進行認同修整，帶有不同程度的紀實性，體現了走出歷史災難的責任意識。因

---

[34]　傑佛瑞‧C‧亞歷山大（Jeffrey C. Alexande,1947- ），王志弘譯：《邁向文化創傷理論》：原文為《文化創傷與集體認同》一書導論，University of California Press，2004年。轉引自陶東風、周憲主編：《文化研究》第十一輯，社會科學文獻出版社，2011年，頁11。

[35]　陶東風：〈文化創傷與見證文學〉，愛思想，http://m.aisixiang.com/data/44506.html，上網日期：2022年6月1日

此，書寫者從一個災難的承受者、參與者乃至製造者，也可能是災後的積極自覺的思痛者，因此，又存有著揮之不去的懺悔意識。

八十年代，「新啟蒙」這個特殊的歷史情境，中國小說家們在題材和寫作手法上逐漸突破禁忌，情慾書寫和政治寓言大行其道，並以各種敘事手法包括：窺探書寫、身體寫作、複調性對話體、人物設置的對稱原則，美學風格的變奏——審醜原則的運用，處理著性別、情慾、家族國族、壓迫與受迫等問題，其中一併重新審視了1966年文化大革命這場文化的大災難、人物的生存悲劇。這類文學的書寫無疑擴大了社會認識和同情的範圍，開啟了通往新社會團結形式之路。[36]

觀察鐵凝筆下的《玫瑰門》，多通過女主角們的觀點說故事，其中女主人公本人為觀察者（observer），也成為言說者。小說中的家人／情人／朋友／鄰居包括自己都是歷史事件中的行動者（actor），其中包含了見證者的自覺、受蒙蔽者的反思、參與者的負罪感。所展開的言說情境包含荒誕殘酷慘烈的事件：舉如父親的陰陽頭、老師的尿褲子，姨婆的被至親出賣、鬥爭與燙胸的創傷，大黃貓與姑爸的恐怖事件……成為國族歷史與人類災難中的暗影。曾鎮南說：「鐵凝……不僅彙聚了『五四』以後中國現代史上某些歷史風濤的剪影，而且幾乎是彙聚了『文革』這一特殊的歷史階段的極為真實的市民生態景觀。小說最有藝術說服力的震撼力的部分，無疑是對『文革』時期市民心理的真實的、冷靜的、毫不諱飾的描寫。」[37]是而，當人們能在「文化創傷」的再建構中產生／感受了因

---

[36] 傑佛瑞・C・亞歷山大（Jeffrey C. Alexande,1947- ），王志弘譯：《邁向文化創傷理論》，轉引自陶東風、周憲主編：《文化研究》第十一輯，社會科學文獻出版社，2011年，頁11。

[37] 曾鎮南：〈評鐵凝的《玫瑰門》〉，《曾鎮南文學論集》，花山文藝出版社，2001年版，頁50。

歷史而來的心靈苦痛，分擔了一個民族歷史的共同苦難，決定了很多群體行動方向的同時，這樣的創傷建構正意味著創傷修復。

（二）歷史語境

形式主義將文本視為獨立自足的藝術品，不太追究／關心作者的意圖與歷史語境的繫聯，而著重於文本怎樣運作的。女性主義敘事學則將「怎樣」（how）和「為什麼」（why）有機的結合起來，因此蘭瑟特別關注於文學傳統、社會歷史語境對作者的選擇及影響（舉如真實作者的的個人經歷和家庭背景、或作者為何在在某種歷史語境中選擇特定的敘述模式），以期對文本做出全面的闡釋，發現他們互為制約、互為作用的關係。[38]

回看自五四時期以來現代女作家女性的書寫，從一開始就注重與男性知識份子結成精神同盟，共同以文學創作致力於中國現代性宏大話語的建構。[39]由於承擔著救國理想與改造國民性，她們往往更自覺於側重作家知識份子身份而遮掩了女性的身份。到了新時期，聲討／文革又成為一種全民性的話語，在巨大的社會使命感和啟蒙意義的召喚下，女作家們女性身份再次被懸置。[40]在主流意識形態的氛圍裡，女性的話語表達與女性的真實狀況仍存在著某種程度落差，許多作家沒有直接經歷過理想主義色彩特別渾厚的生活，也沒有從心理結構上被先驗地塑造出特定理性模式和人格圖式。而在

---

[38] 申丹、韓加明、王麗亞著：《英美小說敘事理論研究》，頁301-305。

[39] 王志華：〈從遮蔽到敞開——由鐵凝的創作看中國新時期女性寫作的身份認同〉《河北科技師範學院學報》第七期3號，2008年9月，頁6。

[40] 王志華：〈從遮蔽到敞開——由鐵凝的創作看中國新時期女性寫作的身份認同〉頁6。

「父親的時間」[41]這種歷史的時間中，女性的自我想像和自我定位也還相當模糊曖昧，遑論女性的主體性、女作家的身份認同，甚至女性文本模式的建立都在探索流亡之中。由於性別是人的自然生理屬性，而身份則與認同相關。因此當女性作家的身份認同具體清晰化後，她才能真正從女性的立場出發進行創作，才能真正掌握女性的靈魂書寫。

《玫瑰門》中的種種關係（人物關係、情節發展）似乎都有跡可循。鐵凝在〈我的小傳〉裡提及少年時由於父母去遙遠的五七幹校勞動，被送至外婆家寄居，做了幾年北京胡同裡的孩子。[42]在外婆家，寄人籬下的生活使鐵凝較早的學會了人情世故與生存現實，這位「五七女兒」[43]內心中儲存了許多在那個變幻莫測的時代、行為方式失調、價值觀念失控、一切都難以把握的亂世裡的人事物；而這些見聞經歷滲入了日後的創作。因此，《玫瑰門》幾乎可以視為鐵凝的自傳體小說的加工品，「響勺胡同」成為鐵凝童年體驗的入口，「外婆」即是作家多年培育人物的原型。故事末尾，縱然司猗紋終於死去，而蘇眉甫獲新生兒。表面上從壓抑邁向平權社會階級系統，在故事層次上復趨於平衡。但在話語層次上，鐵凝通過了司漪紋的故事，蘇眉的眼光（主要的）去書寫歷史、質疑歷史、乃至解構歷史。[44]從反扣於作家真實的經歷，進行了創傷記憶的建構與修復，不僅故事中的腳色在反覆思考如何重新自我定位，更重要的在於如何以有說服力的方式將創傷投射到受眾——即言說面

---

[41] 許志英、丁帆主編：《中國新時期小說主潮》上卷，頁466。

[42] 鐵凝：〈我的小傳〉、〈想像胡同〉《鐵凝文集：女人的白夜》，頁443、15。

[43] 鐵凝生於1957年，作家古華在一次中國作協會員代表大會稱她為「五七女兒」。參見氏著：〈想像胡同〉《鐵凝文集：女人的白夜》，頁197。

[44] 荒林、王光明：《兩性對話——20世紀中國女性與文學》，北京：中國文聯出版社，2001年，頁180。

對的公眾，使其擴展至包含「大社會」裡的其他非直接承受創傷的公眾，讓後者能夠經驗到與直接受害群體的認同。[45]鐵凝說：「文學可能並不承擔審判人類的義務，也不具備指點江山的威力，它卻始終承載理解世界和人類的責任，對人類精神的深層關懷。它的魅力在於我們必須有能力不斷重新表達對世界的看法和對生命新的追問；必須有勇氣反省內心以獲得靈魂的提升。」[46]經過作家生命體驗的轉折與文字消化，災難記憶或許終於將能因為贖救而獲得普遍而永恆的意義。[47]

五、結論

通過女性主義敘事學的話語研究為基礎，[48]觀察鐵凝《玫瑰門》，可以發現作家建構了以下幾種權威虛構話語：一個以女性社群存在為前提的生活空間（「響勹胡同」——可以分別是司猗紋、

---

[45] 陳美蘭說：「透過司猗紋的人性惡性，透過她的潛意識和心理暗區，人們可以看到非正常社會狀態的折光，也深悟到要抑制、消滅人的惡行，調整社會環境是必要前提。」參見氏著：《文學思潮與當代小說》，武漢市：武漢大學出版社，1994年，頁190。

[46] 1999年鐵凝在中文學研討會上作了題為《無法逃避的好運》的發言。收入鐵凝：《經典散文》第五輯「艱難的痕跡」，山東文藝出版社，2014年10月。

[47] 因為修復創傷的前提是為集體界定出痛苦的傷害，確認受害者，追求責任以及分配觀念和物質性的後果。創傷經過了這樣的體驗以及想像與再現，集體認同將會有重大的修整。這種意味著要重新追憶集體的過往，……面對現在和未來……從文化記憶的理論看，見證文學即是創傷記憶的一種書寫形式，是通過災難承受者見證自己的可怕經歷在對人道災難進行見證的一種高度自覺式的書寫形式。它的意義不僅在於保存歷史真相，見證被人道災難嚴重扭曲的人性，更在於修復災後人類世界（Mend the World），重建人類未來。此即見證文學所承載的人道責任。參見傑佛瑞‧C‧亞歷山大（Jeffrey C. Alexande,1947- ），王志弘譯：《邁向文化創傷理論》，轉引自陶東風、周憲主編：《文化研究》第十一輯，頁11。

[48] 申丹、韓加明、王麗亞著：《英美小說敘事理論研究》，頁208-210。

羅大媽、竹西、蘇眉或姑爸的），制定出她們能藉以活躍期間的「定率」權威、重新定義了女性氣質的權威以及形成某種以女性身體為形式的女性主體的權威。在這階段的女性描寫中，前者重拾形式主義結構學所忽略的以女性之聲為前提的話語與故事相互制約的關係，後二者則不僅限於女性主義所強調的女性作家如何抵制權威，而考察了偏離規約的小說中敘述權威得以生存的不同方式：是真實的敘寫女性的生存方式、生存狀態和生命過程，在包容這個道德系統的同時，又有著對這個系統的清醒的批判意識中，標示了女性自我覺醒與自我建構。[49]同時作家在寫作的時候，穿越人生經歷，關合著時代、社會，並接軌歷史使命，將筆觸深入到女性生命的隱秘層次，對女性在現實生活中困窘、被扭曲甚至變態的一面冷峻地挖掘了出來。因而，這部「女人的小說」關注的不僅僅是社會的性別歧視和不公正，而是經由女性地位的放置以及女性命運的探尋做深度的檢視，並針對她的生存狀態和中國社會及其文化對女性的精神束縛與毒害進行了反省和批判。[50]

其中，鐵凝在《玫瑰門》中展現了最有效的敘事方式，她將敘述者、受述者和所述對象亦如故事劇情般視為權力鬥爭關係，是從性別的角度展示了人性的複雜，同時開展女性身體的敘述以及對女性性心理的剖析（包括視覺的觀察和闡釋），女性的眼光成為話語的中心和受述者（無論是公開的或私下的）交流的手段，男性在小說的疆界裡被驅逐、壓抑、弱化。在這種「花木蘭式境遇」[51]的女

[49] 1989年2月，文藝報社、作家出版社、河北省文聯等單位聯合在北京召開了《玫瑰門》的研討會。引文參見《文藝報》，1989年3月4日。
[50] 賀紹俊：〈快樂地遊走在「集體寫作」之外〉《當代作家評論》，2003年6月，頁26。
[51] 戴錦華在觀察鐵凝、劉索拉、殘雪、劉西鴻，方方、池莉等重要作家，發現女作家作品中時隱時現的女性視點與立場的流露，提出了女性寫作的『花木

性寫作裡，「她不曾表達對男性的崇高與拯救，所以她也不必表達對男人的失望與苛求⋯⋯在不期然之間，鐵凝完成了將女性寫作由控訴社會到對女性自我的質詢、解構自我的深化。」[52]耐人尋味的還有小說的結尾，寫蘇眉的生產——似乎宣告女主人公的成長夢魘結束，終將開啟新的命運之門，故事從打結邁向解結。未料「新生女嬰的月牙傷痕浮出、蘇偉將狗狗結紮、蘇眉想給她的女兒取名狗狗」的線索埋入、復以「她愛她嗎？」問句闔書。鐵凝在此懸置敘事線索，暗示著「故事」並未真正的終結，意義放空，而話語仍將繼續。

鐵凝說：當我寫作長篇小說的時候，我常常想到「命運」；當我寫作中篇小說的時候，我常常想到「故事」；當我寫作短篇小說的時候，我常常想到「景象」。[53]她同時認為如果不寫出女人的卑鄙、醜陋，反而不能真正展示女人的魅力。所以她的小說看上去對生活是不大恭敬的，那是因為她企望生活能更神聖。[54]雖然人類的命運充滿可以把握和不可琢磨，生命的走向充滿已知與未知，而從某種角度來看，當作家在嘗試關注女性問題、探索人性本質的當下，也昭示出建構女性自我的難度；在揭發醜惡陰暗、進行反思的同時，也提供了自我救贖。無疑地，鐵凝的長篇小說《玫瑰門》是從

蘭式境遇』——而化妝為超越性別的「人」而寫作的追求，在撞擊男性文化與寫作規範的同時，難免與女性成為文化、話語主體的機會失之交臂，並在有意無意間放棄了女性經驗的豐富龐雜及這些經驗自身可能構成的對男權文化的顛覆與衝擊。參見氏著：《涉渡之舟：新時期中國女性寫作與女性文化》，北京：北京大學出版社，2007年5月。
[52] 戴錦華：〈真淳者的質詢——重讀鐵凝〉《文學評論》，1994年5月，頁28。收入《涉渡之舟：新時期中國女性寫作與女性文化》，北京大學出版社，2007年5月。
[53] 鐵凝，〈我們需要甚麼樣的長篇小說〉《像剪紙一樣美艷明淨》，頁249-250。
[54] 鐵凝：〈關於真實〉《鐵凝文集：女人的白夜》，頁205。

命運、故事、景象、生活的方方面面上展現著書寫魅力，為新時期
女性小說開闢了一個靈魂自審的視域。[55]

參考文獻

鐵凝：《玫瑰門》，北京：作家出版社，1989年6月。

——：《玫瑰門》《鐵凝文集》第4卷，江蘇：江蘇文藝出版社，
　　1996年。

——：《鐵凝文集：女人的白夜》，江蘇：江蘇文藝出版社，1996年
　　9月。

——：《像剪紙一樣美艷明淨》，北京：人民文學出版社，2006年
　　12月。

丁帆主編：《中國新時期小說主潮》，北京：人民文學出版社，2002
　　年5月。

孔範今編：《二十世紀中國文學史》，濟南：山東文藝出版社，1997
　　年6月。

申丹、韓加明、王麗亞著：《英美小說敘事理論研究》，北京：北
　　京大學出版社，2005年10月。

申丹、王麗亞著，《西方敘事學：經典與後經典》，北京：北京大
　　學出版社，2010年3月。

朱立元主編：《當代西方文藝理論》，上海：華東師範大學出版
　　社，2010年1月。

許志英、孟繁華、程光煒編：《中國當代文學發展史》，北京：人
　　民文學出版社，2004年1月。

---

[55]　本文重新改寫，原文收入《文瀾同聲集：傳承與創新：中國語言文學學術研
　　討會》，杭州：浙江大學出版社，2014年10月，頁243-257。

陳美蘭：《文學思潮與當代小說》，武漢市：武漢大學出版社，
　　1994年。

陳思和主編：《中國當代文學史教程》，上海：復旦大學出版社，
　　2008年。

荒林，王光明：《兩性對話──20世紀中國女性與文學〉，北京：中
　　國文聯出版社，2001年。

盛英主編：《二十世紀中國女性文學史》，天津：人民出版社，
　　1995年。

曾鎮南：《曾鎮南文學論集》，花山文藝出版社，2001年版。

劉康：《對話的喧聲──巴赫汀文化理論述評》，臺北：麥田出
　　版，2005年。

戴錦華：《涉渡之舟：新時期中國女性寫作與女性文化》，北京：
　　北京大學出版社，2007年5月。

王志華：〈從遮蔽到敞開──由鐵凝的創作看中國新時期女性寫作的
　　身份認同〉《河北科技師範學院學報》第七期3號，2008年9月。

賀紹俊：〈快樂地遊走在「集體寫作」之外〉《當代作家評論》，
　　2003年6月。

傑佛瑞・C・亞歷山大（Jeffrey C. Alexander），《邁向文化創傷理
　　論》，王志弘譯：原文為《文化創傷與集體認同》一書導論，
　　University of California Press，2004年。收入陶東風、周憲主編：
　　《文化研究》第十一輯，社會科學文獻出版社，2011年。

陶東風：〈文化創傷與見證文學〉，愛思想，http://m.aisixiang.com/
　　data/44506.html，上網日期：2022年6月1日

空間想像與移動書寫：
80、90 年代臺北城的地景閱讀

一、結合文學與地理：城市書寫

　　在人類整體社會文明發展史中，城市的面貌與特質不斷變化。西方的城市研究裡，「城市」具有代表著宇宙的象徵意義，是實現人間天堂的一種途徑。[1]而觀察東方的城市文明史，中國則提供了建立皇都的典範。所謂「山河千里國，城闕九重門。不睹皇居壯，安知天子尊。」[2]從最初的雛形多體現於戰爭、社會與文化層面的意義，[3]其後，「城市」建構受到企業家的經營、公民的自覺或是社會運動的干預變身，陸續從主教的治所、封建王權的中心、充滿「使人自由的空氣」的市民城市、[4]商業貿易的海港城市、資本主義的工業城市、大都會（metropolis）、無所不在的城市（nowhere city）、甚

[1] 在人們的想像裡，「人間城市」（the Earthly City）正反映了人對「天堂城市」（the Heavenly City）的渴望和嚮往。其理想中人間城市的正義與秩序，正是人類對天堂憧憬的投射。參見劉易士・孟福（Lewis Mumford,1895-1990）著、宋俊嶺、倪文彥譯：《歷史中的城市——起源、演變與展望》，臺北：建築與文化出版社，1994年，頁1-32。以及蔡源煌：〈西方現代文學中的城市〉【城市與文學專號】《聯合文學》第21期，1986年7月，頁30。
[2] 駱賓王：〈帝京篇〉，收入清聖祖御製：《全唐詩》卷七七，臺北：文史哲出版社，1978年，頁834。
[3] 如軍事要塞、政治中心、商業重鎮與文化古城等。
[4] 麥可斯・韋伯（Max Weber,1864-1920）著、簡美惠譯：《非正當性的支配——城市的類型學》，臺北：遠流出版，1993年，頁41。

至是個「想像環境」[5]……等等。它除了作為人類生活的一個主要空間、記憶的總合；亦成為一種心智狀態，其中包含了習俗、駁雜的態度及情感。[6]然而這個被視為人類最偉大的作品重塑了自然環境，聚集著財富與知識，誕生了藝術與文明。卻也帶來了憂慮——當艾呂爾（Jacques Ellul,1912-1994）寫到「該隱（Cain）建立了自己的城市，以取代上帝的伊甸園」[7]，實已揭櫫了城市的意象連結著許多顛覆與對立：舉如藐視自然與創造秩序、神聖與墮落、集體發展及自我沉淪、權力及毀滅，甚至城市自身更同時象徵著地獄與天堂。

是而，無論是作為一種文化的生產形式，甚至成為文化本身；或者在充滿描述、嘗試闡明空間現象的詩歌、小說、故事和傳說裡；「城市」成為了可以靈活運用的最重要的隱喻之一。[8]「城市書寫」是經由文學／文本提供了觀照世界的方式，一方面記錄著城市的變遷軌跡以及與之對應的文化歷史、社會生活；另一方面進行了城市人物的活動與存在情境的種種虛擬實寫，主觀的表達了地方與空間的社會意義。一如麥克‧柯朗（Mike Crang）的主張：「文學可以關注物質性的社會過程，一如地理學可以採用想像的手段。……

[5] 引起爭議的說法是根本沒有城市這個東西，反之，城市所指涉的空間，乃是由具有歷史和地理特殊性的特殊制度、生產與再生產之社會關係、政府的作為、溝通的形式與媒介等等，彼此交互作用而造成的。……城市主要是個再現，構成了想像環境，這個想像牽涉的論述、象徵、隱喻和幻想，是我們賦予現代都市生活經驗意義的憑藉。參見王志弘：〈影像城市與都市意義的文化生產：《臺北畫刊》分析〉《城市與設計》13期，2003年。頁303-340。
[6] 喬爾‧克特金（Joel Kotkin,1952- ）著、謝佩妏譯：《城市的歷史》，臺北：左岸文化，2008年，頁208。
[7] 艾呂爾（Jacques Ellul）認為：「城市代表著人類藐視自然，自我沉淪，以及陸續為創造嶄新、可行的秩序所作的努力。」人們憂慮城市的建造標示著人與自然世界的割離，是干犯了造物主創造萬物的行為。參引自喬爾‧克特金（Joel Kotkin）著、謝佩妏譯：《城市的歷史》，頁29。
[8] 柏頓‧派克（Burton Pike,1930- ）：《現代文學中的城市形象》《The Image of the City in Modern Literature》, Princeton University Press,Princeton,N.J.1981. p.12。

兩者都是指意（signification）過程，也就是在社會媒介中賦予地方意義的過程。」[9]是而以結合文學與地理學的角度，觀察80、90年代以來臺北城市書寫的興起萌發，可以發現其是以動態的區域寫作參與了城市的建構與社會的指意過程。

二、臺北的城市改動

在對臺北的文學地景進行深度閱讀之前，「臺北」城市的改動是一個不容忽視的過程。由空間的維度來看，從水城到陸城、建城到廢城——標示著原是個大湖的臺北盆地、凱達格蘭人的漁獵場、荷西時期帝國主義勢力的駐點、清領時期由河港碼頭向三市街（艋舺／大稻埕／臺北城）的推進，到最後一座根據風水觀念築城的興建。而後日本殖民者挾其統治意志與現代化的技能改造了臺北，國民政府來臺後，展開了另一波城市空間的政治書寫，整個臺北街道的命名在空間上與中國大陸輿圖相對應，這些帝國主義文明、殖民勢力、中央集權接續有機地重構了臺北。[10]而自時間的線性觀察，包括殖民前後、戒嚴解嚴，被稱為集散之城、經貿中心、科技新都的臺北承載的歷史背景獨特；其現代社會（modern society）的登臺之路是在60年代為數甚多的城鄉移民遷入，[11]70年代全球資本主義重構，80年代都市社會運動浪潮席捲，歷經能源危機的衝擊、由威權統治轉型為民主體制的劇痛中展開。今日的臺北城，物質生活提升，社會分化加速、價值觀丕變，「反支配」的城市性格，多元的市民論述

9　麥克・柯朗（Mike Crang）著、王志弘、余佳玲、方淑惠譯：《文化地理學》，臺北：巨流圖書有限公司。2003年，頁57。
10　曾旭正：〈那一大片綠地遺失了——臺北的歷史變遷〉收入張國立等著：《臺北今暝有點High》，臺北：新新聞文化事業有限公司，1997年，頁42-43。
11　戰後臺北有兩波移民潮：一為外省軍民，一為島內城鄉移民。

交流爭鋒，[12]不但重新打造了城市版圖，更預告了臺北城市內涵的改
易。透過地景，城市的歷史遺跡、政治影響、文化夢想和人文實踐
分別表露了其支配性與自明性。[13]而臺北人即在文明摩登的異質體驗
中建立起對城市生活、公共議題以及藝術思潮的感知。

三、「知性建築」[14]的興起

當我們把眼光落到文學發展的進程：跨過「反共文學」、「現
代主義文學」「鄉土寫實文學」等不同的文學風格，[15]隨著政治解
嚴、典律解構、資本流動以及大眾消費市場、媒體傳播文化與網路
世代快速成形的浪潮推衍，80到90年代迄今的文學範疇與藝術表現
明顯地受到變化與衝擊，包括性別、階級、地域、族群與國家的書
寫論述眾聲喧嘩。作家們置身在變動的漩渦中心，面臨著現代「城
市」[16]的變革，舊有的傳統農耕文化所衍生的審美意識、倫理功能已

---

[12] 例如蕭新煌提出「辯證性的願景（變─破─立）」體現臺北／台灣1970、
80、90年代以來的政治、經濟、社會過程。參見氏著：〈從抗爭、對話到願
景──台灣知識分子的新體認〉（《聯合報副刊》1999.07.02）；而朱天心
則以「辯證性焦慮（外省─黨外非主流─城市中收入）」表達對臺北「排它
性」建構的不安。參見氏著：〈但願在陽光下見面〉（《中國時報‧人間副
刊》1999.07.05），是發展出兩種完全不同的城市圖景。

[13] 地景包括具有殖民建築特色的中山堂、仿中國傳統宮殿建築的故宮、類傳統
現代化建築的國父紀念館、宏國大廈的戰艦模型、以及民主開放自由的社會
體制裡，錐字形的新地標臺北101大樓以及新光三越百貨的東區矩陣等。

[14] 鄭明娳：〈知性的建築──關於「都市散文」〉，收入林燿德：《浪跡都
市》，臺北：業強出版社。1990年，頁3-11。

[15] 由於文學的發展無法以斷代或內容類屬做準確的分期，然而1945年後，台
灣社會在一定的時期裡出現過文中所提及的文學風格成為一般共同接受的
事實。

[16] 城市（city）與都市（metroplis）這兩個字彙，隨著歷史發展的演進，而有不
同的內涵與生活感受。十九世紀工業革命後的現代城市，所形成的人口聚集
的環境、其自成特殊的經濟活動與文化特色，不同於希臘時代的城邦結構與

逐漸失去其現實的依託；一群「新世代」[17]作家群的作品告別中心主義與一元論述，透過感覺去探看觸寫周遭的環境與生活，「從超現實主義到反小說以至於魔幻寫實，他們引進的嶄新小說技法就是後設小說（Meta fiction）。」[18]於是，「知性建築」成為文學變遷的新座標。其後，包括來自文學、建築、市政各領域的作家及研究者紮根於繁忙喧囂的城市土壤，懷抱著城市生活經驗以及鮮明的城市意識，從各種面向議題分別詮釋了反映在文學題材、城市觀察與文化反思上的種種「城市化」後的變貌與書寫。[19]臺北從「看不見意義的

意識型態，也與市民階級萌芽的中世紀城市有所差異。十九到二十世紀以來城市型態進入大都會時期，「城市文學」亦或以「都市文學」稱之。一般認為都市文學是「將社會關係和個人命運置於商品交換法則之下來觀察、思考和表現的文學」。在顯示歷史性脈絡上，本文以「城市」行文，餘則兼容「城市／都市」之名，展開奠基於城（都）市生活的場景，表現城（都）市生存情境及城（都）市人在其中的生活狀態的書寫討論。

[17] 八〇年代的確是一個新的世代，……其中影響文學最巨者，應為媒體與資訊的「第三波革命」以及全島都市化的形成，簡言之，即「後工業社會」的隱然成形。參見林燿德：〈總序〉，收入孟樊、林燿德編：《世紀末偏航》，臺北：時報出版社，1990年，頁9。這群作家包括林燿德、張大春、黃凡、王幼華、黃啟泰、葉姿麟、林彧、東年、朱天心、張國立、王志弘、李清志、陳裕盛等人。

[18] 葉石濤〈八〇年代作家的櫥窗——評《世代小說大系》〉《文訊月刊》1989年8月，頁59。

[19] 自八〇以降，關於臺北城市書寫與空間的論述繁多，如都市文學旗手林燿德在〈八〇年代臺灣都市文學〉、〈世紀末偏航〉（1990）〈都市：文學變遷的新座標〉（1991）中宣稱：都市文學並非七〇年代「鄉土田園文學」的對立面，也非任何形式所包裝的意識形態魔術。主張都市為一「流動不居的變遷社會」。後有陳大為《亞洲中文現代詩的都市書寫（1980-1999）》（2000）、〈亞洲閱讀：都市文學與文化〉（2004），紀大偉〈都市化的文學風景〉（1999）與之對話。另有空間與文學的研究，如范銘如〈台灣小說的空間閱讀〉（2008）；作論文學與社會性與文化型態者，如：廖咸浩〈臺北摩登〉（2004）、張誦聖〈臺灣文學裡的「都會想像」、「現代性震憾」、與「資產階級異議文化」〉（2005）、張小虹〈城市是件花衣裳〉（2006）；取文本與城市、作家心象與空間符號對應的討論，如：林以青《文學經驗中的都會情境：以70年代的臺北為例》（1995）、李建民《八〇

「地方」到「看得見空無意義的空間」，[20]城市中的磚瓦方圓都成為等待被書寫的正文。

四、臺北城市的空間想像與移動書寫

雖然城市的書寫多與城市的發展同步，但是在城市快速發展的過程中，幾乎每經過一段時間，舊有的城市記憶就會被清除或蓋過，以便迎接或容納新的城市景觀或經驗。其中，包括一座城市的身世（歷史空間）、城市迷宮零件（物質空間）、或是夢的城市導

年代台灣小說中的都市意象：以臺北為例》（2000）、林秀姿《重讀1970以後的臺北：文學再現與臺北東區》（2001）、劉中薇《尋找一座城──市民書寫中的臺北形象》（2002）、方婉禎《從城鄉到都市──八〇年代台灣小說與都市論述》（2002）、高鈺昌《臺北的三副面孔──八〇年代以降文本中的三種臺北圖景》（2008）、黃正嘉《全球化城市的跨界想像》（2011）；地理調查與評估，如：夏鑄九、葉庭芬〈臺北地區都市意象研究〉（1980）、夏鑄九、劉昭吟〈全球網絡中都會區域與城市：北台都會區域與臺北市的個案〉（2003）；討論城市性別、影像、經濟與官方城市主導的臺北城市書寫等如：王志弘《性別化流動的政治與詩學》（1997）、〈影像城市與都市意義的文化生產：《臺北畫刊》之分析〉（2003）、〈記憶再現體制的構作：臺北市官方城市書寫之分析〉（2005）、張茂桂〈多元主義、多元文化論述在台灣的形成與難題，台灣的未來〉（2002）、林德福《全球經濟中浮現的北台都會區域：後進者全球生產網絡與空間結構轉化之研究（1980-1990年代末）》（2003）、黃孫權〈如何測量臺北的邊界？〉（2006）、藍佩嘉〈性別與跨國遷移〉（2007）；論及城鄉差距的向陽〈「臺北的」與「台灣的」：初論台灣現代文學的「城鄉差距」〉（1995）；尋找臺北的自然空間與圖景的吳明益《以書寫解放自然──臺灣當代自然書寫的探索》（2004）等。至於以女作家文本來解讀女性的空間經驗者，如曾意晶的《族裔女作家文本中的空間經驗──以李昂、朱天心、利格拉樂‧阿𡠄、利玉芳為例》（1998）等，分由不同面向呈現了臺北圖景。

20 蘇碩彬提及：清代社會的傳統治理，國家「看不見」擁有獨特意義的「地方」；而日治時代的現代治理則從根拆解地方的原有意義，從而「看得見」每一塊空無意義的「空間」。參見氏著：《看不見與看得見的臺北》，臺北：群學出版社，2010年，頁96-98。

遊（疆界空間）[21]以及城市人的身體空間、日常生活空間等種種空間想像穿梭出入，都成為觀察書寫的對象。米歇爾‧傅柯（Michel Foucault, 1926-1984）說：「空間是一切公共生活形式的基礎，是權力運作的基礎。」[22]亨利‧列斐伏爾（Henri Lefebvre, 1901-1991）則選擇「空間」來認識世界，提出「三元空間組合概念」，認為多維性的空間正是社會關係重要的組成部分。而觀諸轉化為科技新都的臺北城，以其兼具生產（知識與文化）與消費（能源與物資）的高人口密度「空間」，一方面形成市民們日常生活及安身立命的所在、資本主義社會下再生產的場所；一方面又是觀察時代變化的窗口、現代性精神的表現舞台。[23]「城市空間」所承載的除了城市故事，還有變動的身份、細節與性格，成為城市書寫無可迴避的場所。本文嘗試藉由麥克‧柯朗（Mike Crang）「文學地景」（literary landscapes）的概念、[24]亨利‧列斐伏爾（Henri Lefebvre）「空間是辯證過程」的看法[25]以及愛德華‧索雅（Edward W. Soja, 1940-2015）將歷史性（時間性）、社會性和空間性聯繫在一起，提出的「第三

[21] 以上俱借用林燿德作品書名。朱立元主編：〈空間理論〉《當代西方文藝理論第二版（增補版）》，上海：華東師範大學，2005年，頁492。
[22] 米歇爾‧傅柯：《空間‧知識‧權力》訪談語。參見陸揚、王毅：《文化研究導論》，上海：復旦大學出版社，2006年，頁357。
[23] 陳大為：〈台灣都市詩理論的建構與演化〉《台灣詩學》，學刊8號，2006年11月，頁93。
[24] 麥克‧柯朗（Mike Crang）著、王志弘、余佳玲、方淑惠譯：《文化地理學》，頁75-76。「文學地景」的展現是為作者、社會文化與社會空間彼此之間交互作用所產生的繁複圖景。
[25] 所謂「過程」，就是指空間是一直在被建構中；所謂「整合」，就是這種理論可以應用在想像與實際等不同層次的空間。更重要的是，列斐伏爾指出這些層次之間有互動的關係。換言之，空間是聚集的過程（process of assembly）；聚集的方式是辯證的，而不只是對立的。參見劉紀雯：〈城市─國家─愛人：《以獅為皮》和《英倫情人》中的疆界空間〉《中外文學》27，1999年10月，頁66-92。

空間」的理論，[26]觀察80、90年代以來臺北城市書寫的空間想像。由於文學作為一種社會實踐，因著文本的主題和譬喻語言，城市書寫將觸及地理的、個體的、文本的三種空間的疊合、轉移或對立，兼及其間辯證關係的探討。展開的途徑係由（一）空間的生產與移轉：臺北「西區」與「東區」、（二）空間的複製與衍異：城市基地「公寓」的變身、（三）空間的實踐與詮釋：「街道」的移動書寫等城市特質，[27]觀察城市／場所空間在不同時間，不同涵構中如何被裝載了意義？人類的行為如何被環境意象所策劃，各種心理、社會、文化的特性的差異又是如何透過空間而顯現？等，進行不同向度的探索。

（一）空間的生產與移轉：臺北「西區」與「東區」

列斐伏爾反對傳統城市社會學的研究裡單純視空間為社會關係演變的容器／平台，他聚焦於城市空間的生產、演變的過程，而不僅限於內部事物的存有。索雅「第三空間」也鼓勵人們以不同的角度如地點、方位、環境、意識形態、人類行動來思考與城市複雜的互動。由於城市空間是直接或間接因著人類不同或不斷重複的活動而被填充以諸多意義（比如歷史與政治的印記、文明與夢想的動力、人文或消費的機能）。因此觀察一個城市，除了自然地理的變

---

26 朱立元主編：〈空間理論〉《當代西方文藝理論第二版（增補版）》，頁491-495。列斐伏爾（Henri Lefebvre）《空間的生產》中的「三元空間組合概念」（即空間實踐、空間的再現、再現的空間）試圖整合物質的、精神的、社會的三者空間，討論其互動關係，關注空間生產的過程。其後，美國後現代地理學家愛德華·索雅（Edward W. Soja）以列氏理論為基礎，提出「第三空間」的理論。

27 麥克·柯朗（Mike Crang）著、王志弘、余佳玲、方淑惠譯：《文化地理學》，頁35-52、57-76。

動，人為的規劃與作為往往亦影響城市空間的存有以及城市經驗的共享；而空間的生產或移轉所導致的衰微或擴張，蕭條與繁榮無不成為見證一個城市涵構（如民主化、本土化、現代化過程）、歷史承載（如懷舊、復古）及人文個性（如文化代理、美學化消費模式、社會機能）的第一手資料。

其中，消費板塊的移動與一個城市的發展關係尤其密切。以臺北城為例，城市鬧區的移轉從清領時期的艋舺對大稻埕，日治時期的大稻埕對西門町一帶，戰後西門町到東區（乃至新東區）。其意義不但是空間的，更是時間的輸送。[28]比如從臺北「西區」（「西門町」為主）到「大東區」移轉──極簡單的時空分位就是沿西向東，從五〇跨越八〇年代。直到二十世紀末進入二十一世紀，懷舊「西門町」被重新規劃為行人徒步區，時尚流行的簽唱會、電影宣傳表演等等活動在周末炫異登場，成為青少年「哈日族」的天堂，[29]觀光客、追星族、攝影師、城市學家到此進行著downtown文化的的測量與考現。[30]西區空間意象的重塑再度翻轉，應是臺北城市生活空間動線重組經驗裡一段最傳奇的過程。以下即以臺北「西區」與「東區」（主要由「西門町」到「東區」一線）為例，探討相連於生活空間的文學生產。

1.臺北西區（西門町的故事）

西門町一帶原是一片低地墳場，1914年，日人進行填土形成新

---

[28] 蔡詩萍：〈「町」的故事〉《不夜城市手記》，臺北：聯合文學出版社。1990年，頁111-113。

[29] 九〇年代初期，西門町重新被規劃為行人徒步區，賦予西門町更新的意義，又成為年輕人聚集的場所。電影《向左走向右走》的場景以及《六號出口》的以西門町為主題，可以觀察出其間微妙的變化。

[30] 張國立・成英姝等著：《臺北今暝有點High》，頁78。

生地，許多商業活動崛起（如日本劇場、酒家、食堂、八角堂商場），成為當時繁榮的新形態商區。戰後在一切都為反攻而準備的口號下，臺北呈現一個臨時的、克難的城市景象，[31]其中三〇年代即形成全台觀影中心、位於鐵路以西的西門町，連接著鐵道旁的中華商場成為當時娛樂不多的臺北市民的電影、嬉遊經驗的夜生活原鄉以及戲劇人生的呈現區。[32]舉如郭良蕙筆下〈臺北的女人〉、〈小夫妻的娛樂節目〉都提到「去西門町看電影、逛街」，排遣鬱悶寂寞。[33]五、六〇年代的西門町（包括開封街、中華路、康定路、成都路等街區）是臺北城市商業中心，[34]異國舶來品、上海洋場歌舞廳文化、百貨公司和咖啡館的集中地，在回憶書寫裡，包括蔣勳筆下是旗袍和絲襪、短裙和窄裙、打架鬧事和名曲酒吧交織成近於一種傳說的西門町。[35]而當朱天心重新在夢中造訪城市的主街西門町，浮現的是成長時期的遊蕩經驗。[36]

　　1955年臺北的「空間的知覺圖式」[37]裡，西門町極難被人遺忘：

[31]　西門町位於大稻埕、艋舺和城內之間。緊鄰衡陽路，國民政府遷台初期，曲折於鐵軌與淡水河之間的中華路棚屋是當時城市風貌的代表。曾旭正：〈那一大片綠地遺失了——臺北的歷史變遷〉，收入張國立等著：《臺北今晚有點High》，頁58-59。

[32]　相對於支配性地景，位於鐵軌與淡水河之間的巷弄曲折，屋樓錯縱是外地人的暫時棲身之所，充滿了戲情的場景，成為另一種城市的象徵，舒國治：《水城臺北》，臺北：皇冠文化出版公司。2010年，頁21。

[33]　郭良蕙：〈冥冥定數〉〈高處不勝寒〉〈小夫妻的娛樂節目〉〈黑歲月〉《臺北的女人》，臺北：爾雅出版社，1980年，頁44、55-65、、81-94、107-117。

[34]　羅文華編：《臺北市志》卷六「經濟志商業篇」，臺北市文獻委員會編印，1988年6月，頁197。

[35]　蔣勳說：五〇年代的西門町近於一種傳說，那個年代的性是十分隱晦的。如今西門町是一首老去的歌。參見氏著：〈西門町——一首老去的歌〉收入鯨向海編：《作家的城市地圖》，臺北：木馬出版社。2004年，頁52-58。

[36]　朱天心：〈夢—途〉《漫遊者》，臺北：聯合文學。2000年1月，頁38。

[37]　林區指出：城市空間的意象係由路徑、邊緣、區域、節點、和地標五種元素

進入時光的甬道……臺北一般的面貌是破舊的，高樓大廈不多，住宅區大部分是一層的平房，那時的城中心（Node）火車站是最重要的交通轉運點以及重要線道（Path）中華路兩旁都是些單薄簡陋的房子，還有臨時搭建的、補補砌砌的違章建築，且常常受到火車的煤煙襲擊，殘黃色的公車在坑坑洞洞的路上顛簸蟻行、車塵蔽天……。永恆的地標（landmark）當屬最高權力中心的總統府、華美宮殿造型的圓山大飯店……當時的西門町是綜攬一切的娛樂區（District），大部分的人來這兒看場電影便是最大的享受，紅樓裡另有話劇說書，……那時候，縱橫在臺北走路是很慣常的，淡水河畔、螢橋堤邊則是既助消化、又有益於沉思、更是情侶漫步的邊緣（Edge）。……[38]

蔡詩萍曾這樣勾勒：

西門町是第一顆暗夜裡升起的明星，往東，是中山堂，標誌著五〇年代的社會氛圍；再往東，是坐落博愛路和中華路口的郵局，對著北門，六〇年代臺北風華，隱隱透露著全面消費文化的臨盆。[39]

七〇年代，在霓虹燈網高張下的西門町好像一座高聳入林的彩

構成，構成「空間的知覺圖式」。參見凱文‧林區（Kevin Lynch）著、宋伯欽譯：《都市意象》，臺北：臺龍書局，1986年，頁46-49。

[38] 葉維廉：〈我那漸被遺忘了的臺北〉《聯合報‧聯合副刊》1982年4月26日，收入《浪跡都市》，頁29-41。

[39] 蔡詩萍：〈「町」的故事〉，頁111-112。

色森林，提供了「孽子」[40]們追逐流連的場所。城市裡失業的、吵架的、懷疑自己的、對未來茫然的紛紛擠進了西門町，企圖在五光十色的喧鬧中麻醉神經、填補虛無：

> 所以不管白天或晚上，西門町永遠人滿為患。一波波洶湧的人潮，好像大海裡魚汛時的魚群，幾條交叉的小馬路轉眼間便被黑壓壓的人群擠滿了。十字路口的紅燈一亮，馬路邊立刻集結了一群人。[41]

在城市邁向偉大進步，通過時間摧毀舊有空間的當下，這樣穿越時空與城市進行對話的書寫不啻是召喚主體性的記憶空間，以文本空間再現，進行對時間和現代性的抵抗。隨後由於舊市區土地利用已達飽和，在政府「市政公共建設誘導」政策的脈絡下，[42]東區逐漸興起，相對地，西門町漸為青少年（暴走族）、色情（貓女援交）與地下幫派（古惑仔）所攻陷的日本次文化散播。[43]舉如〈2001年臺北行〉[44]中，從置身於高級化、高科技化的東區人（黎芬齡）的眼中，西區「簡直像個地下城」，是「窮人和流浪漢聚集的地方，什麼花樣都有」。其中〈梧州街〉將東、西區新舊的居住地景做了對比。[45]小說中的「梧州街」，老家，位於萬華與西門町的「風化」區間：

---

[40] 白先勇：《孽子》，臺北：晨鐘出版社，1973年，頁59-69。

[41] 吳文津：〈失業日誌〉，收入黃凡、林燿德主編：《新世代小說大系‧都市卷》，臺北：希代書版有限公司。1989年，頁104。

[42] 羅文華編：《臺北市志》卷六「經濟志商業篇」，頁211。

[43] 葉龍彥：《紅樓尋星夢──西門町的故事》，臺北：三友圖書有限公司，1999年，頁110-129。

[44] 黃凡：〈2001年臺北行〉《新世代小說大系‧都市卷》，頁47。

[45] 黃凡：〈梧州街〉《曼娜舞蹈教室》，臺北：聯合文學出版社，1987年，頁127-143。

蛛網一樣的巷道吸收了部分的尋歡客。我們從前住的那條巷子開了五六家屋簷下掛著綠色罩燈的所謂『茶室』。一到夜晚，三五成群的男人，勾肩搭背地出現，……我東張西望了一會兒，好個奇怪的地方——狹長的屋子，小客廳邊陷下一塊地方，是座樓梯，房間一排三間，用三合板隔開，一間牆壁上都是油煙的廚房，洗手間則隔開了，大風雨的時候，你得撐著傘才能上廁所。總之，我覺得自己好像踏入了一場荒謬的夢境裡。『我小時候真的住在這裡？』我懷疑地問……

而「東區」，主角現居地，是在「一棟十五層大廈裡面，這棟大廈有六名警衛、電視和對講機和童話般的中庭花園……。進出精心設計的拱門，接受警衛敬禮時有著滿足的感覺。」當主角穿著體面，駕著『富豪』車，在西區出現，旁邊立刻圍了一群人指指點點，還有游手好閒的瘋三之流朝車門吐口水，這使得主角覺得好像出入於兩個不同的世界，相對的，他的母親卻在老家客廳裡招待朋友，更有計畫地改造環境服務鄉里，她掌握都市發展的步調由經營超商到準備開麥當勞，逐漸獲得尊重，還被公推出馬選里長……。文本中透過居民參與，以環境的改造健全鄰里社區的發展，其中，「超商」、「麥當勞」的空間結構是一個象徵——「明亮、衛生」的進步、秩序的標準取代茶室陋巷的落伍與雜亂；一如街燈、監視器的設置勾畫出國家權力的空間控制，出現黑暗與光明的象徵意義。前者是以地點的自明性形成一種「地方感」：亦即一種向前展望、實現富足生活的「未來意識」結合原有的歷史軌跡和生態特性，重新維繫／保持居民安全愉悅滿足的歸屬感。同時，如此以民間自發力量的環境重構，對國家政策、公權力的不足可說是一種互補也是一

種抗議。綜觀臺北西區的書寫，真實與虛幻的矛盾並陳：一則是老舊西區的城市環境的邊緣化，[46]預告著臺北城市動線「往東方去」的推力。[47]另則呼應著現代化城市空間規劃——「清除混亂與雜密到興建明亮與寬敞」，提出空間改造的可能性（雖然可能性也包括失敗），復形成空間規劃與空間實踐的辯證。而這個揭示「空間為社會所生產同時也生產了社會」的文學描寫亦成為城市小說引人注目的主題。

2.東區的書寫

城市正像一個有機體，有著它衍生擴展的軌跡：道路工程的開發，市政中心的東移，尤其以1970年代後期的新都市中心——信義計劃的推出、1980年代修訂都市計畫法、跨國資本大量流入，1990年代推動「促進產業升級條例」，各大百貨開張、企業大樓林起，服務業、製造業企業總部、名品「旗艦店」（Flagship）進駐，國際金融、資訊、商務往來業務中心麕集，於是，臺北東區的地產與商業地位確立，[48]成為萬眾矚目的焦點。

臺北東區，通常指的是臺北車站以東發展出來的各街區，根據

46　當臺北東區成為各種新興服務業及大樓等房地產的集中地時，相對的，老舊社區並沒有相對等的速度發展，於是年輕人離開，留下老年人，同時成為外地人來此經營色情產業的地點，於是西區不僅沒有跟上世界經濟的腳步，卻成為「落後」的代名詞，成為「被消費的對象」，老人、流浪者成為這裡的刻板圖象。

47　詹宏志：〈城市觀察〉，臺北：遠流出版事業有限公司，1989年，頁198-199。

48　夏鑄九主持：《空間實踐與後現代論述：臺北東區之都市象徵研究》，行政院國家科學委員會補助計畫，1991年，頁93。另如黃凡〈命運之竹〉描述主人翁錯過地產發展致富的機會而懊悔失常，是以城市發展的投機性記錄了城市化的進程。參見氏著：〈命運之竹〉《曼娜舞蹈教室》，臺北：聯合文學出版社，1987年，頁113-123。

夏鑄九主持的研究：1982年建國南北路與新生南北路高架道路完工所造成的通道／邊線，切割出更明顯的「東區」。[49]相對於西門町、中山北路兩個都市商業中心，包括民生敦化區、信義區、南京松江區、仁愛新生區等成了新都市商圈點。臺北城發展的「動線」由消費經濟所主導：由坐北朝南的歷史性軸趨於東西的空間取向；地標／節點由中山堂陸續向東移動到國父紀念館、101大樓；娛樂電影中心亦由武昌街（西門町）電影院線轉為都會型的夜生活消費型態的威秀電影城所取代。消費人口尋找新土的結果延展出「大東區」的新舞台，而「進步」、「繁華」、「高級品味」代言了「東區」地景：

> 希爾頓飯店曾經領了數年的風騷，標誌了站前時代的動向。然後，是頂好商業圈，從Sogo開始，「東門町」……公開宣示了這個城市的身世彷彿是不滅的貴族，顧盼生姿總能在另一個定點，另一段不能預測的時間起點裡，延續它的城市風華。[50]

由於八〇年代初期臺北市民的「新風情」生活愈發成熟，他們心中隱隱尋覓著一個更新穎、不陳腔濫調、更線條明快、自在有朝氣的空間來觀看、購物、遊逛甚至於表露自己的地區。[51]於是新興東區的繁榮壓倒了西門町、臺北拉丁區[52]，臺北城市觀察與寫作重要靈感的來源許多即以東區的空間書寫為主題要素材。

---

[49] 夏鑄九主持：《空間實踐與後現代論述：臺北東區之都市象徵研究》，頁93、103-4。

[50] 蔡詩萍：〈「町」的故事〉，頁111-112。

[51] 舒國治：《水城臺北》，臺北：皇冠文化出版公司。2010年，頁224-225。

[52] 「臺北拉丁區」是指從永康街開始，向南延伸經過和平東路、青田街、泰順街一直到溫州街的帶狀地區，包括咖啡館、個性化的藝品商店、鄰近的幾所大學形成文風鼎盛且文化多元的區域。參見李清志：〈臺北拉丁區〉《作家的城市地圖》，頁112-116。

　　臺北東區最醒目的視覺感知意象是櫛比鱗次的高樓大廈，上班的早晨你可以計算出：四萬一千三百二十六人在同一時間內從四面八方趕來進入一棟三十層高的大樓，……就是那樣的情景，像一整片天空的雲朝你湧來，讓你體會到時代在你面前翻滾。[53]凌晨二點十五分的大東區：棋盤般的巷道鑲嵌無數的燈火，……整個宇宙正淪陷到這張無底的棋盤中，……所有的歷史和空間被洪洪吸入。[54]讓你了解這個城市何以偉大。陳映真的「華盛頓大樓」系列中，[55]描寫新興跨國資本進入東區，跨國公司設址華盛頓大樓，便位在「臺北市東區一條最漂亮的辦公大樓區裡」。[56]而龐大資金潮引進的管理階級們所譜出的城市節奏是這樣的：

　　　　他一邊望著雨中的華盛頓大樓，一邊走著。走到華盛頓大樓的正對面，他看見這分成四棟的十二層樓建築，像一座巨大的輪船，篤定、雄厚地停泊在他的對面。走廊的柱子，是黑色的大理石片砌成的。在細雨的澆洗之下，整棟大樓的大理石顯得乾淨而明亮。無數的窗子，整齊、劃一地開向大街。有少數幾扇窗子已經玷著日光燈，透過輕薄的紗帳，向大街透露出青色的燈光來。樓下的幾個大門，都用不同花色的鐵

---

[53]　張國立：〈自行車上的人〉《嘿，你到過忠孝東路沒有？》，臺北：皇冠文學出版有限公司。1994年，頁10。

[54]　林燿德：〈大東區〉《大東區》，臺北：聯合文學出版社，1995年，頁38。

[55]　陳映真的「華盛頓大樓」系列小說裡的跨國公司，如〈夜行貨車〉中的馬拉穆國際電子公司，在臺北東區租了華盛頓大樓的三樓，做為臺北營業區，歸太平洋區的東京管理；五樓是〈雲〉裡麥迪遜台灣儀器公司總辦公室；七樓則是〈萬商帝君〉的台灣莫飛穆國際公司，屬多國公司，總公司在美國波士頓；九樓則是〈上班族的一日〉裡的台灣莫里遜軍火公司，總部位於紐約；說明了當時臺北東區跨國公司的狀況。

[56]　陳映真：〈夜行貨車〉《萬商帝君》，臺北：人間出版社，1988年，頁99。

柵鎖著。鐵柵上寫著各行號商店的名字，有餐廳、銀行、輪船公司、建築公司，還有一家西服店。他抬起手，看了腕錶：才七時過二十分，整個大樓都還在沈睡之中。[57]

再看〈上班族的一日〉裡的城市「視覺意象」：

> 矗立於這二段接三段的十字路口周邊的，高低、形狀各異的大樓，在陽光下，帶著各自的幾何圖案似的陰影，穩固、安靜地站著。但是地面上卻是一片川流似的人和車的往來，在交通號誌的指揮中，尤其在俯看之下，自有一種韻律。而華盛頓大樓，因著它的赭黃色的大理石建材和獨到的設計，在日光下，尤其的出眾。豪威西餐廳的雙層玻璃窗，把原本十分嘈雜的市聲，全部摒除於外。櫛比而來的車子、穿梭其間的機車、潮水似的人的流徒，在林立的、靜默的、披浴著盛夏的日光的高樓巨廈……都彷彿皆以窗為銀幕，無聲地、生動地、細緻地上演著。[58]

這是區位集中型空間結構（總部／管理和生產）在城市組織裡牽連著就業空間分布的例子：環繞著高樓巨廈周邊擁擠的人潮、車潮，隱而未見卻可以感知的是流動的資金潮所帶動的是城市資本化的律動，而資本化市場所帶動的「空間分工」[59]，又結構和決定了城市生

---

[57]　陳映真：〈雲〉《萬商帝君》，頁120。

[58]　陳映真：〈上班族的一日〉《上班族的一日》，臺北：人間出版社，1988年，頁150-151。

[59]　瑪西：「空間分工」，收入賽門·派克（Simon Parker, 1964- ）著·王志弘、徐苔玲譯：《遇見都市：理論與經驗》，臺北：群學出版社，2007年，頁152-153。

活的輪廓。

　　透過城市的通道來認識環境，忠孝東路是東區一個重要的知覺點。〈到東區的500種方法〉記述主角我為了參加在忠孝東路四段舉行的「改善生活品質座談會」的一場都市探險。[60]他使用了這個城市中各種不可思議的抵達方法，包括：吊籃、滑輪、砲彈飛人、臥鋪公車、登山索……等，最後很抱歉的遲到了六個鐘頭，結果卻是第一個到達會場的。在這篇小說裡，由環境使用者所置身的、直接經驗的環境感知（交通環境是生活品質的要項），經由文本故事（情節）所透露的環境評估（城市交通是一種探險），導出環境認識（空間結構原是政經、文化結構的一部份，由此凸顯「改善」與「座談」作為人與環境的互動的荒謬性）。黃凡是透過黑色幽默，嘲諷了臺北交通與城市功能的現實。

　　進入夜晚凌晨，這道都市欲望輕快曳流的光軌成為東區最繁華、也最頹廢的消費線道。〈自行車上的人〉擔任著偉大臺北市最冷靜的觀察員，忠孝東路則被打造成一條愛恨交集、如真似幻的感官空間。[61]而《大東區》猶如一座浮生於末世紀文明的「天空之城」[62]，包括飆車鬥狠、毒品性愛、暴力死亡的情節在刺激的電玩世界、奢靡的消費市場等光怪陸離的背景裡上演。此時異變的東區，成為「某個地方」[63]，充斥著城市中的暴烈驚悚與荒涼虛無。[64]林

60　黃凡：〈到東區的500種方法〉《東區連環泡》，臺北：希代書版有限公司。1989年，收入《浪跡都市》，頁128-134。

61　張國立：〈自行車上的人〉《嘿，你到過忠孝東路沒有？》，頁38。小說中作者再三提醒你要當心那裏的女孩，暗示著主角所追求的愛情幻影。

62　楊仔：〈末世紀文明之上的天空之城——評林燿德的小說集《大東區》〉《書評》第22期，1996年6月，頁22-24。

63　張啟疆：〈東區天空下〉《小說·小說家和他的太太》，臺北：聯合文學出版有限公司。1993年，頁183-189。

64　林燿德：《大東區》，頁1-232。《大東區》十四篇分別為大東區、噴罐男

燿德試圖藉著後現代的反規範、反主流、反典律化建構出一個「他者」的空間經驗。

東區中的次文化現象在黃凡《東區連環泡》[65]集影像與情境的荒謬於一身：比如一個父親靠著經營24小時營業的MTV得以見到一年見不到二次面的女兒；晨歸的夜貓族與拿早報者互道早安。懷疑著是誰錯過了今天的大新聞？此外，東區的攤販代表了這個城市最前衛的先行者，他們都有張年輕屬於都市的臉龐，她們的氣質是東區所獨有的：除了生計還多出逸樂的追求。而美食市場的探秘從白先勇的《臺北人》到韓良露的〈臺北美食記憶地圖〉[66]你可以想像早期外省住民重溫家鄉口味的衡陽路以及排著長長隊伍的充滿著新興食物的東區巷弄，這說明了書寫是一種社會媒介，即便是飲食的細節都融合甚且跨越著區域性與文化性，賦予了城市社會無限的動能。

這些區域寫作中，同時涵攝東西動線的移動書寫也值得注意，比如〈我不要你戴，女孩說〉裡在淫窟臥底的菜鳥警察的故事[67]以及〈Love 100％〉中丁博士的二維心靈地圖（新東區智慧份子尋找完美愛情的電腦指令傳輸圖與西門町慾望街市圖的疊合）。名建築師王大閎的小說《杜連魁》[68]，敘述主人翁白晝以東區新貴族的身分遊

孩、黑海域、杜沙的女人、遊行、白蘭氏雞精、巨蛋商業設計股份有限公司、慢跑的男人、303號房、私房錄影帶、黑色膠囊、ET、霧季、黃花劉寄奴。

[65] 黃凡：《東區連環泡》，臺北：希代書版有限公司。1989年。

[66] 韓良露：〈臺北美食記憶地圖〉，收入李清志、顏忠賢、林盛豐主編：《臺北學：幸福城市的風格地景》，臺北：馬可孛羅文化，2011年，頁33-39。

[67] 張國立：〈我不要你戴，女孩說〉《嘿，你到過忠孝東路沒有？》，頁135-166。

[68] 王爾德：《杜蓮格雷的畫像》規模了倫敦的人文景觀——西區／東區，上流／下流社會的對立。王大閎則將倫敦與臺北易位，產生了臺北東區與西區的易位。參見王大閎譯寫：《杜連魁》，臺北：九歌出版社，1977年，頁1-230。林以青：〈文學經驗中的都會情境：以70年代的臺北為例〉、張漢良講評。收入鄭明娳主編：《當代台灣都市文學論》，臺北：時報文化出版有

走，夜晚則在舊城市中心一帶老舊色情暗巷中出沒的迷情。在資本
社會都市化現象所帶來結構性的轉變下，城市裡出現家庭工作空間
與異質空間（妓院）形成了文明與墮落、中心與邊緣的對比；同時
從文字語言上翻轉王爾德的「杜蓮格雷」，形成複寫空間。這些文
本規模了臺北城市的浮華世界以及黑暗地景，這兩個地區表面上區隔
分明，但背後都指向城市的墮落與失序：西門町明白的沒落與沉淪、
東區裡暗地裡滋長的暴力與迷情，充斥著欲望與金錢、愛情與背叛、
混亂與自由、罪與罰。不同的人物行為代表著各自本位以及既得利益
的城市觀點：對尋芳客而言，西門町成為一個上帝遺忘的角落，像一
個紙紮的華麗牌樓。對歡場女子而言，新東區的優秀份子花錢玩玩，
西區舊社會的少年仔花點殷勤也來玩玩。玩玩就是生意、生活。[69]

　　在此，場所形成一種隱喻。那些整齊劃一的玻璃帷幕大廈在東
區巍然矗立，像一整排特大號的墓碑，給人陰森森的感覺。[70]即便是
新規劃的西門町徒步區的廣告招牌與音樂混合著爆發流行的品味，
卻又不脫吃喝玩樂的老調。它們代表著資本主義運轉、浪漫理想中
的城市作為秩序理想的象徵在瓦解中，城市建築與經濟的中心節點
不斷地由興起到沒落再重構，而新興書寫裡充滿無法規避的速度、
變動與城市經驗的移位（如城市的惡之美）。

（二）空間的複製與衍異：「公寓」的變身

1.居住空間：家

　　城市的本意原是「城」與「市」這兩個觀念的組合。「城」即

　　限公司，1995年，頁113-129。
[69]　張國立：〈Love 100％〉《嘿，你到過忠孝東路沒有？》，頁66-103。
[70]　林燿德：〈巨蛋商業設計股份有限公司〉《大東區》，頁135。

「城牆」，「市」即「市集」。[71]前者主張其保護與安全性；後者代表著交流與可能性。觀察70、80年代臺北市新建了住宅公寓約五萬棟，這種鋼筋水泥建築取代了獨院平房，附以機能商店寄生，強調著居住功能，是城市中最顯眼而普遍的標誌，提供了城市人生活和休憩的場所。於是，「公寓」這個空間，體現著城市第一義，安置了絕大部分的住「家」，成為城市基地。公寓生活烙印在城市人生活的血肉中，「公寓」也成為了城市書寫中重要的素材。

以公寓為家的地景書寫，包括郭良蕙的《臺北一九六〇》[72]、葉慶炳〈公寓生涯〉[73]、東年〈大火〉[74]演述了平常人物平凡人生的悲喜劇；到八〇年代，王幼華發表〈健康公寓〉[75]、〈麵先生的公寓生活〉[76]，黃凡〈慈悲的滋味〉[77]，張大春〈公寓導遊〉[78]則標榜複合模式[79]書寫以及滑稽突梯的話語，別開生面地刻畫了公寓大樓的生活。其中所聚焦的現代都市新住民的窺秘性格、擁擠雜亂的生活空間以及疏離利害的人際關係組構了進步社會中，精神價值日漸失落的城市經驗。

[71] 林盛豐：〈形塑城市的力量與摧毀城市的偏差〉，參見李清志、顏忠賢、林盛豐主編：《臺北學：幸福城市的風格地景》，臺北：馬可孛羅文化，2011年，頁103、141。
[72] 郭良蕙：《臺北1960》，臺北：時報文化出版有限公司，1991年，頁1-277。
[73] 葉慶炳：〈公寓生涯〉《浪跡都市》，頁21。
[74] 東年：〈大火〉《新世代小說大系·都市卷》，頁142-155。
[75] 王幼華：〈健康公寓〉《王幼華集》，臺北：前衛出版社，1992年，頁10-25。
[76] 王幼華：〈麵先生的公寓生活〉《新世代小說大系·都市卷》，頁18-37。
[77] 黃凡：〈慈悲的滋味〉《慈悲的滋味》，臺北：聯經出版事業公司。1984年，頁1-99。
[78] 張大春：〈公寓導遊〉《公寓導遊》，臺北：時報文化出版公司，1987年，頁50-57。
[79] 王幼華的小說係以複合模式書寫：這是對傳統的情節模式的突破。其不再根據事物的因果關係、不再重視形象之間的歷時性情節聯繫，逐步開展一個完整故事。而常使諸多形象系列在同一個平面上共時性的展開。

2.經濟空間／消費空間：房地產

當「家」成為「房地產」，「公寓」變成「豪宅」，你可以看到經濟力量如何形塑了一個城市。愛亞的〈吾宅吾家〉記述了在狹窄的公寓裡將臥房當書房寫作的窘境。[80]黃櫻的小說〈賣家〉則顛覆一般人以公寓為住所、安居樂業的觀念，在買「家」、賣「家」中求生存。[81]而黃凡的〈房地產銷售史〉[82]更出現了反射個人意志、感覺的「創意公寓」，故事的主人翁是乙太建設公司屢創高業績的銷售經理，這個只有一百五十公分身高曾經長期處在自卑狀態的房地產專家提出一個史無前例的建築企畫案——自助式建築。即由房屋消費者親自決定房屋的一切。主打這樣的訴求：你擁有一棟房子不是只擁有一堆磚塊，你擁有的是自己的空間，你人格所投射的空間。[83]這樣的空間再現不但突破集體建制、發揚個人意志，更彰顯了城市中生猛的銷售性格。

3.異質空間：賓館

原是容納個人居住私密空間的公寓建築，在現代都市世俗化、感官化、交易化的傾向下，HOTEL入侵，形成了公寓書寫中一個極為特殊的異質空間，映現了城市中家園想望與情慾追逐的流動關係。林燿德在《一座城市的身世》裡即以華美的單身公寓是獨身婦女滋潤寂寥的空間。[84]另有一方面經營情色產業，一方面投資置產的

---

[80] 愛亞：〈吾宅吾家〉《喜歡》，臺北：爾雅出版社，1987年，頁127-143。

[81] 黃櫻：〈賣家〉《光華》14卷6期，1989年6月，頁64-71。

[82] 黃凡：〈房地產銷售史〉《新世代小說大系‧都市卷》，頁238-262。

[83] 黃凡：〈房地產銷售史〉《新世代小說大系‧都市卷》，頁247。

[84] 林燿德：〈靚容〉《一座城市的身世》，臺北時報文化出版有限公司，1987年，頁75。

「欲望公寓」。70年代，黃春明的〈小寡婦〉中，就曾提及酒吧業者買下國泰建設的公寓當作小姐的「家」。[85]在林燿德的〈HOTEL〉中，這個隱身成為公寓中，結合空間、交易與感官的結構，複製了「家」，亦衍異了「家」。它是以城市經濟效益與人類的生物性為開發對象，出現自成一格的場所精神。[86]

當然，對於HOTEL中所指涉的人性的黑闇以及性愛的隱私，在不同的角度下，作家也有不同於對賓館負面想像的價值體驗，舉如簡媜筆下的〈賓館〉[87]描述一個下班女子尋找不同的旅館慰勞自己，釋放壓力：「她喜歡不隸屬有門牌號碼的家」而「把旅館當成遠地的家」。[88]另外，黃凡〈角色選擇〉[89]裡的羅慕明和張國立〈嘿！你到過忠孝東路沒有？〉[90]裡的老張各自帶著女伴、帶著對賓館空間的浪漫幻想進了賓館，最後他們卻都沒有與他們的伴侶完成「賓館共業」，彷彿進入了愛慾烏托邦。

於是，公寓的身份一變再變，成為家與Hotel的混合附生，說明了資本主義進入現代城市公寓系統，以人與人、人與物為關係架構，演繹了城市的第二義。由於我們每個人所居住的空間，並不是物理的真空，常因不同的活動與經驗而成為充斥諸多意義的人文場所。在此，空間的複製與衍異，一方面探索批判著現實社會，一方面瓦解了意義賴以展現的媒介本身。其中，人的自由意志、法理意識和欲望釋放等交錯存在，既成為形塑城市的力量，也成為摧毀城

[85] 黃春明：〈小寡婦〉《莎喲娜拉・再見》，臺北：遠景出版社，1974年，頁102。
[86] 林燿德：〈HOTEL〉《浪跡都市》，頁165-166。
[87] 簡媜：〈賓館〉《女兒紅》，臺北：洪範出版公司。1996年，頁173。
[88] 舒國治：〈在旅館〉《理想的下午》，臺北：遠流出版公司。2000年，頁198。
[89] 黃凡：〈角色選擇〉《都市生活》，臺北：希代書版公司。1988年，頁198。
[90] 張國立：〈嘿！你到過忠孝東路沒有？〉，頁9-33。

市的偏差。

（三）空間的實踐與詮釋：街道的移動書寫

　　王志弘在「文化經濟與再現體制」裡曾經提及：動人的記憶故事連同城市歷史感受和空間氣氛的指認與詮釋，共同打造了當前城市國際競爭最需要的城市獨特性格。……其中市區中的街道和商圈，本來就是消費重點，添加了記憶的文化魔藥後，更是誘人。[91]在資本主義社會城市已通俗化為消費者社會城市之際，街道分割了城市又連繫了城市，其重要性在於街道本身的格架即組織了一個城市的認識圖，除具備穿越性功能，成為連接城市輸送動線；通道往往和某種特性景觀連繫，提供知覺意象或社會功能；如仁愛路的林蔭大道既提供交通功能亦供給綠能享受。然而街道空間亦可能規範了生活，而非創造生活；舉如越來越多的空間讓給汽車和道路，但並未解決交通問題。[92]而用路人對於道路街道的經驗是矛盾的（如基隆路），既感謝其提供便捷的行的空間（流動性），又惱怒於陷入車陣，道路如停車場的僵局（封閉性）。因之，街道空間的使用實踐伴隨著使用者呈現了不同的空間功能。

1.漫遊的空間

　　隨著城市生活的韻律加快，漫遊者（Flâneur）成為現代城市的俗民類型之一。[93]他們追尋稍縱即逝的時光，視城市為沒有門檻的圓形

---

[91] 王志弘：〈記憶再現體制的構作：臺北市官方城市書寫之分析〉，《中外文學》第33卷第9期，2005年2月，頁9-51

[92] 列斐伏爾：「城市生產」，收入賽門・派克（Simon Parker）著・王志弘、徐苔玲譯：《遇見都市：理論與經驗》，頁34-35。

[93] 麥克・柯朗（Mike Crang）著、王志弘、余佳玲、方淑惠譯：《文化地理

地景。[94]如同「路上觀察者」，憑腳界定地理，以眼觀察眾生，以瞬間「當下性」的體驗加上自由、跨越時空的回憶聯想，遊走於紛雜並置的空間去接觸城市。這些有關漫遊者和漫遊行徑的書寫構成了城市漫遊者景觀。他們置身於廣大群眾裡，強調著一種相隔的「孤獨」，別於做為時代的紀念的歷史遺跡（如立碑銅像）與標示地理環境的路牌，呼應著現代城市的流動不羈的性格，另類書寫著城市的身世。

其中，朱天心的〈古都〉[95]以空間、時間、人物上相互對照的敘事手法，描寫主角／老靈魂的文化時空之旅，可說是城市移動書寫的經典之作。小說中的主人翁前往日本京都赴青年時好友之約，在等待中漫步京都街頭，往日時光與千重子的文本時間交織浮現，但對方遲遲未見，在沉睡市街（依約是那千重子目送苗子遠去的市街）中主角決定回返，到了臺北卻又陰錯陽差地以偽觀光客的身分循著日文導覽手冊中殖民地時代的地圖漫遊了她的原生之城。這樣幻疑似真的將歷史地圖與文字地理的重合，[96]將對城市的描寫摺疊進對城市的記憶（包括少女的及父系、母系先祖眼神中的記憶）[97]，正如同川端康成藉著千重子與苗子這對孿生姊妹的相遇交錯，靜靜地鋪灑出京都；朱天心是以古地圖和新地貌的今昔對照，[98]歷史與地理

學》，頁71。

[94] 列斐伏爾：「城市生產」，《遇見都市：理論與經驗》，頁26-28。

[95] 朱天心：〈古都〉《古都》，臺北：麥田出版股份有限公司，1997年，頁1-28。

[96] 舉如其內容與腳色設置：「我／你」與「A」的姊妹情誼與川端《古都》千重子與苗子的相會互為指涉以及古老京都與新都會臺北交相對話，而各自溯連的引文包括作品《源氏物語》、《台灣通史》、《桃花源記》、作家森鷗外、佛洛伊德、梭羅、郁永河、藍鼎元、徐淑卿的話語乃至音樂歌曲的佐印互用。

[97] 駱以軍：〈序：記憶之書〉，收入《古都》，頁42-43。

[98] 許榮哲：〈印象中波光萬頃的海，美濃〉，收入鯨向海編：《作家的城市地

相互作註，文學對話的切割與借引、異性與同性親狎的暗示、生存本質（生死／愛慾）的重新盤整以及族群意識與異國殖民、歷史創傷與自我贖救的多維印證……，穿越了時空的曠野、現實與記憶的斷層，挪用了班雅明漫遊者的概念，以「片斷化城市」展開對於臺北這個城市的「不在場」的凝視與重塑。

林燿德筆下則是為了尋找一隻黑貓繪製了城市迷宮圖：「一圈圈漸層向假想中點陷落的建築，周沿被一連串的現代化巨廈秘密包裹起來，當中全是六〇年代以前的矮舊樓房、日式平房，以及貼滿浪板的磚屋，……狹長而曲折的小徑與巷道，有如鉛灰色的筆跡，……令人想到拍普藝術的細膩與殘酷，又令人想起巴比倫黏土版上頭雕鏤的渦漩狀的迷陣」。[99]

李昂〈一封未寄的情書〉[100]裡主人公我對G·L的單戀之旅與都市發展潮流的異步同趨，空間與街道的斷裂與連接組構了愛情，也組構了書寫——起點是當時台灣文藝圈中心的美新處的演講廳，與無數個夜晚步行過大半個臺北市：逡巡於新生南路一段，青田、麗水街一帶，當瑠公圳被填滿、日式房子被劃平，和所有的城市戀情一樣，不同的是情書未寄出，李昂筆下的女性在城市街道圖景的變遷過程中成長。

相對於借遠行遊走來尋找記憶，最後卻陷於焦慮與失憶。駱以軍是藉著對地貌的描述構成對理解或描述世界的潛藏結構，〈老

圖》，臺北：木馬出版社。2004年，頁125。

[99] 林燿德：〈幻戲記〉《聯合文學》第13期，1985年11月，收入《浪跡都市》，頁152-160。

[100] 〈一封未寄的情書〉是一封以第一人稱我的方式向大概還不知道我是誰的你（G·L）的告白信。其中認真地討論到處於轉型時期的台灣社會，男女問題的社會價值觀的變異。李昂：〈一封未寄的情書〉，收入《新世代小說大系·都市卷》，頁92-116。

家〉[101]、〈中正紀念堂〉[102]可視為歷史記憶與家族系譜的累積、重構與消解所形成的文化地理書寫。〈老家〉的主述「回家」指向回我父母的家、回我小時候的家，回到我的昨日之鎮，回到小說中的勾描之景──是一個具體而微的封閉世界，導致「我」缺乏一種「遠處的他鄉」所生成遠眺的想像力；亦缺乏時間感飽滿所描勒出的城街地圖那樣的「大城市教養」。這樣的回顧：以家園的今與昔、主人翁的離開與重返，形成一男性空間經驗的寓言，重點在書寫繪製了地圖，是時間的累積、記憶的重現，但建構的同時終究亦失去了他們（家園）。〈中正紀念堂〉則是一個弄錯地圖的故事，包括察哈爾學弟的身分地圖上奇怪的籍貫地名背負著稀奇古怪的逃難記聞以及那個取眼鏡的迷路的午後：錯公車、錯站、錯入的工地構成誤入那座巨人迷宮的遊記圖覽。由於自信於自己胸臆裡那一套遷移過程藉以定位標記的記憶系統，以至於被困在「一個離那座城市好遠好遠的郊外」，許多年後才知道那是位在台灣行政中心的中正紀念堂。這個驚惶的空間經驗轉輸為「曠野恐懼」的版本，成為那一代成長的上文與下文。

其他如葉姿麟〈遊戲規則〉是城市遊蕩者的經驗，生存在一個並時的空間中、在劇本形式下進行的對話。敘述著我從參與者的立場退縮成一個冷漠的旁觀者，只是記錄言談，並隨機性插入括弧補助。時間在此進入一個留置的、書寫的並時系統，後設地處理了三個小我世代（me generation）的百無聊賴，小說中提及上街的約莫是女人，「由於上街包含絕對無聊的意思，男人是不幹耗時費力而無

---

[101] 駱以軍：〈老家〉《我們》，臺北：印刻出版股份有限公司，2004年，頁56-59。

[102] 駱以軍：〈中正紀念堂〉《月球姓氏》，臺北：聯合文學出版股份有限公司，2000年，頁113-125。

意義之無聊事的」，被視為廓約了一段明白的性別地理。[103]此外，薛
良媛的〈遊蕩者〉鎮日在東區遊蕩，以田野調查的方式記錄了臺北
東區消費路線圖，在追逐時尚流行、血拚名牌物質的背後，隱藏的
是城市中空虛寂寞的心靈。[104]

2.遊行的空間

　　由於特殊的歷史承載，不同的人以不同的方式使用著城市，
而空間的使用與場所的形成亦隨著詮釋論述形成不同意識形態追逐
與角力的場域，並出現弔詭的區域階段性。比如臺北街道中國圖誌
化的命名，或許移民的鄉愁可以從中稍獲寬解，而對新一代的城市
住民來說，「開封、漢口、重慶、襄陽，每條街都像一座古老的城
市」[105]，遙遠而陌生。這顯示著國家機器的介入與權力運作正是威權
社會的特質。而王拓的獄中之作《臺北‧臺北》[106]是臺北城市書寫中
的一首變奏。小說中企圖涵蓋七〇年代的重大事件（釣魚台事件、
退出聯合國等），勾勒了在時代動盪及黨國封閉體制下，臺北的知
識青年和年輕工人們對權威體制的反抗與衝撞的激昂、蒼白的生活
實像。其中值得注意的是衝撞者離開高雄北上—臺北火車站—T大校
園—羅斯福路公車站—溫州街巷弄—T大活動中心、演講廳—金門街
口、浦成街巷口—中山北路—三重埔、三重戲院—最後被逮捕受審
關進牢獄等移動路線，正可視為台灣民主覺醒和社會行動的實踐地

103　葉姿麟：〈遊戲規則〉，收入黃子音等著，林耀德編：〈甜蜜買賣〉，臺
　　北：業強出版社，1989年，頁21-40。
104　薛良媛：〈遊蕩者〉（1998）收入《記憶的指紋——第一屆臺北文學獎作品
　　集》，臺北：元尊文化出版社。1998年，頁1-160。
105　彭仕宜：〈客過臺北〉（1998），收入《記憶的指紋——第一屆臺北文學獎
　　作品集》，頁1-160。
106　王拓：《臺北‧臺北》，臺北：天元圖書有限公司，1985年，頁250。

圖。相較於白先勇《孽子》[107]裡一群被社會遺棄的青春鳥，離家出走以新公園為基地形成一次文化圈，開展了在臺北的街頭流竄遊蕩：從後火車站到過河的三重，輻射出來的活動地點有西門町、新南陽電影院、中華商場、萬華的三水街、圓環、延平北路晚香玉大雜院、南京東路的安樂鄉酒吧、中山北路桃園春酒館……等，勇敢地面對著他和他的遺老遺少們所不認識的臺北城。這樣由城中心到邊緣再回到中心的文學地景的建置意味著自我與他者、身份與價值、性別與意義上的認同與重整，顯示了權威建構的社會時空裡，臺北城市書寫中一種異質的反抗特色。

林燿德在《大東區》〈遊行〉[108]則描繪出「每一個人都有他自己抵抗世界的一套模式」的城市節奏與圖象。杜沙不參與政治隊伍中的任何一邊，坐在咖啡廳裡選擇了藝術，堅持著「自我判斷」：

> 外頭不是幾千人，外頭只有一個人，真的，他們全都加起來也只有一個人，只有脫離了隊伍，一個人才能還原到一個人的意志裡面。

正是以「後現代」的反抗位置嘲諷著街頭運動。

東年〈飆過東區〉[109]則是別以小市民陳寶山和黃新德開了一輛推土車在示威群眾集結的忠孝東路上衝撞的鬧劇斷片，提供了媒體報導的畫面以及疲累市民的晚間娛樂。小說中所充滿的是在邁向民主自由解放的現代化的「道路」上，以聚集／缺口、佔有／需要、抗議／抗抗議的空間對話所組構的多元的聲音。

---

[107] 白先勇：《孽子》，頁1-397。
[108] 林燿德：《大東區》，頁119-126。
[109] 東年：〈飆過東區〉《聯合文學》第五卷、第十二期，1989年，頁34-45。

3.車行的空間

　　另一種認識城市的方法藉由捷運與公車達成。由於現代都市的發展漸趨飽和，資源集中、空間有限，因此公眾運輸工具提供了在都市移動的可能性，關於臺北行的空間及思考，自二十世紀末期書寫有所開展，其空間性格自然也因此重新定義：諸如逃逸的地點、躲藏的角落、流動的身分，陌生的新陣營。[110]包括朱天文《世紀末的華麗》[111]裡主角坐火車出城的經驗：

> 她買了票隨便登上一列火車，隨便去哪裏。……她從未經過這個角度來看臺北市。越往南走，陌生直如異國，樹景皆非她慣見。……當她在國光號裏一覺醒來望見雪亮花房般大窗景的新光百貨，連著塞滿騎樓底下的服飾攤，轉出中山北路，樟樹槭樹裏各種明度燈色的商店，上橋，空中大霓虹牆，米亞如魚得水又活回來了。……這才是她的鄉土。臺北米蘭巴黎倫敦東京紐約結成的城市邦聯，……

在現代與後現代間的擺盪，[112]米亞終究離不開臺北（後）現代都市文明的風華。另如朱天心的〈淡水最後列車〉[113]以及甘耀明的〈迷路公車〉[114]是以車行替代步行的景觀經驗。「最後列車」以淡水線為

---

[110] 馬世芳、許允斌、姚瑞中、陳光達、黃威融：《在臺北生存的一百個理由》，臺北：時報文化出版有限公司。1991年，頁11-13。

[111] 朱天文：〈世紀末的華麗〉，《花憶前身》，臺北市：麥田出版社，1996年，頁214-215。

[112] 劉亮雅：〈擺盪在現代與後現代之間——朱天文近期作品中的國族、世代、性別、情慾問題〉，《中外文學》24卷1期（1995年6月），頁7-19。

[113] 朱天心：〈淡水最後列車〉收入《新世代小說大系·都市卷》，頁66-89。

[114] 甘耀明：〈迷路公車〉《神祕列車》，臺北：寶瓶文化事業有限公司，2002

主背景，寫一個高工學生黃滿（湍）在搭火車通學的時候認識了一個怪老頭。這兩人的城市觀點大不相同：老頭喜歡的是從觀音山岸隔江看淡水的那片自然，裡面有祖師廟裡的鐘聲過江可聞。中學生在意的則是車過鐵橋圓山飯店的夜景的輝煌。這是將自己的未來置入城市的未來，自然行銷出不同的城市藍圖。〈迷路公車〉則將城市視作一個變化、流動的基地，展開廣告人與羊在城市中相遇而又相失的一趟迷途之旅。前者宛若一篇已失去城市主流位置以及即將成為城市主流世代的辯證；後者則從自我的迷失、異化的絕望、幻想自己身在他方以及面對不可知的未來，不確定地陳述著對城市巨大的疏離感。至於對城市的現代化捷運工程，作家毫不留情進行批判：「鐵路地下化和捷運，翻起沙暴遮蔽了天空。市民們於其中掩目搗鼻不良於行……市民以為的捷運地下鐵，等待終有一日路上的運輸量會大半轉到地下，姑且信其真的配合著過活。直到明白那莫名其妙橫過我們頭上霸佔住太陽光的醜陋水泥大蟒，原來就是捷運系統，果然，我們又被騙了。」[115]就在批判的同時，臺北城市又完成了一方現代文明圖景。

　　縱上所述，移動書寫多屬無時序定位、脫因果關係的紀錄，這不盡是建築和經濟的移位，同樣也是城市經驗的移位，係以主觀想像與記憶召喚建構了城市生活。而隨著城市動線的重組，城市人的生活消費、價值觀念和行為思想的改變，許多頹廢、異化、變調、迷惘的社會現象成為城市社會前進的標籤之一。且不僅於作者個人對城市的界定，閱讀者也加入了遊走市街、觀賞城市的行與遊，套用索雅的第三空間概念，城市是兼具真實與想像的地方——記憶本身成了消費和指引的對象不說，城市的物質性與社會性更透過想像

年，頁238-251。

[115] 朱天文，《荒人手記》，臺北市：時報文化出版有限公司，1997年，頁165。

中介而構成,共同再造了我們一同身處的城市。[116]

五、結論

我們曾經歷了許多方式認識臺北城:歷史教材上教的、博物館裡陳列的、老一輩的言說到特定的地理遊歷經驗的攝入,其中有靜態的城市素描和動態的城市活動;城市間世態百樣:可以從居住者到旅人的眼光;可以從考古到考現的角度;[117]有的召喚記憶、組裝著懷舊與鄉愁;有的注意到城鄉差距、對都市的功利與現實進行批判。事實上,環境的經驗品質關係著人對環境的知覺與認識,因為個人或群體會把客觀存在的「空間」轉變成富有複雜意義的「地點」,然後又透過習慣記憶、聯想而與人類本身結合。是以,城市書寫不僅是一面鏡子,透過參與、聯想與敘述城市中的殘餘與新興,它更展開了一張種種複雜概念、意義交織的網脈,顯示「城市不是擁有許多誘人的地方可以權充地點;就是永遠保持著一股已轉變成居民歸屬感的魅力。」[118]

黃凡說:「我們藉由感官來認識外在世界。」[119]本文採取辯證的過程從事文學書寫與空間生產過程的研究,讓我們沉靜思索城市空間、書寫空間與社會空間之間的影響互涉:首先,一種撥開「城鄉對立」、針對「空間分配」的思維,從「移動」的角度推入,結

---

[116] 指文本透過想像的中介不僅描述城市、生產城市,即是城市自身。

[117] 有別於考古,考現學特別專注現代城市居民的各種活動,各種資訊、風尚、時空不斷交流混雜的當下面貌,分析當代的文化風俗。這是一種因為現代城市的發展而誕生的新興之學。

[118] 夏鑄九、葉庭芬主持:〈臺北地區都市意象研究〉,《國立台灣大學城鄉研究學報》,1981年9月,第一卷第一期,頁49-102。

[119] 黃凡:〈如何測量水溝的寬度〉《都市生活》,臺北:希代書版有限公司。1988年3月,頁217。

合城市大眾人的集體潛意識的「城市書寫工程」出現，作家們以不同的模式記錄著他們的時代與生活，分別呈現出文本中地理想像的變異性與複雜性，[120]活化了城市書寫的語境。他們不復以抒情感傷的情調觀物，進行懷舊敘述；亦很難用一個全景的位置去看待人類存在的狀況，對於自由和慾望的變動關係，是藉著虛無迷失的氛圍、頹蕩唯美的情調、暴烈毀滅的終極情境，刻劃出極具官能性（功能性）的城市碎片，而這些斷章，吊詭地連綴了城市生活更多的真相。其次，「城市居住空間」是針對空間區隔的封閉感、時尚性、個人化、自主性和侵犯性，重新進行了「空間的使用與分配」——如以科技工業文明為物質形態，以商業文化態度為軸心；如根據人與人、人與物為關係結構，進行社會分工等，表現了去中心的多重編碼的書寫，成為城市論述的主體。而「移動空間」隨著用路人、漫遊者在道路通道的行走、遊蕩、觀察與經驗亦由寫實與講述的態度、國族本土與情慾解放的主張逸出，另行以互不相干的文字、以私己經驗與個人風格，結合復古與菁英品味，宣告了城市的多重性／模糊性，其從邊緣出發叩擊城市中心，其修辭本身並不僅限於「反映」與「再現」，而是以書寫對城市施以「解構」與「重構」。

　　伊安・錢伯斯（Iain Chambers）在《邊界對話：後現代性的旅程》中把現代城市看做是一個神話，一種傳說，一種敘述。是建立在過去之上的，持續不斷生產『新地平線』的辛辣而尖銳的『敘述』。[121]臺北城的空間想像與移動書寫，一方面運用地理空間構築

---

[120]　廖咸浩：〈臺北摩登——現代性與愛恨臺北〉《歷史月刊》203期，2004年12月1日，頁27-33。

[121]　包亞明編：《後大都市與文化研究》，上海：上海教育出版社，2005年，頁7。

歷史，讓記憶、書寫與城市生成並行。其張揚了臺北城粗莽的老氣味、狂野的新色彩，自由與自私的界野不明，流浪與追尋成為一體的兩面，……卻自成一個具足的表意系統。另一方面，書寫視域中心的城市空間不斷變化移動，由私人空間到公共空間，從真實空間到異質空間，臺北人的美夢中有著噩夢、作者與讀者俱感混亂不安……這樣的文本指意及地景閱讀既有著依附性又有著分裂性，俱因彼此的存在而彰顯。因此，在地方空間（space of places）與流動空間（Space of flows）的更迭替代上容或仍有著困惑與兩難，但已昭然若揭的是：文本與地景不再分立於想像與實際的兩端，而是一種結合並現。而文學文本裡的地方感以及地理文本的想像性使得城市的空間想像與移動書寫充滿了實驗性以及解放的力道。

參考文獻

王大閎譯寫：《杜連魁》，臺北：九歌出版社，1977年

王幼華：《王幼華集》，臺北：前衛出版社，1992年

白先勇：《孽子》，臺北：晨鐘出版社，1973年

甘耀明：《神祕列車》，臺北：寶瓶文化事業有限公司，2002年

朱天心：《古都》，臺北：麥田出版股份有限公司，1997年

朱天心：《漫遊者》，臺北：聯合文學。2000年

朱天文：《花憶前身》，臺北：麥田出版社，1996年

朱立元主編：〈空間理論〉《當代西方文藝理論第二版（增補版）》，上海：華東師範大學，2005年

孟樊、林耀德編：《世紀末偏航》，臺北：時報出版社，1990年

李清志、顏忠賢、林盛豐主編：《臺北學：幸福城市的風格地景》，臺北：馬可孛羅文化，2011年

林燿德：《一座城市的身世》，臺北時報文化出版有限公司，1987年

林燿德編：《甜蜜買賣》，臺北：業強出版社，1989年

林燿德：《浪跡都市》，臺北：業強出版社，1990年

林燿德：《重組的星空》，臺北：業強出版社，1991年

林燿德：《大東區》，臺北：聯合文學出版社，1995年

邵僩主編：《八十七年短篇小說選》，臺北：爾雅出版社，1999年

馬世芳、許允斌、姚瑞中、陳光達、黃威融：《在臺北生存的一百
　　個理由》，臺北：時報文化出版有限公司，1991年

郭良蕙：《臺北1960》，臺北：時報文化出版有限公司，1991年

黃凡：《慈悲的滋味》，臺北：聯經出版事業公司，1984年

黃凡：《曼娜舞蹈教室》，臺北：聯合文學出版社，1987年

黃凡：《都市生活》，臺北：希代書版公司，1988年

黃凡：《東區連環泡》，臺北：希代書版有限公司，1989年

黃凡、林燿德主編：《新世代小說大系·都市卷》，臺北：希代書
　　版有限公司，1989年

黃重添：《台灣新文學概觀》，臺北：稻禾出版社，1992年

黃春明：〈小寡婦〉《莎喲娜拉·再見》，臺北：遠景出版社，
　　1974年。

郭良蕙：《臺北的女人》，臺北：爾雅出版社，1980年

張大春：《公寓導遊》《聯合文學》，1986年7月，臺北：時報文化
　　出版公司，1987年

張國立：《嘿，你到過忠孝東路沒有？》，臺北：皇冠文學出版有
　　限公司，1994年

張國立·成英姝等著：《臺北今暝有點High》，臺北：新新聞文化事
　　業有限公司，1997年

張啟疆：《小說·小說家和他的太太》，臺北：聯合文學出版有限

公司，1993年

陸揚‧王毅：《文化研究導論》，上海：復旦大學出版社，2006年

舒國治：《理想的下午》，臺北：遠流出版公司，2000年

舒國治：《水城臺北》，臺北：皇冠文化出版公司，2010年

詹宏志：《城市觀察》，臺北：遠流出版事業有限公司，1989年

詹宏志：《城市空間的感覺‧符號和解釋》，臺北：麥田出版社，
　　1996年

愛亞：〈吾宅吾家〉《喜歡》，臺北：爾雅出版社，1987年

葉龍彥：《紅樓尋星夢——西門町的故事》，臺北：三友圖書有限
　　公司，1999年

鄭明娳主編：《當代台灣都市文學論》，臺北：時報文化出版有限
　　公司，1995年

鄭明娳主編：《中華現代文學大系‧小說卷》，臺北：時報文化出
　　版有限司，1995年

蔡智恆：《7-11之戀》，臺北：紅色文化，1999年

蔡詩萍：《不夜城市手記》，臺北：聯合文學出版社，1990年

駱以軍：《月球姓氏》，臺北：聯合文學出版股份有限公司，2000年

駱以軍：《我們》，臺北：印刻出版股份有限公司，2004年

簡媜：《女兒紅》，臺北：洪範出版公司，1996年

鯨向海編：《作家城市地圖》，臺北：木馬出版社，2004年

蘇碩彬：《看不見與看得見的臺北》，臺北：群學出版社，2010年

羅文華編：《臺北市志》卷六「經濟志商業篇」，臺北市文獻委員
　　會編印，1988年

喬爾‧克特金（Joel Kotkin）著、謝佩妏譯：《城市的歷史》，臺
　　北：左岸文化，2008年

凱文‧林區（Kevin Lynch）著、宋伯欽譯：《都市意象》，臺北：臺

龍書局，1986年

劉紀蕙：《他者之域：文化身分與再現策略》，臺北：貓頭鷹出版社，2001年

劉易士・孟福（Lewis Mumford）著、宋俊嶺、倪文彥譯：《歷史中的城市——起源、演變與展望》，臺北：建築與文化出版社，1994年

麥可斯・韋伯（Max Weber）著、簡美惠譯：《非正當性的支配——城市的類型學》，臺北：遠流出版，1993年

麥克・柯朗（Mike Crang）著、王志弘、余佳玲、方淑惠譯：《文化地理學》，臺北：巨流圖書有限公司，2003年

羅蘭・巴特（R. Barthes）著、夏鑄九、王志弘編譯：〈符號學與都市〉《空間的文化形式與社會理論讀本》，臺北：明文書局，1999年

賽門・派克（Simon Parker）著・王志弘、徐苔玲譯：《遇見都市：理論與經驗》，臺北：群學出版社，2007年

王志弘：〈影像城市與都市意義的文化生產：《臺北畫刊》分析〉《城市與設計》13期，2003年，頁303-340。

王志弘：〈記憶再現體制的構作：臺北市官方城市書寫之分析〉，《中外文學》第33卷第9期，2005年2月，頁9-51。

朱雙一：〈廣角鏡對準台灣都市叢林〉《聯合文學》，11卷4期，1995年2月，頁154-156。

東年：〈飆過東區〉《聯合文學》第五卷、第十二期，1989年10月，頁34-45。

夏鑄九、葉庭芬主持：〈臺北地區都市意象研究〉，《國立台灣大學城鄉研究學報》，1981年9月，第一卷第一期，頁49-102。

夏鑄九、劉昭吟主持：〈全球網絡中都會區域與城市：北台都會區

域與臺北市的個案〉，《城市與設計學報》，2003年，15／16，頁39-58。

黃櫻：〈賣家〉《光華》14卷6期，1989年6月，頁64-71。

楊仔：〈末世紀文明之上的天空之城──評林燿德的小說集《大東區》〉《書評》第22期，1996年6月，頁22-24。

廖咸浩：〈臺北摩登──現代性與愛恨臺北〉《歷史月刊》203期，2004年12月1日，頁27-33。

「六觀」的現代應用：
以施蟄存〈薄暮的舞女〉為例

一、「打通意識」

錢鍾書曾說：「古典誠然是過去的東西，但是我們的興趣和研究是現代的，不但承認過去東西的存在，並且認識到過去東西裡的現實意義。」而「現代不過是收獲著前代所撒布下的種子，同時也就是撒布下種子給後代收穫。」[1]這說明著在話語現象／空間闡述上，大量的現象背後總有其自身發展的系聯。所以他特別強調「打通意識」：即善於從傳統之中發現「現在性」，從現在的東西中尋找傳統的「因數」。本文即以古典文論——劉勰《文心雕龍・知音》「六觀」[2]為分析策略，選取施蟄存〈薄暮的舞女〉[3]為詮釋對象，由其取材用事、內容意義與語境營造等不同向度，觀察理論與創作的實踐及其所延展的跨域藝術的互動，企圖重構其脈絡肌理，再現文本自身。

---

[1] 錢鍾書：《錢鍾書散文》，杭州：浙江文藝出版社，1997年，頁136。

[2] 劉勰著、范文瀾注：〈文心雕龍注〉，北京：人民文學出版社，1958年，頁514。劉勰著、王更生注譯：《文心雕龍讀本》下篇〈知音〉，臺北：文史哲出版社，1985年3月，頁351-353。

[3] 施蟄存：〈薄暮的舞女〉《薄暮的舞女》，北京：中國文聯出版社，2004年12月，頁20-25。以下文本引文，不復作註。

二、「六觀」

隨著文學創作的繁榮，到了魏晉南北朝，中國文學批評在劉勰
（約465-520）《文心雕龍》「崇替於時序，褒貶於才略，怊悵於
知音，耿介於程器」（〈序志〉）的理路中，別於中國傳統的印象
式批評，成就了體大慮周的理論體系，為後世的文學創作與批評奠
定了基礎。其中，實際批評方法論主要發表在〈知音〉篇中，劉彥
和首先借音喻文，以「知音其難」明點文學批評中極難避免的片面
性與主觀的蔽障（貴古賤今、崇己抑人、信偽迷真）。又因為「文
情難鑒」，他特別提出了六項批評標準用以審閱作品的優劣，具體
的展現了他的審美看法，稱為「六觀」。分別是：觀位體（作品的
布局架構、主題與風格）、觀事義（衡文選材上的引辭舉事以明理
徵義）、觀置辭（詞藻的安置與核辨）、觀宮商（遣意綴辭上的調
聲選韻與節奏抑揚）、觀奇正（從空間橫軸，觀察作品的新奇與雅
正）、觀通變（參較時間縱軸的通古變今，反映於作品中的承襲與
創新）。[4]同時，這六項並非個別存在，而是互相滲透、互為表裡
的批評判準，可統合歸納於二大系統中，即：第一到第四觀為作品
本身的析評，包括內容與形式的對應與調和、衡量文情的緊緻在舉

---

[4]　學者黃維樑綜合各家的解說，加上自己的意見，嘗試用現代的辭彙，說明現
代的「六觀」說：第一觀位體，就是觀作品的主題、體裁、形式、結構、整
體風格；第二觀事義，就是觀作品的題材，所寫的人、事、物等種種的內
容，包括用事、用典等；以及作品包含的思想、義理；第三觀置辭，就是觀
作品的用字修辭；第四觀宮商，就是觀作品的音樂性，如聲調、押韻、節奏
等；第五觀奇正，就是通過與其他作品的比較，以觀該作品的整體表現，是
正統的，還是新奇的；第六觀通變，就是通過與其他作品的比較，以觀該作
品的整體表現，如何繼承與創新。參見氏著：〈以《文心雕龍》為基礎建構
中國文學理論體系〉《文藝研究》，2009年1月，頁57-65。

義與和聲。後二觀探討文學作品的繼承與發展，是時空（垂直與平行）的比較研究。

三、施蟄存的小說是一種折光

出生於浙江杭州的施蟄存（1905-2003），原名施德普。[5]父親施亦正是清末秀才，從江南帶書香味的城鎮走出來，自然涵育著中國古典文學的修養。[6]1922年考入杭州之江大學，後進入上海大學，曾以施蟄存署名，自費刊印第一部短篇小說集《江干集》。1926年轉入震旦大學法文特別班，與同學戴望舒、杜衡創辦了同人刊物《瓔珞》，先後出了四期，後來劉吶鷗加入，結為社團「瓔珞」。1928年，施蟄存模仿日本田山花袋《棉被》創作《絹子》和戴望舒的《雨巷》先後在《小說月報》上發表，同時受蘇聯短篇小說《飛行的奧西普影響》寫出閣家戀愛的《追》。1929年出版《上元燈》獨具風格，施蟄存自稱是「第一個短篇集」。[7]集中作品以清麗明暢的文字寫古樸的風俗、優雅的感情，成為他文藝創作里程上的重要標誌。同年他和劉吶鷗、戴望舒和杜衡創辦了「第一線書店」，推出半月刊《無軌列車》。1929年，與戴望舒合編《新文藝》月刊創刊。後來，他運用心理分析的手法創作小說以〈鳩摩羅什〉開端，陸續出版了小說集《將軍的頭》、《梅雨之夕》、《善女人行

---

[5]　施蟄存原名施德普，因施蟄存在《大晚報》一欄目「介紹給青年的書」的推薦表格上填了《莊子》和《文選》，並附加一句「為青年文學修養之助」。魯迅讀後，不以為然，後與魯迅打起筆墨官司，施被斥為「光緒初年的雅人」、「洋場惡少」……。一氣之下易名為施蟄存──取易經中「尺蠖之屈，以求信也；龍蛇之蟄，以存身也。」以自明自勉一己依循自然之理。

[6]　楊義：《楊義文存第二卷 中國現代小說史（中）》，北京：人民文學出版社，1998年，頁677-678。

[7]　施蟄存：《上元燈・改編再版自序》，上海：新中國書局，1932年，頁1。

品》，成為中國現代派小說的奠基人之一。1932年，二十八歲的施蟄存主編《現代》雜誌，戴望舒、穆時英等是主要的撰稿人，三人友誼甚篤，此一時期正標示了他們文學事業的巔峰。[8]〈薄暮的舞女〉即發表於同年六月出版的《現代》第一卷第二期，是體現、融匯著現實主義與現代主義兩股源泉，探索人性心理與都會文明的短篇小說。

1933年，因為關於《莊子》和《文選》的「感舊」與「釀造」觀點與魯迅筆戰，其後魯迅和左翼陣營對其主編《文飯小品》（1935年出刊，以雜文和隨筆為主，共計六期）的「幽默」和「閒適」的文風提出檢討批評，但沈從文卻認為《文飯小品》是一份「目前在希望中生長的刊物之一」。由於他秉持著文學自由主義的創作態度，1942年，在《文藝先鋒》一卷三期上發表的「文學貧困」論，引發爭論，備受關注。1952年任教華東師範大學，他的翻譯工作主要集中於1950到1958年間，大約譯述了兩百萬字的外國文學作品。1993年獲得「上海市文學藝術傑出貢獻獎」和「亞洲華文作家文藝基金會敬慰獎」，2003年病逝上海。

做為一個學士與文人，施蟄存曾說自己的一生「開了四扇窗戶」——東窗是文學創作，南窗是古典研究，西窗是外國文學翻譯和研究，北窗是碑版整理。他的作品包括：短篇小說集《上元燈》、《將軍的頭》、《李師師》、《梅雨之夕》、《善女人行

---

[8]　施蟄存曾以《現代》主編的身份盛讚戴望舒，從而掀起二十世紀三十年代詩歌革命的浪濤。後戴望舒與施蟄存的妹妹施絳年熱戀，赴法留學前還訂了婚，儘管最終未能結為連理，但戴望舒在巴黎的費用，全由施蟄存寄付，二人關係一直很好。而穆時英也是施蟄存一手提拔出來的，他曾幫助穆時英在商務印書館的《小說月報》上發表他的第一篇小說《南北極》。此外，戴望舒在失去施絳年的愛情後，一直無法釋懷。穆時英曾介紹妹妹穆麗娟結識戴望舒，不久亦告仳離。

品》、《小珍集》、《江干集》、《娟子》、《追》；散文集《燈
下集》、《待旦錄》、《枕戈錄》、《文藝百話》、《沙上的腳
跡》；譯作《倍爾達・迦蘭夫人》、《婦心三部曲》、《戀愛三
昧》等，是以城鄉二元性格貫穿著他的文學歷程。[9]雖然施蟄存不承
認自己「新感覺派」的屬性，自言個人「不過是應用了一些Freudism
的心理小說而已」，[10]但觀察其《將軍底頭》、《梅雨之夕》、《春
陽》等創作風格確實籠罩著鮮明的現代派傾向。[11]

　　施蟄存自己曾這樣說：「我的小說可以說是一種折光。」[12]〈薄
暮的舞女〉應屬於折光之一。

四、由「六觀」論〈薄暮的舞女〉

（一）觀位體

　　《文心雕龍・熔裁》中「草創鴻筆，先標三準」提及：「履
端于始，則設情以位體。」指得即是情理設位，以行文采；立本有
體，兼濟剛柔與變通。學者黃維樑採各家釋義，廣義的認為「觀位
體」就是觀察作品的結構、主題與整體風格。[13]

---

[9]　吳福輝著：《都市漩流中的海派小說》，湖南教育出版社，1995年8月，頁80。

[10]　30年代，樓適夷把施蟄存歸入新感覺派作家群，但他本人卻一再劃清和新感
　　覺派的界線，他曾說：「我雖不明白西洋或日本新感覺主義是怎麼樣的東
　　西，但我知道我的小說不過是應用了一些Freudism的心理小說而已。」施蟄
　　存：《我的創作生活之歷程》，收入《創作的經驗》，上海：天馬書店，
　　1922年。轉引自錢理群等著：《中國現代文學三十年》，頁359。

[11]　錢理群、溫儒敏、吳福輝著：《中國現代文學三十年》，臺北：五南圖書出
　　版股份有限公司。2002年2月，頁352。

[12]　鄭明娳、林燿德專訪：〈中國現代主義的曙光——與新感覺派大師施蟄存對
　　談〉《聯合文學》3卷12期，1987年10月，頁130-141。

[13]　黃維樑：〈以《文心雕龍》為基礎建構中國文學理論體系〉，頁57-65。

1.結構

　　這篇小說敘述著一個舞女素雯原不打算再和舞場簽約，將與客人子平同居，準備展開一段新生活；後來得知對方事業失敗，即將離開上海，於是改變主意，重新和舞場續約，另尋「目標」。

　　故事以「你知道」開場，敘事者像是一個說話人，牽引出在晴天的夕暮下，一段彌漫著法國梧桐樹葉中所流出來的辛辣的氣息的朦朧的鋪道上，七個幻異似地纖弱的女子，用魅人的、但同時是憂鬱的姿態行進著，這就是女主人公素雯率領了她的同伴前往希華舞場的剪影。到了第二段，迅速以「兩年來第一個例外」反轉；瓦解首段召喚讀者對舞場的籠統印象，並以第三人稱局外視點穿插主角內心獨白（主角第一人稱自敘），鋪陳場景、烘托氛圍，其中女主角的「不願出門」、「移動房間布置」隱喻了「變動生活」的意圖。接著，到了薄暮時分舞女開始打電話安排晚上的節目。她演獨角戲似的分別打了四通電話——包括舞場沈經理、舞場客人、子平、舞場客人邵式如，對話中展示了舞女們生活日常的瑣碎煩人——想約的人約不到，不想見的人纏著找她。在通話結束後，子平破產的意外使得情節直轉急下，局面再度翻轉，最終舞女面對現實，準備重新出門赴約，一切回歸原點。點出舞女原想逃離歡場生涯的，卻未能實現，徒留無法與時運環境抗衡的無奈。

　　如此一個簡單的故事被inside reality（內在現實）架構出來，直指人的內部，社會的內部。而最主要的表現方式，是通篇幾乎全以四通單邊的電話對答支撐小說的細節，挾帶人物的情緒變化，呈現事件發展。

（1）情節圖示（縱軸為情緒指數，橫軸為電話事件發生時間）

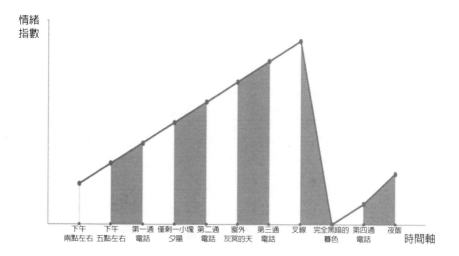

情緒
指數

下午　　下午　第一通　僅剩一小塊　第二通　窗外　　第三通　叉線　完全黑暗的　第四通　夜飯
兩點左右 五點左右 電話　　夕陽　　電話　灰冥的天　電話　　　　　暮色　　電話　　　時間軸

（2）對照文本

　　第一通電話：是素雯接到舞場沈經理關切「沒上班」的電話，素雯表明合約到期，想要跟子平共組平靜的家庭生活。但舞場經理似乎不相信，仍約第二天下午與素雯面談續簽事宜。在電話中，沒上班的理由是「我不願意和這些要咬人家肩膀和手指的水鬼跳舞啊？——我何嘗說這就是我不到的理由呢？——我的理由是：我身體不舒服。……」談到續約問題，素雯回答「——怎麼說？——你勸我再繼續半年嗎？為什麼？為了你們呢？為了我？——我想你如果看得起我的話，你一定會高興我不再做舞女的。——難道你從來沒有感覺到我對於這種生活的厭倦嗎？——你不要嘲笑我哪，……我並不希望什麼大的幸福，我只要有一天能夠過得像今天這樣平靜

而安穩就好了。……」從「不想去上班了」的即席口占以及「續約」的草蛇灰線（暗示舞女未來續約的可能），凸顯舞女們的社交生態以及女主人公對舞女生涯的厭倦。

第二通，一個舞場熟客A的電話問候，被素雯隨意打發。從其漫不經心的回應中，透露三項訊息：第一，以典型因果敘述（因為「主角身體不舒服→未去上班」（所以才有這通電話），也因為「主角身體不舒服→不方便在家招待」），側寫出女主人公的社交手腕。第二，再度由電話抱怨「在舞場中竟昏暈得摔倒，到現在還神經衰弱的，所以我決心不再做舞女了。──我希望永遠不做了。」勾勒出舞女生活的失序、辛酸以及倦怠感。第三，由「不結婚的，你難道沒有曉得他家裏另外有正式妻子嗎？──那有什麼關係呢？──照你這樣說起來，難道結了婚就永遠不會得離婚了嗎？」的對話表現輕率隨便的婚姻愛情觀。

第三通：因為一直等不到子平的到來，素雯不耐煩主動撥電話給子平。先是打情罵俏──嬌嗔著要求一起去『麥瑞羅』吃飯；接著發現子平的異樣，以為自己將被拋棄；後來由一旁律師轉知子平破產的真相，大夢初醒，對新生活的期望破滅，情緒從生氣、驚訝到失望痛苦，同時語氣、態度隨即轉變。然後她打起精神，清理戰場：成為「薄暮的舞女」。

第四通：素雯撥電話給邵式如。對話中，舞女對子平事件採取冷處理：事不關己地評論「他膽子太大，這種投機事業是不容易做的。」繼而話鋒移轉，另行邀約對象共餐：「我好久不到『麥瑞羅』了。──嗯？現在，我換了衣裳就走。」於是，子平便不復存在於素雯／舞女的生活當中了。

2.主題

（1）城市觀察：輕飄飄的愛情

女主角說：

> 誰敢說我們能夠是永久地愛著呢？……到甚麼時候為止才可以算是永久呢？在現在的情形裡，我們當然互相很愛著的，但是如果將來他不愛著我了，那時我即使傻子似的愛著他，也是不中用的。……我不能相信他也一定能夠永遠地愛我呀——……正如我在想起吃橘子的時候就去買橘子一樣。

> 倘若要想這樣地拘束我，我也是不甘心的，我至少應該有我個人的自由啊。我不過是你的外室。我不是你正式的妻子。我沒有必須要對於你守貞節的責任啊。只有我自己情願忠實於你，但你卻沒有責成我忠實的權利。

故事在後來子平破產，女主角拋下了原先布置的「家」，從「我不想出去」到「我在麥瑞羅等你」的不同態度，說明在現實世界中，「愛情」合同被視為「有錢皆可嘗味的橘子」，是輕飄飄、不受拘束、無須負責的買賣交易。尤其城市人情愛的快樂不在一見，而在一別。於是，愛情商品化的主題昭然若揭，而了解城市的過程又與了解女性同步。

（2）城市體驗：漂泊之感、寂寞之情與孤獨之境

在這個都會「舞女」素雯的生活斷片裡，施蟄存描述了她的焦

慮、她的憂鬱、她的愛、甚至她的無情。事實上,「舞女」這個行業流動性大,她們置身於燈紅酒綠,像無根的萍、不安定的遊魂,舞客宛如走馬燈,極容易的就帶著漂蕩性。她們企圖尋找圓滿歸宿,卻屢屢願望落空,便一再地重蹈覆轍。觀察海派小說筆下的都市人原本多「在心底原都蘊藏著一種寂寞感,……生活的苦味越是嘗得多,感覺越是靈敏的人,那種寂寞就越加深深地鑽到骨髓裡。」[14]遑論「薄暮的舞女」在繁華城市中從事激情的冒險,卻無法定錨,每每失落於終歸徒勞的追索,她們在建構自我的過程中失去存在意義,陷入漂泊情境,而掙脫不了便不再掙脫,空留寂寞與孤獨。

3.風格

「薄暮情調」,可說是這篇小說風格,也正是施蟄存小說特殊的地方。[15]

「薄暮」,意謂「接近黃昏」。原出自於范仲淹《岳陽樓記》(《范文正公集》):「薄暮冥冥,虎嘯猿啼。」以景抒情,寫盡范仲淹「去國懷鄉,憂讒畏譏,滿目蕭然,感極而悲」的惆悵傷情,施蟄存拿來借以形容籠罩在落日餘暉中的舞孃面臨著白日將盡,漫漫闇夜將至。在這裡,施蟄存鋪染出朦朧、婉約、悵惘的氛圍,象徵人物對其身內、身外以及過去、現在、未來都處於疑醉疑醒、若明若暗[16]、模稜兩可的迷茫惘然。舉如女主角素雯在小說中「登場」

---

[14]　穆時英:《公墓·序》,天津:百花文藝出版社,2006年7月,頁1。

[15]　「薄暮現象」,又稱柏金赫現象(Purkinje effect)。是說「傍晚時分,人的視覺由彩度優先轉換成明暗現象,人們較容易看清楚青藍色」,以此比喻「素雯發現了子平破產,而看清了平實生活的不可行性,轉而面對現實,又回到了舞女的生活之中」。

[16]　楊義:《楊義文存第二卷　中國現代小說史(中)》,頁687。

於舞廳中的「退場」之際：

> 黃金的斜陽已經從細花的窗簾裡投射進來，在純白的床巾上雕鏤了Rococo式的圖案紋；六個親密的同伴，已經同時懷著失侶的惆悵和對於她的佳運之豔羨這兩種情緒在法國梧桐樹葉中鑽行了，而素雯還獨留在她的房間裡。一個燦爛的新生活好像已經開始了，她從她所坐著的軟榻的彼端把牟莎抱了過來。牟莎從來沒有在這時候受它主人愛撫過，所以它就嗚嗚地在喉間作弄著一種不可解的響音。

結尾，舞女素雯以在舞廳裡重新「出場」自小說「離場」：

> 素雯伶俐地溜下了軟榻，錦墊子和牟莎都被遺棄在地板上了。垂在天花板上的磨砂玻璃燈一亮，一個改變了式樣的房間裡充滿著的新鮮的氣息顫震地流動起來。在這種迷人的氣息裡，一堆白色的絲滑落在素雯的腳下。

場景前後映照，色澤隱約而華美，薄暮人物、惜傷情懷組構了城市的「薄暮情調」——時間加速，越來越快，繁弦急管轉入急管哀弦，「荒涼」遙遙在望。[17]

（二）觀事義

「事義」注重的是小說的選材與安排，包括人事物（人物、場

---

[17] 張愛玲：《對照記》，臺北：皇冠文化出版有限公司，1993年6月，頁88。

所與時間等）種種內容以及用事、用典等；[18]行文之間強調以「明理引乎成辭，徵義舉乎人事」。也就是《文心雕龍‧鎔裁》的第二準：「舉正于中，酌事以取類。」[19]以下分就其內容組織（人事物）與選材用事析論。

1.內容組織

〈薄暮的舞女〉的情節調度是隨著其間都會男女在現代城市活動空間的移動循環往復。

小說中最重要的場所表面上是舞女工作的地點「舞廳」。在紙醉金迷、物慾橫流的洋場社會中，「舞廳」這個異質空間物慾橫流，瀰漫著醉生夢死的享樂主義、放逸刺激的快感追求與虛榮敗金、現實取向的價值對待，自然成為了海派都市寫手的焦點。觀察〈薄暮的舞女〉這篇小說的時間從薄暮的昏黃到夜闇時分；場所著力於舞女的寄宿所（家）的描寫，舞廳退為背景。而間隔內外的玻璃窗打破了單一的現實空間，既是室（家）內的舞女窺看外界的途徑，同時又開闢了一個通往潛意識的介面（如誤認子平的幻象）。另外一個與外界的聯繫點則是現代文明產物「電話」所建構的話語空間，聯繫了舞女的精神棲息庇護空間（家）與物質謀生空間（舞廳及交際空間），此一構想極為特出，既演述了故事，又刻畫了人物。文本中所演示的空間移動──「逃離社會／交際空間（舞廳）→構建自我／理想空間（居所／家）→回到社會／交際空間（餐廳麥瑞羅、舞廳等）」所帶動的場所精神與女主角的心情、決定的變化息息相關。在此，夢想與現實交手，薄暮人物注定在資本市場中敗陣。然而正如同張愛玲筆下「蹦蹦戲花旦」這樣的女人，快速地

---

[18]　黃維樑：〈以《文心雕龍》為基礎建構中國文學理論體系〉，頁57-65。
[19]　劉勰著、王更生注譯：《文心雕龍讀本》下篇〈鎔裁〉，頁92-93。

接受現實重整旗鼓，然後夷然地活下去，在任何時代，任何社會裡，到處為家。[20]

　　至於出入舞廳的男男女女麻醉著交感神經，皆在殼中，此時的配角，彼時的主角，輪番在舞廳裡上演著虛實真假、沉浮變異的荒謬人生。錢鍾書曾說：在現代派小說中，你如果仔細歸納一下，施蟄存，穆時英，劉吶鷗他們的作品，他們好像特別喜歡寫舞女這一類人，正如現在的小說多寫小姐一樣——因為只有小姐，才是新時期的新問題，也才可能出現人們常識之外的故事，並由此會展開倫理道德的悖論，這正如托翁寫《復活》和《安娜・卡列尼娜》一樣。[21]觀察施蟄存這篇舞場人物圖包括了以素雯為中心的舞女群、舞客群以及特約角色寵物牟莎。其中，除了對最主要的腳色舞女素雯進行心理的揣摩描寫，也植入女體美的刻劃（舉如：慵懶的生活型態，向外傾倚的身姿，牙齒咬著下唇、煙嘴斜咬在嘴裏、微微地揚起了嘴唇，一隻纖細的發光的腳在忽上忽下地搖動，線條很瘦勁地勾繪出了一隻美麗的女手）交織出官覺的刺激和騷動不安的情欲。由於素雯的性格靈活，適應力強，積極追求愛情，是個不甘寂寞、嬌媚的都市尤物。當她決定許身投機商人時，她說「我現在倒變成一個不需要自由的人了。我願意被人家牢籠在一個房間裏，我願意我的東西從此以後是屬於一個主人的。」但當對象不可「靠」時，素雯「伶俐的溜下了軟榻，錦墊子和牟莎都被遺棄在地板上了。」至於舞廳裡的男人們包括舞廳沈經理、舞客A、子平以及邵式如，一律分別通過舞女素雯的視覺印象、感覺對話描繪出浮世眾生相。例如：文中稱Manager的厲害經理，「講著一口廣東上海話」。動不動

---

[20]　張愛玲：〈傳奇再版自序〉《傾城之戀》臺北：皇冠文化出版有限公司，1994年11月，頁8。

[21]　錢鍾書：《管錐篇》，北京：中華書局。1994年，頁1088。

就搬出「合同」，將素雯等人只當成賺錢的工具。又如以素雯接聽熟客A電話的態度：「她把牙齒咬著下唇。聽筒暫時地離開了她的耳朵。流一瞥憎厭的眼波去撫觸了一下供在屋隅的瓶中的牡丹花。」反映了熟客A在素雯心中的位置。而素雯在等待子平時，彷彿看到子平戴著帽子走過樓下的懷疑，展現的是愛的幻覺。而「相約一同去吃『麥瑞羅』」的對象從原本的子平到邵先生的移轉，顯示邵先生與素雯將展開另一回合「狩獵」。此外，女主人身邊寵物牟莎等於「女主角的幻影」，承載著舞女素雯充滿自戀的夢幻與情欲的妄念，是施蟄存經營的特約角色。比如女主角與子平通電話時，「一手從地板上捉起了牟莎。讓它嘴正對著傳話筒，她撫摩了一下牟莎的下頷，於是這嬌懶的生物嗚嗚地叫起來了。」「牟莎蹲踞在一個怔忡的柔滑的胸膛上，它的在暮色中幾乎要看不出的烏黑的背脊上，線條很瘦勁地勾繪出了一隻美麗的女手。」在此，值得注意的是寵物與女主人的關係狎邪曖昧，透過想像虛構，反映了人物的內心世界。

2.選材用事

這篇小說以舞女為model，在選材上，常出現海派城市小說中慣見的租界地色彩，比如飄葉的法國梧桐樹、漫步聖母院路、聖彼也爾路；並熱衷描寫中西消費娛樂地點如砲台飯店、希華舞廳、麥瑞羅餐廳，敘述文字中也不時交錯著當代流行的慣用語彙、夾雜著或直錄或音譯的英語對話。如：「Rococo」式的金屬細工，是指一種精細華麗的雕飾藝術洛可可。以「Manager」稱呼經理，喝的「威士卡」即是「Whisky、威士忌」，討厭爛醉的野蠻的「水鬼」指水手，「光身子」指單身，他如：嬌聲地喊：come in，在舞場跳卻爾斯登；此外，在居住處看《歌舞新潮》、簽的「合同」是契約、叉線是電話插撥。這些用語標示著城市人的生活方式、認知心態與價值取

向，說明了30年代在上海快速發展出了大城市的消費形式——在「利潤最大化」的原則下，契約和競爭關係得到維護。當然，施蟄存也不忘俏皮的拆字藝術：「忙字是心字旁加一個亡字，忘字也是心字加上一個亡字；……所以忙的人一定很會忘記的。」如此，組合著這些用語選材，作家通過提供細節讓讀者去認識現代的城市，直指城市小說中的個體往往缺乏主體性，或盲目追求、或隨波逐流，終究難免於深刻的失敗感和寂寞感。

（三）觀置辭

「撮辭以舉要」是觀置辭的一個目的，也是一種手段。關於詞藻的安置與核辨，施蟄存是選用纖美的圖景、流動的節奏、意象的通感、與心理分析法進行書寫的。舉如：

1.纖美的圖景

> 這段瀰漫著法國梧桐樹葉中所流出來的辛辣的氣息的朦朧的鋪道上，看見七個幻異似地纖弱的女子，用魅人的，但同時是憂鬱的姿態行進著，這就是素雯率領了她的同伴照例地到希華舞場去的剪影。

「朦朧的鋪道、幻異的女子、憂鬱的姿態」作家是以印象式的、感覺化的表現方式帶動魅惑的氛圍。

2.流動的節奏

〈薄暮的舞女〉選擇在「移動光影」裡造像：

> 黃金的斜陽已經從細花的窗簾裡投射進來，在純白的床巾上
> 雕鏤了Rococo式的圖案紋；……（三小時之後），Rococo式的
> 金屬細工便雕鏤在她的裙襯上了。（第一通電話之後）……
> 僅僅只有一小塊夕陽，還滯留在天花板上。室內是很幽暗
> 了。……（第二通電話後）窗外昏冥的天。……（第三通
> 電話後）對著窗的外面馬路上的街燈射進一縷白光來，照見
> 一隻纖細的發光的腳在忽上忽下地搖動；……（第四通電話
> 後）垂在天花板上的磨砂玻璃燈一亮，一個改變了式樣的房
> 間裡充滿著的新鮮的氣息顫震地流動起來。在這種迷人的氣
> 息裡，一堆白色的絲滑落在素雯的腳下。

這可說是一組視覺文本，施蟄存在此處善用了豐富多元的光源，他
以光影的流動區隔時間，Rococo是城市建築的線條，磨砂玻璃燈是
居住場所的裝潢，街燈是夜行城市的窺伺者，光影折射在床上的白
巾、在女子的裙襯間穿梭。這些人、物、情境的聯結，打破寫實主
義完整時空觀的傳統，合作出城市空間的詭異色彩，性的魅惑潛藏，
人物心情在流光如水之中蒸騰揮發，讓小說的層次變得更豐富。

3.意象的通感

　　通感（synesthesia）（又譯為「聯覺」），是「把兩種或兩種以
上的感官的感覺和知覺聯結在一起」，「在更多的情況下聯覺乃是
一種文學上的技巧，一種隱喻性的轉化形式，即以具有文學風格的
表達方式表現出對生活的抽象的審美態度。」[22]舉如：「……純白無

---

[22]　韋勒克・沃倫著、劉向愚等譯：《文學理論》，香港：三聯書店，1984年，
　　頁78。

垢的床巾上。貞潔代替了邪淫，在那裡初次地輝耀著莊嚴的光芒。
『是你這放浪的女子嗎，敢於這樣地正視著我？』能言的床巾從光
芒裡傳出這樣的詰問。……」「流一瞥憎厭的眼波去撫觸了一下供
在屋隅的瓶中的牡丹花。」「她吸著煙，給煙紋繚繞著的眼睛向上
凝望著大花板。跟著第一口煙噴出來的是：──接一個電話，四三
五二七。」正如耳中見色，眼裡聞聲，作家注目熟視，突破一般的
經驗感受，大膽地進行意象的越界／錯位，提供奇異的審美效果。

4.心理分析法

　　心理分析法主要受到佛洛依德（Sigmund Freud, 1856-1939）學
說的影響，是對人物心理內在結構和內在活動作本體論的探索。施
蟄存認為：「人的行為無論如何簡單，總是被決定於一連串複雜的
心理，不把這些產生行為的心理描寫出來，則此行為的動機及目的
就顯得曖昧。」[23]他的心理分析小說，往往在相對獨立的一個故事
或情節片段，或使用外部敘述語言揭示人物內心活動，或以人物內
心獨白傾吐自己的想法，或借用意識流手法、夢境、幻覺等非邏輯
的想像或擬寫，聯繫內心活動和外在現實，披露人物的雙重性格和
病態心理。在〈薄霧的舞女〉裡，大部分使用第三人稱全知觀點來
敘述故事。其中，素雯掛掉第一通沈經理的電話之後，走到窗邊思
索的橋段，可以窺知主角素雯的內心思維、意識流動以及隨著外在
刺激引發的幻覺活動，十分精采。在這一段內心獨白後，隨即不加
標記的直接引入第一人稱的口吻說話，並不借助直接引語。接著，
素雯由內心世界回到現實世界，突然發現窗外街道行人當中，『子
平』低著頭走過，乃出現一段以第一人稱參雜著疑慮的自我問答。

---

[23]　許道明：《海派文學論》，上海：復旦大學出版社，1999年3月，頁203。

結果，素雯發現原來是自己幻覺的誤認，於是又回到子平何以沒來的疑問。最後，她的思維被電話截斷中止。這一段自由轉述體的運用，取消直接引語或間接報導的陳述，模糊了敘述者語言與人物語言的界線，達成了心理寫實所預期的效果。這種把角色的主體聲音放進敘述框架，而敘述者依然在場洞察的轉接，應是來自顯尼茨勒（Arthur Schnitzler,1862-1931）內心獨白技巧的追隨。

（四）觀宮商

觀宮商意指考察作品中遣意綴辭上的調聲選韻與節奏抑揚。小說中的音樂性除了置辭手法中強調音聲的通感造成情緒的挪移。大都以節奏論其布局。〈薄暮的舞女〉正是以四通不同對象的電話的話語空間開展「起承轉合」。這四通電話像是四個聲部的匯聚、迴旋，由舞女素雯擔任總指揮，聯奏著「薄暮舞女之歌」。一般在樂團中，指揮家將音樂家的單獨演奏和音樂作品連接起來，形成一個整體呈現給聽眾。而素雯則是親身演奏著自我的生命樂章，其中聚集了高音部子平，低音部邵式如（有上升高音部的潛力）、熟客A，弦樂音舞場經理等，眾響時嘈雜，獨奏處幽怨，曲調延展由高驟降、趨緩、盪低、迴旋，然後徐圖再起。

（五）觀奇正

觀奇正是從空間橫軸，觀察作品的新奇與雅正。也就是通過與同時代其他作品的比較，探索作家作品的表現（手法和風格）。[24]

---

[24]　黃維樑：〈以《文心雕龍》為基礎建構中國文學理論體系〉，頁57-65。

　　五四以來，中國文化「現代化」過程是在新舊衝撞的大勢、啟蒙圖強的熱望中浩浩蕩蕩地展開，面對著思考文化轉型和正確選擇的複雜性和急切感，知識分子是朝著掙脫舊傳統邁向「新」文明開創建設、實踐推進著。邁入30、40年代，「上海」成為中國最進步的、孕育新文學多樣寫作的城市代表——鴛鴦蝴蝶派、左翼文學、現代思潮同時並存競秀。然而，時代動盪的壓力加上方向不明，形成作家們的迷惘與焦慮；其時較早地輸入了各種外國文學新潮的洗禮，以施蟄存、穆時英、劉吶鷗等人為代表的現代派在上海成形，他們將西方根植於工業文明的現代派文學搬移到東方的大都會，嘗試描繪中國現代都市的圖像，作品裡充斥著對「都會」的迷戀，而「都會」正是「現代」與「進步」的象徵。然而，這批現代派／新感覺派雖然都醉心於「都會」與「現代」，但是仍然步出了不同的姿態與情調，在中外文化的撞擊中，形成了一個奇特的扇面。學者楊義做了這樣的比較：

　　　　大體說來，施蟄存的中國古典文學修養較深，他從江南帶書
　　　　味的城鎮走出來，站在現代大都會的邊緣，窺探著分裂的人
　　　　格，怪誕中不失安詳，在中外文化的結合點上找到了相對的
　　　　平衡。劉吶鷗在臺灣海峽的彼岸，沐浴著東洋早期的現代派
　　　　文化，沉陷在大都會的燈紅酒綠的漩渦，躁動中充滿瘋狂，
　　　　以一種超前的運動，牽引著這個流派向外傾斜。穆時英徘徊
　　　　和跳躍在劉吶鷗、施蟄存之間，以一雙捕捉過城鎮下流社會
　　　　原始的強悍之風的手，去捕捉大都會光怪陸離的奇艷之風，
　　　　放縱之處時見苦惱。[25]

---

[25]　楊義：《楊義文存第二卷　中國現代小說史（中）》，頁677-679。

如果以施蟄存自己的作品比較說明，有學者對其創作流變過程認為是接受傳統文化，徘徊於現代主義與現實主義之間，[26]也有從傳統文化對其小說創作的影響分為三個層面：（一）對傳統文化的汲取，如早期的小說集《上元燈》，題材與社會現實結合。（二）對傳統文化的反叛，舉如結合現代主義各種新興的的創作方法（如：心理分析、意識流、蒙太奇（montagne）等），納入現實主義的創作軌道，如《將軍底頭》、《梅雨之夕》。（三）受傳統文化的制約，如《善女人行品》以及後期出版的《小珍集》，已經從現代主義又較多地回到現實主義道路上來了。施蟄存自己曾經這樣說：「我的創作道路始終沒有走定，五個小說集，各自代表了我的一個方向。在短短的十年間，一直在曲折地探尋著。」相對於劉勰在「觀奇正」的標準上主張「執正以馭奇」，施蟄存一直「想寫一點更好的作品出來，想在創作上獨自走一新的路徑」[27]，且「因為覺得現代主義新奇，同時想借此有所創新」[28]，所以創作了一系列心理分析小說，用的是「出奇制勝」的方法。

（六）觀通變

觀通變是參較時間縱軸的通古變今、反映於作品中則為承繼與創新。

26　楊義：《楊義文存第二卷　中國現代小說史（中）》，頁683。

27　施蟄存：〈燈下集·我的創作生活之歷程〉，上海：開明書店，1937年，轉引自吳立昌：〈三十年代的創新能手——心理分析小說家施蟄存〉《上海大學學報·社科版》，1991年5月，頁86。

28　杜衡：〈『第三種人的出路』〉《現代》第1卷第6期，1932年10月。

1.承繼

細究對施蟄存的創作產生重要的影響除了傳統文化、古典文學的承繼、薰陶已如上述，對於西方文藝理論的借鑑首推佛洛依德的精神分析理論，他說：「1930年代，西歐文學正在通行心理分析，內心獨白，和三個『克』：Erotic, Exotic, Grotesque（色情的、異國情調的、怪奇的），我也大受影響，寫出了各式的仿製品。」[29]同時他讀了顯尼茨勒（A. Schnitzler）的許多作品，「心嚮往之，加緊了對這類小說的涉獵和勘察，不但翻譯了這些小說，還努力將心理分析移植到自己的作品中去。」[30]此外，得自性心理學家靄理士（Henry Havelock Ellis, 1859-1939）、愛倫坡（Edgar Allan Poe, 1809-1849）、喬伊斯（James Joyce, 1882-1941）、佛雷澤（Sir James Frazer, 1854-1941）的創作靈感和技巧啟示以及薩德侯爵（Marquis Sade, 1740-1814）和黑格爾（Georg W. F. Hegel, 1770-1831）的影響，他的小說世界納入了對全然陌生的人的複雜的內心世界的觀察以及其行為方式和深層意識結構的剖析。接連出版了《將軍底頭》《善女人行品》《梅雨之夕》等集子。李歐梵說：「施蟄存可以被視為中國第一個佛洛依德論作家。」而「做為一個先鋒實驗的小說家，……施蟄存一直想另闢蹊徑。」[31]

---

[29] 蔡登山：〈愛慾與怪誕——施蟄存的新感覺世界〉《全國新書資訊月刊·通論》2002年12月號，頁12。

[30] 施蟄存：〈關於『現代派』一席談〉《文匯報》1983年1018日。轉引自吳立昌：〈三十年代的創新能手——心理分析小說家施蟄存〉《上海大學學報·社科版》1991年5月，頁86。

[31] 李歐梵著、毛尖譯：《上海摩登——一種新都市文化在中國1930-1945》，北京：北京大學出版社，2001年12月，頁185，186-187。

2.創新

　　創新，指的是一種「延伸的創新」。受到〈薄霧的舞女〉的啟發，王家衛於2003年開拍一部有關「接觸」的電影——〈手〉，2004年殺青。這是一個名為《愛神》（Eros）的三部影片的「合集」。[32]敘述一個非常通俗的故事：一位年輕裁縫小張單戀一位美麗的交際花華小姐，抱著熱烈的慕情為她縫製衣裳，然後交際花從鼎盛到衰頹了，而處於「處男情結」的裁縫仍一往情深，如常地只是默默為她做衣服。他們兩個人借著量製旗袍——禮貌小心的不觸犯女體的量製，共有了一個秘密的情慾世界。片中他們並未演出性愛，而是以兩次手淫（初見時交際花用手挑逗了裁縫的慾望，結尾時瀕死得病的交際花用手／愛完成了裁縫的慾望）完成愛的儀典。是一個大起大落的妓女與一個老老實實的裁縫兩個原本無關卻由手勾連起關係的人生斷片。

　　而比較小說〈薄霧的舞女〉與電影〈手〉，共有的相似點在於：其一、「鍾情於心理遊戲」。鎖定「特殊行業的女性希冀真情又玩弄愛情、依靠物質又藐視物質、想擺脫情慾又與情慾牽纏」的主題。〈薄霧的舞女〉是對紅塵男女浮世人生中，不可靠的、注定失敗的情愛價值觀的一個由探索到反省／批判的過程。《手》中，則是對愛情的另外一種詮釋，將「愛情」由「佔有」升華到「無私」的付出。其二、兩者都借著「打電話」說故事。相同於〈薄霧的舞女〉素雯利用四通電話中單方面的對話，以聲代畫，勾勒角色，巧妙地交代了舞女浮沉的生涯，〈手〉裡的交際花則靠講電話

---

[32]　《愛神》（Eros）是一部向六〇年代電影作者安東尼奧尼致敬的影片，第一段影片是王家衛的「手」，第二段是史蒂芬·索德伯格的〈夢〉，第三段是安東尼奧尼以九十幾歲的高齡拍的〈慾〉。

打點生活。其中，交際花華小姐跟男人趙先生的情慾牽扯糾葛，共出現四次，每次都是「只聞其聲，不見其人」；以單片含蓄的表達，引起懸念。此外，電影與小說都對「手」這個充滿誘惑力的女體部位做了描繪。舉如她們撥接電話的「手」，舞女素雯撫摸愛貓的手，交際花釋放情慾的手，裁縫量製尺寸的手。電影中，王家衛用力更深，進行了「手與女體的虛實碰觸辯證」[33]。最終，情慾遊戲歸零，二者皆未能改變現狀。如此跨類的演繹「變不離其宗，奇而有法」，可視為一種「延伸的創新」。

五、結論

《文心雕龍·通變》中說：「文律運周，日新其業。變則可久，通則不乏。趨時必果，乘機無怯。望今制奇，參古定法。」本文即從「通的考量」與「變的參照」兩個層面做結。自前者言，由於施蟄存在30年代繁華都會上海崛起，作為第一個運用佛洛依德理論創作、也是一個清楚認知現代派是需要有中國特色並執著實踐的作家，他綜括西方現代派的創作技巧以及傳統文化的陶養，形成了中西合璧的創作特色與文化品格。本文通過文心雕龍「六觀」分析施蟄存心理分析小說〈薄暮的舞女〉，意在借助傳統的衡準，揭示文心與材性，體現現代性開放的視域。

由後者言，由於施蟄存的文藝創作著重於經營都會個體的內心拆解與意識探秘、通過想像性的描寫和敘述反映都會新感覺的特殊經驗。因此文中應用著幻覺的自由跳躍、斷片的拼貼，意象的通感、夢魘情境、內心獨白、蒙太奇手法、自由聯想、快速節奏等實

---

[33] 李幼新：〈安東尼奧尼虛實無界、王家衛「手」的辯證《愛神》〉。上網時間：2005/05/01　https://mypaper.pchome.com.tw/rainy919/post/1246810164

驗性技巧，不但張揚了現代性，復與映象藝術的多面性、立體感、懸念效果、扭曲的鏡頭等手法若合符節。如此，恰恰連結了〈薄霧的舞女〉以及自其取得靈感的改創電影〈手〉的疏通闡發——透過文學與電影間的改編、擴寫、翻拍與重構的比較穿梭，了解藝術經驗的轉化，不是消極的複製對象，而是視界融合。

顯尼茨勒說：「人的心靈是個廣闊的原野。」作家們無不致力於經營非固定之涉指（reference）呈現作品，以擴展其生存世界與對現實的認知。施蟄存運用心理分析學，透過語言結構把現實與幻覺、真實與假像融為一體，開闢了一個充滿張力的話語空間。而以「六觀」為途徑，進行理解相關元素所投射的物象世界，一窺文心，繼而發揮想像形成視境，引發共感共鳴。[34]這樣的闡釋不是對立、而是對話——嘗試以古詮今、跨類相通。因之，無論自文本的編碼或是閱讀的解碼觀察，正是經由解構而建構的過程，企圖發掘／落實「散為萬殊、聚則一貫」[35]的可能。[36]

參考文獻

李歐梵著、毛尖譯：《上海摩登——一種新都市文化在中國1930-1945》北京：北京大學出版社，2001年12月。

季進：《錢鍾書與現代西學》增訂本，上海：復旦大學出版社，2011年1月。

---

[34] 《文心雕龍讀本》下篇〈知音〉：「綴文者情動而辭發，觀文者披文以入情，沿波討源、雖幽必顯。」頁352。舉如觀察施蟄存作品，穿透其間朦朧、神秘色彩的籠罩，體會箇中人物的苦悶、彷徨、無聊、沒落等情感／情境。

[35] 錢鍾書：《談藝錄》，北京：中華書局。1984年。頁227。

[36] 本文重新改寫，原文〈從六觀法論施蟄存《薄暮的舞女》〉收入《東亞漢學研究》第4號，日本：長崎大學多文化社會學部。2014年5月。頁243-253。

吳福輝著：《都市漩流中的海派小說》，湖南教育出版社，1995年8月。

施蟄存：《創作的經驗》，上海：天馬書店，1922年。

施蟄存：《薄暮的舞女》，北京：中國文聯出版社，2004年12月。

許道明：《海派文學論》，上海：復旦大學出版社，1999年3月，頁203。

楊義：《楊義文存第二卷 中國現代小說史（中）》，北京：人民文學出版社，1998年。

錢鍾書：《管錐篇》（1-5），北京：中華書局。1994年。

錢鍾書：《錢鍾書散文》，杭州：浙江文藝出版社，1997年。

錢理群等著：《中國現代文學三十年》，臺北：五南圖書出版股份有限公司。2002年2月。

劉勰著、王更生注譯：《文心雕龍讀本》下篇〈知音〉，臺北：文史哲出版社，1985年3月。

杜衡：〈『第三種人的出路』〉《現代》第1卷第6期，1932年10月。

施蟄存：〈關於『現代派』一席談〉《文匯報》1983年10月18日。

鄭明俐、林燿德專訪：〈中國現代主義的曙光──與新感覺派大師施蟄存對談〉《聯合文學》3卷12期，1987年10月，頁130-141。

蔡登山：〈愛慾與怪誕──施蟄存的新感覺世界〉《全國新書資訊月刊・通論》2002年12月號，頁9-13。

「通觀圓覽」：
由〈紅線〉談中西文學理論的會通與實踐

一、關於中國文學批評理論的迷思

　　當今文學批評的理論與實踐存在著盲點與誤區。相應于90年代初，美國學者塞繆爾·亨廷頓（Samuel Phillips Huntington,1927-2008）所提出「文明衝突論」的警語，[1]孫康宜在《古典文學的現代觀》[2]中指出：目前東西文化的影響呈現單向（one-way）而非雙向（Two-way），因素有二：一是有關文化的他者（other）的盲點；一個是人們對於現代性（modernity）的誤解有關。前者以中國文化為邊緣非主流有所忽視；後者以傳統中國與現代遙遠，或者無關。而另外存在已久的爭論則是中國無批評理論體系的迷思以及應用由西方引進的批評理論研究中國文學、進行跨學科研究是否會產生歪曲誤

---

[1] 美國學者塞繆爾·亨廷頓（Samuel Phillips Huntington, 1927-2008）「文明衝突論」（The Clash of Civilizations）主張：基於以下幾種理由：1.歷史事實，2.世界變小，文化的接觸會產生摩擦，3.因為現代化及社會變遷，宗教填補了人從傳統中跳脫後的真空，4.認為全球化不應該等於西化，5.文化的差異是不易改變的，6.經濟的區域主義增長（例如：歐洲聯盟），7.對同類的喜愛以及對異類的憎惡是人的天性。今後國際間的衝突不在國家，將主要在各大文明之間展開，這種異質文明的集團之間的社會暴力衝突（即斷層線戰爭）不但持久而且難以調和。 https://zh.wikipedia.org/wiki/%E6%96%87%E6%98%8E%E8%A1%9D%E7%AA%81%E8%AB%96　上網時間：2017/05/20

[2] 孫康宜著、張健等譯：《孫康宜自選集：古典文學的現代觀》，上海：上海譯文出版社。2013年3月，頁21。

解的懷疑。前者如：郎損（茅盾）《「文學批評」管見》裡曾說：
「中國一向沒有正式的什麼文學批評論。有幾部大書如《詩品》
《文心雕龍》之類，其實不是文學批評論，只是詩賦詞贊等等文體
的主觀定義罷了。所以我們現在講文學批評，無非是把西洋人的學
說搬過來，向民眾宣傳。」[3]另蘇雪林在1935年〈舊時的「詩文評」
是否也算的文學批評？〉一方面提出疑問，一方面認為中國文學批
評是有的，不過比西洋落後。[4]後者如：劉若愚認為西方理論演繹
應用於中國文學的可行度值得商榷，因為中西兩大文學傳統中產生
的文學術語和基本假設皆有所差異，不宜生搬硬套。袁鶴翔亦對進
行跨學科研究頗有懷疑；而孫筑瑾也曾批判中西比較文學研究的
兩種取向：「近視」比較（Myopic Comparison）與「遠視」比較（
Hypermetropic Comparison）可能產生的膚淺或武斷；[5]另一方面，菲
蘭特（Jean M. Ferrante）認為好的文學作品，可以用無限的方法去理
解，李達三（John J. Deeney）則是以中國文學與其他偉大文學一樣
具有永恆美，對比較研究的前景樂觀。[6]此外，余寶琳提及東西方對
作品的形式區分不盡相同，語言差異或許是文化差異中最為明顯的
表現，但針對西方文論對於中國文學研究，「其方式是以跨越主要
的文化界限，對假定某些概念和術語的普遍性及其可遷移性的學問

---

[3] 郎損（茅盾）：《小說月報》第13卷第8號，1922年，頁2-3。收入《茅盾全
集》第18卷，北京：人民文學出版社，1989年。

[4] 蘇雪林：〈舊時的「詩文評」是否也算的文學批評?〉收入鄭振鐸、傅東華
編：《文學百題》，上海：生活書店，1935年，頁282-287。

[5] 孫筑瑾著、劉介民譯：〈中西比較文學研究中的「近視」與「遠視」〉，
《中外文學》一八卷七期（1989），頁65-82。Cecile Chu-chin Sun, "Problems
of Perspective in Chinese-Western Comparative Literature Studies," Canadian Review of
Comparative Literature, 13,no.4 (Dec.1986), p531-547.

[6] 何冠驥：〈論結構主義在東西比較文學研究中的用途〉《借鏡與模擬：中國
文學研究的現代化》，臺北：東大圖書公司。1989年5月，頁16。

進行探索。」[7]等等，都分別對文學的「文學性」的開發演繹進行了
陳述。

二、文學批評路徑的自覺

事實上，文學批評在中國文學發展史中並未缺席，魯迅就曾經
推崇劉勰的《文心雕龍》與亞理士多德的《詩學》為東西方二大文
學楷式，[8]朱自清指出了鍾嶸的《詩品》、劉勰的《文心雕龍》可說
是中國系統的自覺的文學批評著作。[9]朱光潛在〈中國文學之未開
闢的領土〉裡更主張：「中國學者本亦甚重批評，劉彥和的《文心
雕龍》，劉知幾的《史通》，章學誠的《文史通義》，在批評學方
面，都是體大思精的傑作。」[10]惟其或因美學思考向路，主客體精神
強調的差異使然；或者由於古語艱奧礙讀，資料研閱不易，所以聲
音不顯。是而，如何借鑑西方學術文化資源，會通傳統文論，釋古
而不佞古，進而提供現代性的研究闡釋？著實值得深思。

其次，有關中國文學批評的路徑亦經歷了不同的思考與論述。
近世以來，基於突破西方霸權、歐洲中心主義的氛圍籠罩，面對
著古今中外新舊的異同分業的情境，包括羅根澤在《中國文學批
評史》裡談到「近人談文學批評大半依據英人森次巴力（George
Saintsbury）的《文學批評史》的十三種批評方法」，[11]朱自清以為

7　王曉路著，〈間離效果：比較文學與中國傳統〉《中西詩學對話》，成都：
　　巴蜀書社，2000年，頁257。
8　魯迅：〈詩論題記〉《魯迅全集》，第八卷。北京：人民文學出版社，1981
　　年，頁332。
9　朱自清：〈評郭紹虞《中國文學批評史》上卷〉《朱自清古典文學論文
　　集》，臺北：源流出版社，1982年，頁539。
10　朱光潛：〈中國文學之未開的領土〉《東方雜誌》23卷11期，1926年，頁88。
11　羅根澤：《中國文學批評史》，臺北：學海出版社，1978年，頁3-5。

「現在學術界的趨勢，往往以西方觀念（如「文學批評」）為範圍
去選擇中國的問題，姑無論將來是好是壞，這已經是不可避免的事
實」[12]，「再說我們對現代中國文學所用的評價標準……其實是借用
西方的——後來就漸漸參用本國傳統的。」並強調著「要從新估定
一切價值，就得先認識傳統裡的種種價值。」[13]此外，錢鍾書提出
十六字箴言：「東海西海，心理攸同；南學北學，道術未裂」；[14]
美國漢學家宇文所安（Stephen Owen,1946–）則認為中西畛域之分毋
寧是一種「影響的焦慮」（the anxiety of influence）。他說：「許多
年來，人們陸續把石頭搬來搬去，簡直很難分清到底什麼是他山之
石、什麼又是本山之石了。就算我們可以把多樣性的『中國』和多
樣性的西方分辨清楚，這樣的區分和挑選，遠遠不如這麼一件事來
得重要：找到一個辦法使中國文學傳統保持活力，而且把它發揚光
大。」[15]這些都說明著對不同的文學傳統下的中西文學批評理論的看
待出現了轉折。

　　承此氛圍，趨向於理論的實踐與貫通陸續展開。舉如：杜松柏
在〈劉勰的文學批評論〉中即取森次巴力的批評分類參較分析，彰
顯劉勰理論具有現代批評方法的意義與價值。[16]傅庚生的《中國文學

---

[12]　朱自清：〈評郭紹虞《中國文學批評史》上卷〉，《朱自清古典文學論文
　　集》，頁541。

[13]　朱自清：〈詩文評的發展〉〉《朱自清古典文學論文集》，頁544-546。原刊
　　於《讀書通訊》113期（1946年），頁14-17。題下注明：「評羅根澤周秦兩
　　漢文學批評史、魏晉六朝文學批評史、隋唐文學批評史（以上《中國文學批
　　評史》第一、二、三分冊），商務印書館出版；朱東潤《中國文學批評史》
　　大綱，開明書店出版。」

[14]　錢鍾書：《談藝錄》序（補定本），北京：中華書局，1984年，頁1。

[15]　宇文所安（Stephen Owen）著、田曉菲譯：《他山的石頭記：宇文所安自選
　　集》，南京：江蘇人民出版社，2002年，頁3。

[16]　杜松柏：〈劉勰的文學批評論〉《清溪雜誌》第51、52期，1971年9、10月，
　　頁111-119，109-123。

批評通論》以中國文學批評的基本理論為主體，借鑑近現代西方心理學理論的現象進行了闡發。[17]王元化則提出古代文論研究應從事「三個結合」。[18]錢鍾書在《談藝錄》裡不但主張西洋詩歌理論和技巧可以貫通中國舊詩的研究，也強調著一種承襲中國傳統詩文的批評傳統──「擘肌分理」（劉勰）、「取心析骨」（嚴羽），凸顯「莫逆冥契」的貫通中西、尋求中西文心詩意的思路。[19]此外，更提出「察異而辨」「觀同而通」的原則，取常經共勢，自可變不離宗，奇而有法。[20]其中摭取《文心雕龍》中的批評手法與西方文學批評論點進行對照比較的研究並出，各見聚焦。尤以學者黃維樑提倡從古代文論中提取具有現代適用性的觀念和批評方法，將劉勰的論文術應用於現代文學作品的解析，提出了三個「嘗試」來處理古代文論《文心雕龍》現代轉換的問題，[21]成為實際的批評的一項「創舉」。[22]如此，並進互用中西文學理論於文藝的鑑賞與評析可說是標示著中國古典文論的現代化轉型。而「通觀圓覽、共味交攻」[23]亦成

[17] 傅庚生：《中國文學批評通論》，北京：商務印書，1946年。

[18] 此處借用王元化在《社會科學戰線》1983年第4期〈論古代文論研究的「三個結合」──《文心雕龍創作論》第二版跋〉中所提出的三個結合（「古今結合」、「中西結合」、「文史哲結合」）語。

[19] 季進：《錢鍾書與現代西學》（增訂本），上海：復旦大學出版社，2011年，頁14-15。

[20] 錢鍾書：《管錐編》（第三冊），北京：中華書局，1986年，頁1088。

[21] 三個「嘗試」為：嘗試通過西方文論的比較，重新詮釋《文心雕龍》；嘗試以中西合璧的方式，以《文心雕龍》為基礎，建立中國特色的文論體系；嘗試把《文心雕龍》的理論用於對古今中外的實際批評。黃維樑：〈《文心雕龍》與西方文學理論〉《中國古典文論新探》，北京：北京大學出版社，1996年11月，頁57-65及〈20世紀文學理論：中國與西方〉《讓〈文心雕龍〉成為文論飛龍──中國古代文論的體系建設與應用》（試行本），2008年10月編印，頁7。

[22] 夏志清：《中國詩學縱橫論・序》，收入黃維樑：《中國詩學縱橫論》，臺北：洪範書店，1986年，頁6。

[23] 「通觀圓覽」是錢鍾書話語空間的重要特徵。參見季進：《錢鍾書與現代

為文學批評理論路徑上一種自覺的追求。

三、《文心雕龍》的批評方法論

完成於西元五、六世紀之交劉勰（約466-520）的《文心雕龍》[24]
五十篇，分有序志一，文章本論五篇，文體論二十篇，文術論二十
篇，文評論四篇。是總攬「徵聖宗經」「斟酌質文」「櫽括雅俗」
「望今制奇」「參古定法」（〈通變〉），以論文之心，建構雕龍
之術。

值得注意的是《文心雕龍》體現言志緣情與立意審美的相融，
將作品視為客觀對象，準的於「因情立體」「即體成勢」「隨變立
功」（〈定勢〉）；其對論文態度為承舊變新——即「同之與異，
不屑古今；擘肌分理，唯務折衷」（〈序志〉）。在創作論方面，
著重「綴文者情動而辭發」的「神思」，提出〈鎔裁〉「三準」：
設情以位體、酌事以取類、撮辭以舉要以及「綴思恆數」：情志
為神明，事義為骨髓，辭采為肌膚，宮商為聲氣（〈附會〉）。在
鑑賞的策略上，屏除批評三弊：「貴古賤今、崇己抑人、信偽迷
真」，強調「觀文者披文以入情」的妙鑒之術：一觀位體、二觀置
辭、三觀通變、四觀奇正、五觀事義、六觀宮商（〈知音〉）。建
立了對作品文理組織的理解法則與批評標準。相較西方文藝理論強

西學》增訂本，上海：復旦大學出版社，2011年1月，頁38。「共味交攻」
（synergism）亦為錢鍾書所提出談藝衡文的主張，其以為闡釋活動做為文本
與闡釋者互動建構的過程，尤其必須綜合考慮，通觀圓覽，能入、能遍、能
透，以免於見為之蔽。參見錢鍾書：《管錐篇》（第五冊），北京：中華書
局。1994年。頁217。

[24] 王更生：《文心雕龍讀本》，臺北：文史哲出版社，1986年11月。以下《文
心雕龍》文本引文直書篇目，不復作註。

調有機整體的傳統，[25]中西雙方俱從作品各組成部份間「聯繫」的觀點展開討論，此一趨勢適為中國古典文論（六觀法）與西方文論（敘事學、結構主義等）的研究搭建起對話的橋樑。

(一)「六觀」的現代化解釋（表一）[26]

六觀法	《文心雕龍》參酌篇目	現代化解釋	作品體製	
觀位體	〈情采〉設情，〈鎔裁〉立三準，〈附會〉〈定勢〉等	觀作品的布局安排：如作品的主題、形式、結構等	整體大觀：基本架構	作品本體論
觀置辭	遣詞、綴字、分章、屬篇之法：〈章句〉〈麗辭〉〈比興〉〈誇飾〉〈練字〉〈隱秀〉〈指瑕〉等	觀作品的用字修辭	局部肌理	
觀通變	〈通變〉主張矯訛翻淺、還宗經誥。斟酌質文、檃括雅俗。參伍因革、會通適變，望今制奇、參古定法等的文學發展觀〈時序〉強調個人與時代的結合	通過與其他作品的比較，觀該作品的整體表現——如何繼承與創新：通古變今	文學史或比較文學的角度	
觀奇正	〈定勢〉以正馭奇、〈辨騷〉酌奇不失貞、翫華不墜實	通過與其他作品的比較，觀該作品的整體風格：新奇雅正		

25 如艾略特（T. S. Eliot,1888-1965）的「文學作品的有機整體觀」視作品各組成部份不是簡單的疊加，而是互相聯繫為有機的組合。朱立元主編，《當代西方文藝理論》第三版，上海：華東師範大學出版社，2014年5月，頁74-76。

26 「六觀」現代化的解釋係採用《中國古典文論現代觀照的海外視野》中整理引述黃維樑的定義以及《文心雕龍研究》王更生對六觀法的解釋。參見李鳳亮等著：《中國古典文論現代觀照的海外視野》，臺北：秀威資訊，2016年5月，頁246及王更生：《文心雕龍研究》，臺北：文史哲出版社，1984年10月再版，頁422-430。

六觀法	《文心雕龍》參酌篇目	現代化解釋	作品體製	
觀事義	〈事類〉論成辭、徵義、用事、用典等要合機的運用	觀作品的題材運用：內容中人事物的發展，用典用事	局部肌理	作品本體論
觀宮商	〈聲律〉論調聲、選韻、音響等音樂性、協調度的講求	觀作品的音樂性：（押韻、音節、聲調、節奏等）		

（二）《文心雕龍》六觀與西方文論的參照（表二）

《文心雕龍·知音》「六觀」	哈德遜「小說六元素」[27]：情節、人物、時空、對話、風格、人生觀	《小說面面觀》[28]：故事、人物、情節、幻想、預言、圖式、節奏	俄國形式主義、原型論、羅蘭·巴爾特符碼、複調理論、女性主義文學批評[29]
觀位體	情節、人生觀（主題）	故事、情節、圖式／意義	闡釋性符碼、象徵符碼、原型論
觀置辭	對話（語法、字式）	預言（內容）	能指符碼、行動性符碼、陌生化原則
觀通變	風格	故事的承襲與開發	文化符碼、原型論
觀奇正	風格	幻想、預言（表現方式）	能指符碼
觀事義	內容（人物、對話、時空背景）的素材、用事、用典等	圖式／素材	能指符碼、文化符碼
觀宮商	情節（主調、副調的對襯相應）	圖式、節奏	能指符碼、複調理論

---

[27] 張健：《文學概論》，臺北：五南出版社，2008年，頁183-188。

[28] 佛斯特（E. M. Forster, 1879-1970）著、李文彬譯：《小說面面觀》，臺北：志文出版社，1994年，頁1-154。

[29] 參見朱立元主編：《當代西方文藝理論》第二版，上海：華東師範大學出版社，2010年1月，頁43-47，169-176，238-243，259-265，345-355。

四、中西文論的會通與應用——以《唐人傳奇‧紅線》為例

　　由於六觀法是透過作品結構中文學語言本身（如字句安排、結構表現、聲律節奏、修辭技巧等）建立美學判準，評估優劣；而結構主義的分析則擅長於解釋文學效果，可以互相借鑑，聯繫並觀。[30]以下即以《唐人傳奇‧紅線》[31]為範例，取「六觀」，並參較利用西方文論——如：哈德遜（Hudson）「小說六元素」、佛斯特（Edward Morgan Forster, 1879-1970）《小說面面觀》「七層面」、羅蘭‧巴爾特（Roland Barthes, 1915-1980）五種「符碼」、佛萊（Northrop Frye, 1912-1991）「原型論」、巴赫金（M. Bakhtin, 1895-1975）「複調理論」以及女權主義文學批評等進行「察異觀同」的比較閱讀。分由「內緣討論」與「外延分析」二途「閱文情，見優劣」。前者包括組構本體的四個要項：位體、置辭、事義、宮商的整理爬梳；後者則由通變與奇正兩個向度從文學史或比較文學的角度分析評述。

（一）「觀位體」

　　聚焦於審酌作品的布局安排——包括作品的主題、形式、結構等，並觀察作者是否能依情志內容安排適當的寫作模式，呈現

---

[30]　舉如：余寶琳曾從六朝至明清時期的文論家對文學形式和語言自身音韻特徵的討論，說明中國古代文論與西方現代形式主義有其相似之處。參見 "Formal Distinctions in Chinese Literary Theory," Theories of the Arts in China, ed. S. Bush and C. Murck（Princeton: Princeton University press, 1983）, pp. 27-53；另針對文筆之辨的歷史影響與理論意義，參見馮若春著：《『他者的眼光』——論北美漢學家關於"詩言志""言意關係"的研究》，成都：巴蜀書社，2008年，頁200-224。

[31]　汪辟疆校錄：《唐人小說‧紅線》，臺北：河洛出版社，1974年，頁260-263。

中心思想。[32]其中,「中心思想」指得即是「主題」,其根源繫於「設情以位體」的「情」(〈鎔裁〉),是指由情意布置以建立思想內容,[33]強調篇統間關(〈附會〉)。至於「寫作模式」則是與〈情采〉中「設模以位理」相應,[34]指的是「總文理,統首尾,定與奪,合涯際,彌綸一篇」的敘事結構,正如「築室基構」(〈附會〉),與西方「統一有機體」(organic unity)理論相通,[35]可對應於表二所列:情節、人生觀(主題)、圖式/意義、闡釋性符碼、象徵符碼等的總體表現。

檢視〈紅線〉的結構脈絡是籠罩於安史亂後的中唐藩鎮割據為時局背景中展開敘事。[36]採用外視角召喚主人公紅線出場。故事中包括第三人稱敘事以及主角第一人稱自述交叉呈現。情節發展出現「衝突、危機與解決」圖式(哈德遜),依循「因果關係」層層推進(佛斯特);[37]其中並未完全採用故事發生時間進行順

---

[32] 徐復觀以為:「『文體』為六朝很流行的名詞,它的基本條件及基本內容,與西方文學中的所謂Style的基本條件及其基本內容,有本質上的一致。」顏崑陽更作發揮:「文體」是「主觀材料、客觀材料與體製,經體要的有機統合之後,整體表現為作品的體貌。然後觀察諸多作品體貌,歸納形成具有普遍規範性的體式。」亦即文體的第一意義是作品表現形式與內容的統一。第二意義是形成文學藝術性的各種因素,必融入於統一體中而始終發揮其效用。參見顏崑陽:〈文心雕龍『知音』觀念析論〉,《中國文學批評》1,臺北:學生書局,頁195-229。

[33] 黃維樑認為:「情」狹義而言是指作品的情思,廣義而言是指作品的內容。參見氏著:《文心雕龍:體系與應用》,香港:文思出版社,2016年10月,頁54-57。

[34] 即「在行文謀篇的時候,宜先確定篇章的模式,以安排將要表達的情感的要求。」王更生:《文心雕龍讀本》〈情采〉,頁79、88。

[35] 黃維樑:《文心雕龍:體系與應用》,頁56。

[36] 情節線發展分為:1.擊鼓人事件(襯寫薛嵩、紅線主僕)→2.藩鎮割據的時局(田承嗣兼併薛嵩疆土的野心)→3.紅線盜/還金合的行動→4.紅線辭去,自道身世→5.偽醉離席,亡其所在。

[37] 佛斯特:《小說面面觀》,頁75。

敘，[38]而以女主人公紅線的「今生」、「前世」交錯，構成敘事時間（熱奈特）。舉如「今生」部分：首以「擊鼓人事件」襯寫潞州節度使薛嵩、[39]青衣紅線主僕出場，以其身稟異才，埋下「豪俠紅線」伏筆。中段以「藩鎮自重對峙」的衝突、「兼併疆土之憂」的危機為「因」，帶進對頭魏博節度使田承嗣狼子野心，導出紅線自告奮勇，盜金盒為主解憂之「果」，而「送還金盒」反「果」作「因」，換得警嚇敵手，解決侵奪土地的難題，維持區域短暫和平的「紅線事功」的「成果」。其後，由紅線辭別為「因」，自道身世為「果」，巧妙移入「前世因果」：溯及紅線前身為男，「因」誤醫孕婦枉死，陰司受罰，轉世降生女子以贖罪還身為「果」。結尾折回「現世」，收束於「偽醉離席，亡其所在」。其中每一個錯綜的開始與結束都關係著下一個錯綜，峰迴路轉，是以強調情節的神秘曲折形成故事佳構（佛斯特）。

此外，從神話「原型」論觀察女主人公紅線的報恩贖罪的情節單元，可以掌握「原始→遭難→歷練→回歸」的敘事公式，而以「歷練」為布局重心。[40]而倘若借用羅蘭・巴爾特五種符碼進行解構：小說的命名「誰是紅線？」「紅線做了什麼？」等「闡釋性符

---

[38] 依時間的序列性與故事的情節發展，其基本敘事模式（the narrative model）為：1.闡述／說明／解說（Exposition），故事的情境背景說明。2.開始實施（Initiation），故事開始進行，進入主要行動的開始。3.複雜性（Complication），進入複雜的故事情節。4.高潮（Climax），進入故事的高潮。5.結局、收場（Denouement），故事的結束。與「Freytag的金字塔」類似。

[39] 薛嵩（？-773），絳州龍門（今山西河津）人。薛仁貴之孫，曾參與安史之亂的叛軍，後歸順唐朝，封昭義節度使、平陽郡王。著名小說《薛剛反唐》的薛剛，原型即薛嵩（《新唐書・宰相世系表》）。其後薛嵩領地終為田承嗣所併，號為「河北三鎮」。

[40] 王孝廉：〈死與再生——原型回歸的神話主題與古代時間信仰〉《神話與小說》，臺北：時報出版公司，1978年，頁100。

碼」的提出引發懸念，續由故事套故事尋求解答；「行動性符碼」則由主角人物——紅線、薛嵩、田承嗣等的語訊動作，結合中唐藩鎮擁兵自固、勾心鬥角、弱肉強食的時代縮影的「文化符碼」，組構了俠情故事的「內容」。而在「象徵符碼」的運用上，以下幾組相對意義被凸顯，呈現了「主題」：

1. 「前世」與「今生」的時間設定穿梭於「陰陽」之界，暗喻「死亡」與「再生」。
2. 「女性俠客」與「男性郎中」的性別轉換，對應「報恩」與「贖罪」的輪迴果報，直指封建體系中女性位置的弔詭。
3. 「俠情義行」的「傳奇」與「史實」的互涉。

以上主題指向的意義多元，映照於唐代歷史文化的背景，層次有三：表面上宣揚「國家無疆」，促使「亂臣知懼」；實際上所反映的應是苦難百姓對公平正義的作為、社會秩序的積極想望以及現世安穩的切身需求；而意在言外的，瀰漫著的是一種消極抵抗的氛圍，充滿了對大唐盛世一去不回的無可如何的失落感。如此包含錄異、感喟、宣教乃至人生觀的啟迪，警刺喻傷，正言若反，由文字組織到文化盤整，由文學審美到哲學觀照，各見不同的閱知審諦。

(二)「觀置辭」

「置辭」是指通過用字行文的安排來組構作品肌理，可由文本中語法字式、對話、預言中察知語境、拓展文情，屬於作品本體論。同時，劉勰強調文學創作宜「情采」兼備，在〈物色〉篇中更暢論遣詞造句與自然景物的關係密切。

〈紅線〉是一篇敘事性濃厚的小說。葉慶炳曾讚美其結構完整

緊湊，行文巧妙多變。[41]以小說中「紅線盜盒」過程為例，不從紅線一端作敘，卻轉筆借描薛嵩的焦急等待：「……乃返身閉戶，背燭危坐。常時飲酒，不過數合，是夕舉觴十餘不醉。」在緊張膠著的氣氛中，「忽聞曉角吟風，一葉墜露，驚而試問，即紅線回矣。」如此先設懸念，作筆兩端，寫成敗未卜，復無縫接軌，述重負得釋，手法簡潔輕快。尤其以聲狀形容人物動作（隱身術、飛行術等），驚險中有柔媚之美。後由女主人公回述盜盒過程：「某子夜前二刻，即到魏郡，凡歷數門，遂及寢所。……見田親家翁止於帳內，鼓跌酣眠，頭枕文犀，髻包黃縠，枕前露一七星劍。劍前仰開一金合，合內書生身甲子與北斗神名／道教神名；……時則……侍人四布，兵器森羅。……某拔其簪珥，縻其襦裳，如病如昏，皆不能寤；遂持金合以歸。」如此重現細節，動中有靜、靜中有動——即便田承嗣防備嚴密，紅線來去自如，讀者恍如身歷其境。回程既寬，乃有閒情插敘途景：「見銅台高揭，而漳水東注，晨飆動野，斜月在林。憂往喜還，頓忘於行役；感知酬德，聊副於心期」運筆夾雜駢散，寫景物寫時辰寫心情，緩急收縱自如。這些承繼著文學成規（「文化符碼」），呈現了唐人傳奇靈活的敘事與生動的寫景寓情。

　　至於紅線俠女的形象，描畫其聲聞形貌，情狀細膩，和諧統一。[42]初不提容色，而著筆於文武雙全的特質：文質如「善彈阮，又通經史，（薛）嵩遣掌箋表，號曰內記室。」復從羯鼓聲知擊鼓人的悲傷，描繪出善解人意。其尚武造型：「梳烏蠻髻，攢金鳳釵，衣紫繡短袍，繫青絲輕履。胸前佩龍文匕首，額上書太乙神名。」為受胡風影響、道術護體的夜行勁裝。順下鋪陳為家國「弭患」的

41　葉慶炳：《談紅線傳》，《現代文學》，1967年，頁43-49。
42　劉開榮：《唐代小說研究》，臺灣商務印書館，1966年7月，頁127。

俠行義舉:「夜漏三時,往返七百里,入危邦,經五六城。」復從
主僕對話:(嵩)問曰:「無傷殺否?」(紅線)曰:「不至是。
但取床頭金合為信耳。」縮合仁心俠骨。末尾紅線佯醉離席,飄然
而隱。是從言行、裝扮、行動到心性等「置辭」,刻畫異人奇行,
來之於江湖,歸之於江湖,一新女性角色面貌。

(三)「觀事義」

「事義」所涉及的是作品的素材,所謂「據事以類義,援古以
證今者也。」(〈事類〉)指向用典、用事的實用目的。

關於唐人傳奇體式的勃興,在當時社會經濟的籠罩下,學者多
論及受到古文運動、進士科舉及佛教影響;復因於科舉制度,舉子
行卷的內容注重三種體裁:議論、敘事及詩詞,做為完備的小說典
型。[43]是以唐人小說內容中所呈現的人事物種種情狀常與時代、時
潮、時勢相關。觀察唐人傳奇〈紅線〉的謀意立文,歸納其題材來
源有三:一為唐朝藩鎮割據史料;二為「俠文化」的崇拜;三為儒
道佛三教並崇的思維。可視為文化符碼的承襲運用。

關於小說中藩鎮薛嵩、田承嗣、令狐彰的競合關係,乃至詩
人冷朝陽的活動事蹟,在歷史上實有其人,其中或有細節出入,間
或合乎史實。[44]他們的活動時間約在唐肅宗至德至代宗永泰(756-

---

[43]　劉開榮:《唐代小說研究》,頁3-20。

[44]　根據卞孝萱的考證,〈紅線〉傳奇中人物若有實指,然中虛實出入之處有
二:一為故事中潞州節度使薛嵩史傳記載實為相衛六州節度使。另外,〈紅
線〉故事中提及田承嗣亟欲侵奪薛嵩之轄地,但史實上為薛嵩死後田承嗣
才進兵侵略。薛嵩、田承嗣考證用劉昫:《舊唐書·列傳》74薛嵩、91田
承嗣中記述。參見卞氏著:〈〈紅線〉、《聶隱娘》新探〉《揚州大學學
報:人文社科版》,1997年10期,1997年2月。「中國文學網」中國社會科學
院文學研究所主辦,http://rdbk1.ynlib.cn:6251/Qw/Paper/68621,上網日期:

765）年間。由於安史亂後，唐代國勢中衰，藩鎮節度跋扈，不奉天子之命，無視朝廷羈縻政策，各蓄死士，所謂「群俠以私劍養」（《韓非子‧五蠹》）；兼以「主上愈卑，私門益尊」（《韓非子‧孤憤》），紛紛擁兵自重，叛事頻傳。當時河北地區藩鎮分佈有四，其中魏博節度使田承嗣（705-779）治魏州（今河北南部）、博州（今山東北部），驍勇善變。而昭義（潞州）節度使薛嵩（？-773），軍府駐潞州，為今山西、河北一帶，鎮釜陽（今河北磁縣），位置正處於唐王朝京畿地區與山東之間。當時薛嵩與滑州節度使令狐彰（河南滑縣一帶）的意態都較靠攏唐朝，是以唐王朝想在他們之間藉著政治聯姻的調和、武力消長的矛盾來鎮壓牽制太行山以東地區安史叛軍的殘餘勢力。小說中所提到的這兩個節度使薛嵩（薛仁貴之孫）和田承嗣，本來都是安祿山部下的大將，安祿山死後，入屬史思明，後來投降唐室受封節度使，都是反復無常的武人。其中，薛嵩仁弱，田承嗣貪橫，於德於行，論文論武，較諸紅線俠行義膽，都相對弱化／負面化。

除了歷史時間點的對應，如果進一步考察女主人公紅線夜行潛入敵營盜盒的地理路線——「既出魏城西門，將行二百里，見銅台高揭，而漳水東注，……夜漏三時，往返七百里；入危邦，經五六城；……」回程所經漳水（流經河北、河南、山西），見曹操所建銅（雀）台（今河北臨漳縣），二處皆在釜陽與魏州之間，亦與唐據地形圖相合。

其次談及「俠文化」的崇拜。則是根基于文化心理（俠義崇拜）的沉澱，可歸屬於「文化符碼」：由於戰國以來，流衍於市井布衣間的「俠」性格發揚，復由《史記‧遊俠列傳》確立了遊俠報

恩系統；[45]《舊唐書・太宗本紀》記載：唐初太宗「潛圖義舉，每折節下士，推財養客，群盜大俠，莫不願效死力。」當朝許多開國元勳如秦叔寶、尉遲敬德等原多為出身社會底層的遊俠豪傑。《全唐詩》中，李白、元稹、溫庭筠等亦曾詩詠〈俠客行〉，可見尚俠風熾。中晚唐後時局不安，人們寄託俠士義舉鋤惡扶弱、解民疾苦作為情緒出口。於是結合歷史與虛構敘述的有意之作的俠傳奇應運而生——在〈紅線〉中，俠女遊走於「紅塵之世」與「江湖之野」、「歷劫」與「回歸」的轉折，演繹著「家國意識」與「流浪情結」，從「依附」到「獨立」，最後以爭取「個人主義」的自由價值收束。[46]弔詭的是，由紅線前世的回述，我們察覺到：就整體而言，紅線一事奇則奇矣，女性形象更趨活潑，與傳統婦女形容已然不同。然細究紅線女身實被視為「男子」的戴罪身分，所執行的「軍國之事、俠行義舉」原仍屬於丈夫之行。俠女的命運模式仍然是受限的，並未擺脫父權思想與男女尊卑的框架。

　　另一方面，傳奇體由「粗陳梗概」到「敘述婉轉」，更多著重于社會人生的寫實，這樣的「人間性」表現在選材借資的面向上愈趨多元：如其中「感知酬德」「冀減主憂」「化干戈為玉帛的濟世」的「君臣倫理」、「況國家建極，慶且無疆。此輩背違天理，當盡弭患。⋯⋯兩地保其城池，萬人全其性命，使亂臣知懼，烈士安謀」的正義發聲，矯正世道人心以及「回歸」於「功成不

45　《史記・遊俠列傳》：「其言必信，其行必果，已諾必誠，不愛其軀，赴士之扼困，既以存亡死生矣，而不矜其能，羞伐其德。」瀧川龜太郎：《史記會注考證》〈遊俠列傳第六十四〉，臺北：宏業書局，1973年，頁1285。

46　觀察〈紅線〉傳中，紅線與主人的應答自稱「某」，並不稱「妾」、「婢」；與薛嵩討論軍國大事，答以「今一更首途，三更可以復命」以及「某之行，無不濟者」，都表現了紅線的自信與勇氣，某種程度跨越了「生理性別」（sex），結合著「社會性別角色」（gender role）為一體的扮演，表現俠女們追尋著個人獨立自由的價值。

居」「不知所終」的結局，直指儒家最高的道德理想；並呈現了浪跡江湖、行蹤飄渺的消遙嚮往；另如「輕財重義」「以武犯禁」「行走江湖，來去無蹤」為俠義本色；小說中的神通（隱身術、飛行術）、太乙神名以及合中所書生身甲子與北斗神名、修隱求仙（「棲心物外、澄清一氣、生死長存」）等皆涉道教；至於紅線所云「前世本男子」，為孕婦治病失誤，「婦人與腹中二子俱斃」，「陰司見誅，降為女子」以及盜盒立功「固可贖其前罪，還其本身」，至後辭去遁跡，「事關來世，安可預謀」等情節，又包含佛教思維「果報輪迴」（前世積因→今生修行→來世還報）、「轉世投胎」觀念的體現。這些思維意識皆與唐代儒釋道三教並崇的文化習俗一致，顯現著作家所受到時代文化、社會環境的浸淫陶養。

此外，唐人小說的書寫除承繼六朝志怪，多加入史筆與詩歌。此篇傳奇末尾即可見借用冷朝陽的歌詩互文，依於情義，佐以事類。以上這些引用古事時習、教化成規借擬構事，除見唐代士人博見強記，使用事類表現驚人的豐富，[47]同時也說明著唐人小說體例已趨成熟。

(四)「觀宮商」

檢驗抒情體主要在討論其語言聲調韻律。至於審準於敘事文，則著重於情節進展的步調與節奏，但二者都強調文學語言所表露的和諧美。〈紅線〉故事中所採用的語言有快述、有緩筆，節奏迂迴有致：初以羯鼓之音揭開序幕，有山雨欲來風滿樓之感；而後旋律轉快，步步升高、調緊勢張，從紅線為解主憂到盜盒成功為一轉，薛嵩派使者送回元帥床頭金合，田承嗣「驚怛絕倒」，情況急轉，如繁弦急管，

---

[47]　范文瀾：《中國通史簡編》上冊第三編第七章，北京，商務印書館，2010年12月，頁3-20。

嘎然中止，真高潮妙筆。其後音緩而寬，娓娓訴說前事，穿插離情依依，末了歌詩相應，曲終人不見，一片惆悵虛無。此外，故事陳述視角多重，包括敘事者的聲音，自敘的聲音以及詠歎者（歌送紅線）的聲音，眾聲喧嘩。且小說中使用音聲相況以綴事者多處，如「一葉墜露」到「（薛嵩）驚而試問」，「馬撾扣門」與「承嗣遽出」，盜盒之行所穿插「風聲」「鼾聲」「心跳聲」等音聲語彙以及詩句與駢文句法的使用，無不觸動讀者的聽覺。

（五）「觀通變」

指得是通古與變今。「通古」指「矯訛翻淺，還宗經誥」；「變今」為「斟酌質文，櫽括雅俗」。其間又以「參伍因革」、「會通適變」為通變之術，以「望今制奇、參古定法」為文律日新的準則。由於文學不是一個孤立的靜象，而是時代政治、社會、文化、思想等活動的結晶，劉勰認為文學以人心為體，而人心之變、文體之變與時代、自然之變相通。因此文學的創作與批評均是在守常與求變的原則下適變匯通，進而以變求通，以通求久。所講求的是一種相應於繼承傳統的精華，創造文學的新運的美學規範。[48]范文瀾在《文心雕龍注》裡更明白指出分析作品的內容與技巧，評其如何繼承傳統與開拓創新，這就是文學批評的「規矩法律」，破除了中國傳統文論「不重分析沒有體系」的迷思。

檢索〈紅線〉故事出自《太平廣記》195豪俠類，下注出自《甘澤謠》，由於紅線故事是民間歌謠、傳說的產物，後經文人加工而成。原型應為《淮南子・道應訓》「楚偷」故事：

---

[48] 本段引文彙整，參見王更生，〈通變〉《文心雕龍讀本》下篇，頁49-51。

記楚有一市偷，自言為有薄技之臣，願為君行之。後齊興師
伐楚，於是偷助楚將子發，首夜解齊將軍之綢帷而獻之，次
夜往取其枕，第三夜復往取其簪，子發均使歸之。於是齊
師聞之大駭，將軍與軍吏謀約：「今日不去，楚軍恐取吾
首！」即還。[49]

至《唐人傳奇‧紅線》中，紅線為薛嵩家生，盜盒為主解憂。腳色
由男易女，以技道（善偷）行事相仿，惟性別出現衍異。後其事
蹟流傳甚廣，紅線之名多有比附：一說紅線常在頭髮上束以紅色
絲線；或稱其行俠後每留下紅線為記；或以其左右手掌有隱紋似紅
線而得名。通篇「紅線」以武俠事功取代宜室宜家，義行俠情，形
成剛強代柔弱的俠女典型，本篇傳奇即以此命名。到北宋阮閱《詩
話總龜》中所錄紅線則為買來丫鬟／奴婢；南宋初孔傳補寫《六
帖》，紅線身分變為歌妓；清初張英重修《淵鑒類函》，紅線為掌
箋表的奴婢。而據唐傳奇本事改編的小說、戲曲極多，宋代有（紅
線盜印）話本（已佚），明代梁辰魚據此作《紅線女夜竊黃金盒》
雜劇以及《雙紅記》傳奇，近代梅蘭芳有《紅線盜盒》京劇。因
此，就通變古今的觀點把握上，是追循母題傳統，於「可變革者，
遣辭捶字，宅句安章，隨手之變，人各不同。不可變革者，規矩法
律是也，雖歷千載，而粲然如新。」（黃侃《箚記》）也就是根據
個人才性與時代文風，於可變與不可變者做整合，尋求適應與和
諧。誠如游志誠所言：這些衍異因時間延伸產生，它有歷史事件做
背景，讀者與作者融浸在時間洪流中，互取互資，各看其意義的一

---

[49] 何志華、朱國藩主編：〈唐宋類書徵引《淮南子》資料彙編〉《漢達古籍研
究叢書》，香港中文大學出版社，2005年，頁160。

面，各聽其聲音的所在，此暗彼顯，彼略此詳，構成文學作品的多音複義。[50]

(六)「觀奇正」

　　主要在強調作品的整體手法和風格的正統或新奇，應用的手法如「以正馭奇」（〈定勢〉）、「酌奇不失貞、翫華不墜實」（〈辨騷〉）等，尋求新奇雅正的均衡美感。以下即從陌生化手法的運用觀察紅線腳色的塑造，並與〈聶隱娘〉相較，探討其間的奇正書寫。

　　俠女紅線身兼木蘭之「武」、貂蟬之「慧」。其陌生化手法多運用於其異人奇行的描畫。所謂「異」——舉如「賤品」與「異人」的同一：包括身懷異能（武術、音律與經史通備）以及身分性別模稜兩可（如家生與歌妓、俠女與男醫的識別轉換）的弔詭；而奇行之「奇」：如自薦盜盒以解主憂，突破了傳統婦女被保護的附屬地位，挑戰男尊女卑、男外女內的傳統，堪稱奇行；至其自述前世為男醫誤藥殺人，因而「陰司見誅，降為女子」「贖其前罪，還其本身」，更為奇事。然而這兩段作意造奇，前者顯現女子地位的揚升，後者卑視女性，又陷入父權的約束。最後以「為功不居」「遂亡所在」收于虛玄，彌合悖論。可見〈紅線〉傳中的俠女是從正（陰性）反（陽性）合（中性）的面向著筆，把作為自然屬性的「女」與作為社會屬性的「人」有機地滲合為一體；[51]最後自擇行止，追尋個人的生命價值。這樣陌生化的技巧——突破書寫女性的

---

[50] 游志誠：〈唐傳奇與女性主義的文學傾向——兼以紅線為例的意義探討〉《中外文學》第17卷第1期，頁112-113。

[51] 陸藍清：〈對唐傳奇女俠形象的解讀〉《柳州師專學報》第15卷第2期，2000年6月，頁41-43。

刻板印象，主導權交付女子；情節上捨棄情愛纏綿代以俠義恩仇；在文化觀念上化約束為補益，並予以重新定義的情節設計；[52]使得這個來自市民階級的俠女／女偷，形象生動，自成人物典型。

〈紅線〉與〈聶隱娘〉[53]兩篇作品時間相當，前者收入袁郊（懿宗咸通年間（860-873）官祠部郎中）《甘澤謠》中；後者為裴鉶（懿宗咸通初（860年前後）在世）《傳奇》中的一篇；內容都是描寫身懷絕藝，俠行報恩的女俠傳奇；時代的背景都反映了軍閥割據的勾心鬥角、爾虞我詐；篇末都以「濟人之後飄然而去」作終。

以下比較〈紅線〉與〈聶隱娘〉之異同：（表三）

主角人物	受恩者	女俠	紅線	聶隱娘
		身份	青衣／婢僕	魏博大將聶鋒之女（高門顯宦之家）
		形貌描寫	善彈阮，通經史。梳烏蠻髻，貫金雀釵，衣紫繡短袍，繫青絲輕履。胸前佩龍文匕首，額上書太乙神名	無
		特殊本領	神行術、飛天術、隱身術，及使用迷香	飛天之術（輕功、神行術）、幻術及用化屍藥水
	施恩者	身份	潞州節度使薛嵩	陳許節度使劉昌裔
情節	施恩行為		生薛嵩家，受養為青衣	收為己用，給其所需，待若知己
	遊俠／報恩行為		夜盜節度使田承嗣枕邊金合，往返七百里。以報主恩。嚇阻魏博侵犯潞州，全萬人性命，免於戰火，使亂臣知懼	奉魏帥之命刺殺劉昌裔，服劉神算，反為其效命。報恩以奇技殺精精兒，計退空空兒。預言示警劉子有難
	結局		偽醉離席遂亡所在	無人復見隱娘者

52　盛寧、王逢振、李自修編：《最新西方文論選》，貴陽，灕江出版社，1991年，頁275。

53　汪辟疆校錄：《唐人小說・聶隱娘》，頁270-271。

這類小說有著共同的特點：主旨著重於「遊俠精神」與「報恩母題」；突出之處為俠女形象剛強果決，擅飛行技擊之術；故事節奏明快，情節驚險緊張中有幻設之筆。符合「唐人作意好奇，假小說以寄筆端」[54]的創作模式，然而「執術馭篇，似善弈之窮數」（〈總術〉）；其別開女俠小說的雛型，自異同論奇正，又與當時唐人小說體類中言志怪者詭異淒婉、述情愛者細膩纏綿迥然不同。

五、結論

二十世紀以來「文學批評的理論研究與實踐應用」風起雲湧，發展態勢多為西方文學理論重奏交響。[55]而中國文學批評無論「情文互用」趨於作家主導說；或是以人事作喻、自然意象比擬，[56]著重讀者接受論；通常被視為印象式批評，極容易地被約化為系統性不足，有籠統抽象之虞。而今，審視東西方學術文化（同質與異質文明）之間疊附與離合的關係，掌握當前人類文明的整體性、個人性的觀點熱議，一個強調多元共生的論述空間（不僅觸及空間域的東西方，更迴旋於時間流的古典與現在）已然出現；尤其在文藝理論的批評與實踐層面，已從面對「一個從新估定一切價值的時代」[57]邁

---

54 胡應麟：《少室山房筆叢》卷三十六，臺北：世界書局，1963年，頁486。

55 包括原型論、比較文學影響研究、俄國形式主義、象徵主義意象論、馬克思主義、精神分析法、結構主義符號學、解構主義、女權主義批評、後現代、後殖民主義、文化研究、空間理論等等。

56 自然意象比擬如鍾嶸《詩品》引湯惠休曰：「謝（靈運）詩如芙蓉出水，顏（延之）如錯采鏤金。」人事作喻如李慈銘《越縵堂日記》論四六文：「蓋六朝人整煉者如百戰健兒，流麗者如簪花美女，……其氣息神韻如徐熙畫梅，無一瓣複衍，王楊四子稍滯矣，然如王謝子弟，揮麈談笑，總饒俊逸。」

57 朱自清：〈詩文評的發展〉〉《朱自清古典文學論文集》，頁544-546。

入了「用廣闊的視野來取代有限的視角的全球化時代」[58]，而在吸收與應用、歸納與統合之際，也逐步從「西方文學所得的教訓，用來在中國文學上開闢新境，使中國文學起一大變化」[59]，走向了「各美其美，美人之美，美美與共，天下大同」[60]的文明遠景。在這樣的基軸下，筆者從傳統文論繼承與開發的角度，展開參照融會西方文論的比較實踐，企圖經由閱讀與批評，繫聯傳統與現代，落實「尋找新方法來理解過去，讓舊的東西重新活在眼前，並且與現代生活連接在一起」[61]，所謂「君家門前水，我家門前流」（錢鍾書語），期以「互通性」無遠弗屆，建構起自由活潑的詮釋平臺。[62]

參考文獻

王更生：《文心雕龍讀本》，臺北：文史哲出版社，1986年11月。

王孝廉：《神話與小說》，臺北：時報出版公司，1978年。

朱自清：《朱自清古典文學論文集》，臺北：源流出版社，1982年。

何冠驥：《借鏡與模擬：中國文學研究的現代化》，臺北：東大圖

---

[58] 蘇源熙（Haun Saussy, 1960- ）耶魯大學比較文學教授，他提出「全球化」（Globalization）的理念，闡明「這是到了用廣闊的視野來取代有限的視角的時候了」。參見Haun Saussy, *Great Walls of Discourse and Other Adventure in Cultural China*, Cambridge：Harvard University Asia Center,2001, p.6。

[59] 朱光潛：〈中國文學之未闢的領土〉，《東方雜誌》23卷11期（1926年），頁88。

[60] 1990年12月，著名人類學、社會學家費孝通先生應邀出席在日本東京召開的「東亞社會研究國際研討會」。適逢費老八十華誕，即席發表主題演講，題目為「人的研究在中國：個人的經歷」，提出此四句箴言。

[61] 田曉菲譯，《他山的石頭記：宇文所安自選集》，南京：江蘇人民出版社，2002年，頁3。

[62] 本文重新改寫，原文〈《文心雕龍》批評理論的實踐與應用——以〈紅線〉為例〉收入《語文學刊》，內蒙古師範大學，2017年8月，第4期。頁23-33。

書公司。1989年5月。

汪辟疆校錄：《唐人小說》，臺北：河洛出版社，1974年。

李鳳亮等著：《中國古典文論現代觀照的海外視野》，臺北：秀威資訊科技，2016年5月。

季進：《錢鍾書與現代西學》（增訂本），上海：復旦大學出版社，2011年。

范文瀾：《中國通史簡編》，上冊第三編第七章，北京：商務印書館，2010年12月。

孫康宜：《孫康宜自選集：古典文學的現代觀》，上海：上海譯文出版社，2013年3月。

盛甯、王逢振、李自修編：《最新西方文論選》，貴陽：灘江出版社，1991年。

黃維樑：《中國古典文論新探》，北京：北京大學出版社，1996年。

黃維樑：《〈文心雕龍〉：體系建設與應用》，香港：文思出版社，2016年。

傅庚生：《中國文學批評通論》，北京：商務印書，1946年。

魯迅：《魯迅全集》，北京：人民文學出版社，1981年。

錢鍾書：《談藝錄》，臺北：書林出版有限公司，1988年11月。

顏崑陽：《六朝文學觀念叢論》臺北：正中書局，1993年。

龔鵬程：《文學批評的視野》，臺北：大安出版社，1990年。

佛斯特（Edward Morgan Forster）著、李文彬譯：《小說面面觀》，臺北：志文出版社，1994年12月。

宇文所安（Stephen Owen）著、田曉菲譯：《他山的石頭記：宇文所安自選集》，南京：江蘇人民出版社，2002年。

卞孝萱：〈〈紅線〉、《聶隱娘》新探〉《揚州大學學報：人文社科版》，1997年2月。「中國文學網」中國社會科學院文學研

所主辦，上網日期：2022/05/26，http://rdbk1.ynlib.cn:6251/Qw/
Paper/68621

陸豔清：〈對唐傳奇女俠形象的解讀〉，《柳州師專學報》，第15卷
第2期，2000年6月，頁41-43。

游志誠：〈唐傳奇與女性主義的文學傾向——兼以紅線為例的意義
探討〉《中外文學》第17卷第1期，頁105-121。

葉慶炳：《談紅線傳》《現代文學》，1967年，頁43-49。

羅根澤：〈怎樣研究中國文學批評史〉《說文月刊》合刊本4卷，
1944年，頁777-795。

語言文學類　PG2816　文學視界142

探究跨語際的文本分析
——文藝理論與作品解讀

作　　　者/嚴紀華
責任編輯/洪聖翔
圖文排版/蔡忠翰
封面設計/陳香穎

發　行　人/宋政坤
法律顧問/毛國樑　律師
出版發行/秀威資訊科技股份有限公司
　　　　　114台北市內湖區瑞光路76巷65號1樓
　　　　　電話：+886-2-2796-3638　傳真：+886-2-2796-1377
　　　　　http://www.showwe.com.tw
劃撥帳號/19563868　戶名：秀威資訊科技股份有限公司
　　　　　讀者服務信箱：service@showwe.com.tw
展售門市/國家書店（松江門市）
　　　　　104台北市中山區松江路209號1樓
　　　　　電話：+886-2-2518-0207　傳真：+886-2-2518-0778
網路訂購/秀威網路書店：https://store.showwe.tw
　　　　　國家網路書店：https://www.govbooks.com.tw

2022年9月　BOD一版
定價：280元

版權所有　翻印必究
本書如有缺頁、破損或裝訂錯誤，請寄回更換

Copyright©2022 by Showwe Information Co., Ltd.
Printed in Taiwan
All Rights Reserved

讀者回函卡

國家圖書館出版品預行編目

探究跨語際的文本分析：文藝理論與作品解讀 /
嚴紀華著. -- 一版. -- 臺北市：秀威資訊科
技股份有限公司, 2022.09
    面；　公分. -- (語言文學類；PG2816)(文學視
界；142)
    BOD版
    ISBN 978-626-7187-00-5(平裝)

1.CST: 文學理論 2.CST: 文學評論 3.CST: 中國
文學 4.CST: 西洋文學

810.1   111012382